迷失的商道

吕不韦大传

安之忠
林　锋　著

当代世界出版社
THE CONTEMPORARY WORLD PRESS

图书在版编目（CIP）数据

迷失的商道：吕不韦大传 / 安之忠，林锋著. —北京：当代世界出版社，2017.8

ISBN 978-7-5090-1249-9

Ⅰ.①迷… Ⅱ.①安… ②林… Ⅲ.①传记文学—中国—当代 Ⅳ.①I25

中国版本图书馆CIP数据核字（2017）第175206号

书　　名：迷失的商道：吕不韦大传
出版发行：当代世界出版社
地　　址：北京市复兴路4号（100860）
网　　址：http：//www.worldpress.org.cn
编务电话：（010）83908456
发行电话：（010）83908409
（010）83908455
（010）83908377
（010）83908423（邮购）
（010）83908410（传真）
经　　销：全国新华书店
印　　刷：北京天宇万达印刷有限公司
开　　本：710毫米×1000毫米　1/16
印　　张：18.5
字　　数：282千字
版　　次：2017年8月第1版
印　　次：2017年8月第1次
书　　号：ISBN 978-7-5090-1249-9
定　　价：39.80元

如发现印装质量问题，请与承印厂联系调换。
版权所有，翻印必究；未经许可，不得转载！

吕不韦者，阳翟大贾人也。往来贩贱卖贵，家累千金……贾邯郸，见（异人）而怜之，曰“此奇货可居”……乃以五百金与异人，为进用，结宾客；而复以五百金买奇物玩好，自奉而西游秦……秦昭王五十六年，薨，太子安国君立为王，华阳夫人为王后，异人为太子……太子异人代立，是为庄襄王……庄襄王元年，以吕不韦为丞相，封为文信侯，食河南雒阳十万户。庄襄王即位三年，薨，太子政立为王，尊吕不韦为相国，号称“仲父”。

——司马迁《史记·吕不韦列传》

秦灭六国，盖始于魏冉，而成于吕不韦、李斯。

——司马迁《史记》

吕不韦在中国历史上应该是一位有数的大政治家。但他在生前不幸被迫害而自杀，在他死后又为一些莫须有的事迹所掩盖。他的存在的影子已经十分稀薄，而且呈现着一个相当歪曲了的轮廓。这是吕氏的不幸。然而不在二千多年后的今日，吕氏的真面目要想被人认识，恐怕也是不可能的事吧！

——郭沫若《十批判书》

吕不韦是时代的宠儿。没有战国时代商品经济的发展，他成不了富商大贾；没有客卿制取代世卿世禄制度的变革，他当不了丞相。然而，他也是时代的弃儿。他被秦王政逼死，而且为后世所唾骂。就连他主编的《吕氏春秋》也遭到蔑视。他真是一个悲喜剧人物。

——洪家义《吕不韦评传——中国思想家评传丛书》

一代名相吕不韦，有关他的功过得失，历史界一直在争论不休。但从策划的角度上讲，他的功绩，他的谋略，即使是两千多年后的今天，仍然闪烁着耀眼的光芒，成为今天的企业家和策划者的典范。

——杨丽容《秦国最成功的CEO》

目录

上部 惊天策划

下部 父子双雄

【上部】

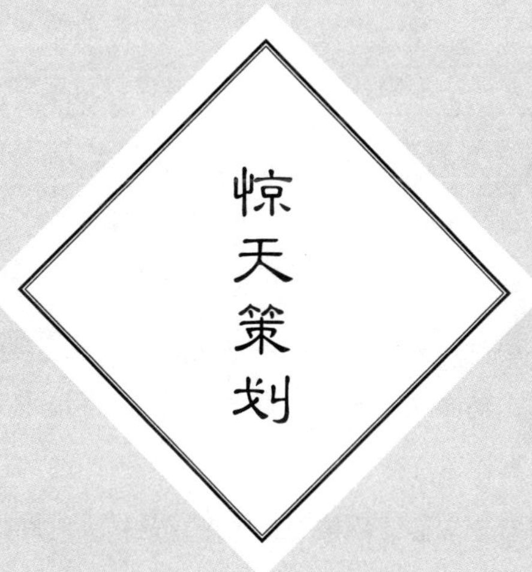

第一章

致命邂逅

吕不韦所处的时代，正值中国历史上第一次走向“大一统”的前夜：一方面，社会生产力不断提高，铁器作为普遍使用的工具，使得物质文明空前发达，人们的生活水平日新月异，开始在饱暖之余追求更高的精神文明；另一方面，天子衰微，诸侯争霸，严酷的生存环境，使得赤裸裸的功利主义取代温情脉脉的道德伦理，从社会底层一直到最上层的通道一夜之间被打开了：昨日还是山野布衣，今天就是庙堂的公侯，而这极大地刺激了人们的欲望。

吕不韦正是在这样一个大时代里应运而生的“宠儿”。他一开始就拥有了令人嫉妒眼红的一切：一个富有的家庭，一份稳定的事业，当然还有一个聪明的头脑。但吕不韦不满足，他要在“富”的基础上更进一步，从而达到“贵”，而这除了他个人的努力，也许还有命运的恩赐。

命运的海浪推到吕不韦面前的第一枚贝壳，是一个叫赵姬的女人……

吕不韦作为商人的命运似乎是从一开始就注定的：他出生于卫国濮阳的一个商人世家。他祖父是一个商人，他父亲是一个商人，他似乎也只能做一个商人。尽管他的祖父、父亲并不希望小不韦长大后，再继续扮演一个商人的角色，毕竟这个家族经过数代人艰苦卓绝的努力与奋斗，已经积累起了数目相当可观的财富。他们从一开始就对小不韦提出了明确的期许：希望他长大后，能够在“富”的基础上更上层楼，努力向“贵”去发展，为子孙后代奠定根基。

然而，“富”而且“贵”，这在当时几乎是不可能实现的。富可求，只要通过自己的勤劳双手和灵活头脑，人人可以致富；贵难得，因为自从周朝定鼎，实行“封建”制度以来，诸侯之间，经过数百年征战、杀伐、兼并，自春秋至战国，真正剩下的“贵族”并不多。

当时，周天子尚在位，这是第一等的“王”。其次是列国诸侯，这是次一等的“公”“侯”，其贵族身份世代相袭。再次是“卿”，像鲁之三桓，晋之四卿等等，这些都是世卿世禄的大姓。

如果下一个等级的人要向上一个等级晋升，当时只有一个办法：凭借雄厚的实力来说话。例如，秦、齐、楚、吴、越这样的大国，君主就不用“公”“侯”的称号，而是将自己称为“王”。

至于“卿”，像晋之四卿：智、韩、赵、魏，经过争斗，最后以韩、赵、魏三家分晋而告终。经过周天子册封，成为诸侯。齐国的田氏，经过几代人的努力，苦心经营，最后取代姜姓，据有齐国。同样，经过周天子册封，赐为齐侯。立宗庙社稷，传之子孙，香火祭祀不断。

至于处在等级制度最底层的广大的平民百姓，要从下向上冲开一条晋升之路，则更加难上加难。

当时，为人们所喜闻乐道的一些通过个人奋斗改变出身而获得贵族身份的，有这么几个人：乐羊子为取功名，不得不在两军阵前，忍痛吞食对方送来的用自己儿子的肉做的羹汤；吴起为了求得一展将才的机会，不得不杀了自己的结发爱妻；孙膑和庞涓，苏秦和张仪，这两对师兄弟为了求得建功立业的机会，也纷纷捉对厮杀，阴谋诡计层出不穷，令人扼腕。

距离吕不韦的时代最近的一个鲜活事例，则是范雎以布衣而在秦国取相封侯的故事：范雎本来欲在魏国求仕，然而却被魏相国魏齐所忌，欲加杀害。范雎用计，死里逃生来到秦国，化名张禄，取得秦王信任，被尊为丞相，封以应城，号为应侯。范雎得志之后，一心要报复魏齐，吓得魏齐弃相印而逃到赵国。范雎又威胁欲对赵用兵，魏齐被迫再次出逃，最后自杀。

以上这些人物和他们的传奇故事，在小不韦的童年乃至整个少年时代，不知听了多少遍。

当吕不韦二十岁这一年，行过“弱冠”礼后，他就正式成人了。成人礼毕的当天，祖父和父亲分别和他有过一次对话。

祖父已经老了。早已不再过问家事的他，将全部的心思都放在关心吕不韦的成长上面。这天，他将吕不韦叫到自己的房间，问道："孙啊，你行了冠礼，已经成人了。你下一步打算怎么办？"

"我打算到各个国家去走一走，看一看。"吕不韦早有这个心愿，希望可以自由自在地去周游列国。

"走完看完之后呢？"

"不知道。"吕不韦老老实实地回答，"这个问题要等我走完看完了，回来之后再回答您。"

"唉，只怕我等不到那个时候了。"祖父叹息一声，流下泪来。老年人总是如此，动不动就流泪。

"那么，爷，您希望我做什么？"吕不韦乖巧地问。

"我对你的希望就是：不管做什么，都不能再走我和你爹买贱卖贵、搬有运无的老路了。"

"为什么？"

"就因为我们在这条路上走了太久，而且证明这条路走不通。我们虽然挣下了这么丰厚的一笔家产，可还是被人看不起：比我们穷的人看不起我们，嫉妒我们，诬蔑我们的钱财来路不正；比我们富有的人更看不起我们，藐视我们，嘲讽我们除了挣钱，别的什么都不会。"老人家说到这里，再一次流下了泪水。"百姓不拿我们当人看，骂我们是无商不奸，为富不仁；官家不拿我们当人看，骂我们是小人，满身上下都是铜臭气，只懂得'利'不懂得'义'。"

"既然商人名声这么不好，那我就听您的话，无论如何，绝不再从事商人的营生。"吕不韦答应道。

从祖父的房里出来，吕不韦又被叫到父亲的房里。父亲早憋了一肚子的话要对儿子交代。

"儿啊，你今天已经成人了。也就是说，从今天起，咱们除了父子关系，又多了一层关系：朋友。"

"朋友？"

“是啊，有一些话，父子是不方便说的，不过作为朋友，却可以畅所欲言。所以，我今天是以朋友的身份和你讲话。”

“那我就以朋友的身份听。”

“我来问你，你想过没有，对一个男人来说，一生中最重要的三样东西是什么？”

“三样东西？”吕不韦思索了一下，回答说道：“一是父母之爱，二是兄弟之情，三是朋友之义。”

“你说得这三样都对，然而，这并不是最重要的。你再想一想，最重要的是什么？”父亲道。

“最重要的三样东西？”吕不韦从来没有被问到这个问题，自然也没想过，一时答不上来。

“让我来告诉你。”父亲郑重其事地道：“这三样东西，第一是金钱，第二是权势，第三是女人。”

“金钱？权势？女人？”吕不韦惊讶得瞪大了眼睛。一向端正严肃的父亲居然和他谈起了这个话题。

“不错。”父亲道：“对男人来说，这三样东西，至少要拥有其中的一样。要么有钱，要么有权。如果既没有钱，也没有权，那么，就要想方设法，去拥有一个令天下男人都垂涎的女人。”

“那么，我现在可算有钱？”吕不韦问道。

“算是吧！”父亲道：“钱的问题，我和你爷已经为你解决了。虽然留给你的钱不算太多，不过，足够你逍遥自在、无忧无虑地度过这一生了。至于其他两样东西，权势和女人，就要靠你自己了！”

“成为像张仪、苏秦、范雎那样的人，一人之下，万人之上，算得上有权势了吗？”吕不韦问。

“当然算。”父亲道。

“那么，我会努力去成为像他们一样的人。”吕不韦道，又问，“什么样的女人是天下男人都垂涎的？”

“这样的女人，我和你爷一辈子都没有见过。”父亲道：“不过，褒姒一笑戏诸侯，夏姬三为王后，七为夫人；息妫面若桃花，吹弹欲破，人称‘桃花夫人’；骊姬倾晋，人称‘一代妖姬’；西施沉鱼落雁，羞花闭月，吴王夫差为了她连江山社稷都不要了。像这样的女人，那是上天派来凡间的精灵，非人世所有，大概就是令天下男人人人垂涎，必欲得之的吧！”

“那好，如果我有机会，碰到一个这样的女人，我一定不会让她再落入其他男人的怀抱。”吕不韦道。

就这样，经过和祖父、父亲一番谈话，吕不韦初步确立了自己的人生目标，开始周游列国。

几年的时间里，他跑遍了列国间最繁华的都市：齐国的临淄、楚国的郢都、燕国的武阳、郑国的新郑、秦国的咸阳、赵国的邯郸、魏国的大梁……每到一地，吕不韦都恣意挥霍，一掷千金，专门结交那些王孙公子，和他们一起寻欢作乐，从他们口中得知了许多新鲜事情。

等他周游一圈下来，忽然接到一封家书：祖父去世了！

他匆忙赶回濮阳的家中，和父亲一起料理丧事。

这件事情过去后，父亲又找他谈了一次话。这次却不是以朋友身份，而是正经八百以父亲的身份了。

“儿啊，你这几年在外面，耍得也差不多了吧？”

“什么叫耍？我是在结交朋友，为了实现当初你对我说的，得到天下男人人人垂涎的权势和女人！”

“我当初对你说的并没有错。可你自问一下，以你目前的能力，能够得到这两样东西吗？”

“得不到。”吕不韦承认得倒很痛快，“那些王孙公子喜欢和我在一起，只不过看上了我的金钱。那些女人喜欢和我在一起，也同样是看上了我的金钱。除了会花钱，我其他的本领一点都没学会。”

“儿啊，很高兴你这么说。我不是心疼你花钱，而是心疼你白白浪费了这几年的大好时光。”父亲道：“这样吧，我现在有一件事情，要交给你去做。你爷去世，我要守孝三年。可是我在阳翟有一家珠宝店，生意兴隆，不想因此而关闭。不知道你愿意不愿意去那里替我接手？”

“要我去接手珠宝店？”吕不韦一愣，“可是我爷说过，不准再走你们经商的老路了呀！”

“儿啊，我让你接手珠宝店，不是让你去经营赚钱。”父亲意味深长地道：“我问你，你这几年来，所以一直没有能够实现关于权势和女人的梦想，知道最根本的原因是什么吗？”

“不知道。”吕不韦老老实实道。

“就是因为你缺乏一件能撬动权势和女人欲望的利器啊！”父亲一针见血道：“你想想看，权势和女人，这两样东西都是天下稀有之物。人人都想得到稀有之物，可是，却忘记了最根本的一点：稀有之物，必须用同等价值之物作为交换，才能得来。你拿什么交换呢？”

“珠宝？”吕不韦的脑子转得很快，立即意识到，父亲要自己去接手珠宝店，的确有深意藏焉。

“不错！”父亲不愧是一辈子经营商业的老手，对人的欲望分析得十分透彻。“任凭你再有权势，任凭你再容貌绝代，都还是在内心里有无法满足的欲望。这个欲望就是对稀世之物的占有。而珠宝就是这么不可多得的稀世之物。有些珠宝，即使是当今天子，也未必能够亲眼一见。至于那些王公贵族，更是挖空心思，不知道花费了多少金钱，派人到处在寻找它们。然而上天就是这样：越想得到的东西，越不一定能得到；越无心寻宝的人，越会轻易地得到。”

“怎么？莫非我们家里有那些人想要的珍稀之宝？”吕不韦渐渐听出父亲的话中之意了。

“是有那么一两件，但更重要的，我希望你练就一双鉴别珠宝的眼睛，成为这方面的行家里手。”父亲道：“这样，当上天将恩赐给你的珠宝摆在你面前的时候，你才不会当作一块破石头丢掉。”

“我明白了！”吕不韦兴奋道：“我明天一早就动身到阳翟去！”

于是，第二天，吕不韦便告别了父亲，动身到阳翟去接手他们家在当地最大的一家珠宝店了。

经过一段时间的锻炼，天资聪颖的吕不韦，加上刻苦学习，很快成了一名珠宝鉴赏行家。

这天，一位从邯郸来的珠宝商人赵公，做完生意之后，和吕不韦在酒席上闲话，谈及了邯郸的近况。

“不韦贤弟，你大概不知道吧？你这一年多没有去邯郸，那里发生了一些很是有趣的事情呢？”

“哦？赵公说来听听？”

“有位少年，从寿陵来到邯郸，觉得邯郸人走路的姿态特别优美，每天在大街上跟着邯郸人学步。结果，几个月下来，邯郸人走路的样子没有学会，他自己本来走路的方法也不会了。最后，你猜怎么着？他竟然只能一路爬着离开邯郸，回到寿陵去了！哈哈！简直笑死人了！”

“哈，这果然是一桩趣闻。”

“这不算什么，还有更有趣的呢！”赵公呷了一口酒，不慌不忙道：“邯郸有位排名第一的富商，叫做赵富，贤弟可曾听说？”

“有所耳闻，就是那个以冶铁起家，家有僮仆千人，其排场比王公贵族有过之而无不及的赵富吗？”吕不韦问道：“一介商贾，能有什么趣闻？”

“赵富这个人，虽然无趣。不过他有一个女儿，叫做赵姬，最近在邯郸城可是大大有名啊！”赵公道。

“赵姬？”

“大富之家，疼爱娇宠自己的子女，无可厚非，可是这位赵富，也宠得这个小女儿实在过了火，一味地由她任着性子胡来。”赵公道：“听说那个赵姬，年方二八，正是女大当嫁的年龄。可是，这位赵姬却不听父母之命，媒妁之言，而是要亲自出面，公开为自己招一位夫君。”

“这倒有些意思。”吕不韦点了点头，“不过，就算这样的女子性情豪放了一些，也不算如何稀奇呀！”

“如果只是如此，的确不算稀奇。可是，你猜那赵姬公开招亲的条件是什么？”赵公喝多了酒，面色通红，羡慕道：“她的条件很简单，有谁愿意和她共度一个春宵，必须出一千金。如果她满意了，那么这一千金原数奉还；如果她不满意，那么这一千金奉上，乖乖走人。”

“啊？！”这一下，吕不韦真的是惊诧了，手上的酒杯险些一下子跌在席上。“竟然有这样的招夫条件？一个未出嫁的女子，和那么多的应亲者共度良宵，这样的女子还有人敢要么？”

“正是！”赵公叹了口气，摇了摇头，“所以说，这赵富将女儿惯得不成样子，这等事情也做得出来！”

“那么……可有人去应亲？”

“去的王孙公子多了！”赵公道：“每天都有几十个王孙公子，在她门外排队，眼巴巴地等着交那一千金！单是拉黄金的车子就在街道上排出去老远。连魏国、燕国的王孙公子也赶来了！”

“这么热闹？”吕不韦嘀咕了一声，心里暗想道：“早知道邯郸出了这么一位‘第一美人’，我早该去凑个热闹！看来，这大概就是父亲告诉我的‘令天下男人人人垂涎的女人’了！”

他这么默默地盘算，表面上却不动声色。“那么多人，就没有一个能令她满意的吗？”

“至少我来的时候，没听说有什么人令她满意。”赵公摇了摇头，看了吕不韦一眼，“对了，不韦贤弟何妨前去一试？说不定，她一直在等待的人，正是不韦贤弟这样的人中俊杰呢，哈哈！”

“赵兄所言，正合我意！”却不料，吕不韦一本正经道：“千金易得，美人难求！我明天一早，就和赵兄一道动身到邯郸去！我倒要亲眼看一看，这个‘第一美人’是个什么样子。”

“啊？不会吧？”赵公还以为自己听错了，吃惊地说道：“我不过是开个玩笑，不韦贤弟真的要去？”

“真的。”吕不韦道：“赵兄，今天天色已晚，我就不陪你了。你且歇息，我这就去作准备。”

“这……这个……”赵公惊骇不已，但看他主意已定，也只好答应道：“好吧，明天一早动身！”

第二章

邯郸一夜

人性的本来面目是什么？是美好还是丑陋？是善良还是邪恶？在吕不韦时代，这是辩论最激烈的一个哲学问题，也是一个深刻影响人们生活的现实问题。相信“性善”，就会广施仁爱，关怀他人；相信“性恶”，则推崇阴谋诡计，事事皆以自我为出发点，而对他人无情地加以伤害。

从吕不韦后来的行为上看，他应该是相信“性恶说”的。他只相信自己，并且只爱自己。“利己主义”是他在商人家庭里从小耳濡目染，不学自会的一种人生哲学。不过，他又是一个理性主义者，他清楚地知道，自己想要得到，必须先要失去；想要任何东西，必须用等价之物去交换。

吕不韦遇到了赵姬，并且以自己的聪明才智和狂野梦想征服了赵姬，独占花魁；但他究竟是真爱赵姬，还是从一开始，就是在有目的地利用她，把赵姬当作实现自己未来人生规划的最重要的一枚棋子呢？吕不韦人生之路的第一步就迷雾重重，未来也因此不确定起来……

邯郸，自古以来就是一个欲望与梦想交织的地方。当年，商纣王在这里营造“离宫别馆”，便为这里定下了奢侈淫靡的基调。后来商亡周兴，邯郸被分封给了卫国，而卫国在天下诸侯国中，又以纵欲放荡、声色犬马著称，邯郸难免因此染上了“桑间濮上”的一些不羁气息。

由卫归晋之后，邯郸伴随晋国的崛起而迅速发展，后来纳入晋国赵鞅（赵简子）的领地，从此为赵氏所世袭。三家分晋之后，进入战国时代，赵氏从中牟（今河南鹤壁西）迁都到邯郸，邯郸一跃而成为赵国的中心。而自赵武灵王

“胡服骑射”以来，更为这里添了一些彪悍之气。

当时，天下诸侯，莫不畏秦，只有赵国不惧，甚至有与秦国一争天下的雄心壮志。秦国与齐、楚结盟，使大将军王龁率师伐韩。韩国上党危在旦夕，其守臣冯亭和他的属下商量道：

“秦军虎狼之师，来势凶猛，我们一定抵挡不住。上党被秦军占领，只是早晚的事情。但与其降秦，不如降赵。秦国恼怒赵国得了上党，一定会迁怒于赵国，移师向赵。赵国独力无法抗击秦国，一定会与韩国结盟。韩国和赵国联合在一起，那么秦国也就不可怕了。此两全之计！”

众人都同意他的计谋。于是冯亭派遣使者持书信以及上党城的地图，来献给赵王。赵王大喜，使平原君赵胜率领五万人马，往上党去受地，封冯亭以三万户，号华陵君，仍令其为守。

然而，等平原君来到，冯亭却不与其相见，隔门哭泣说道：“我有三不义：为主守地不能死，这是一不义；不由主命，擅以地入赵，这是二不义；卖主地以得富贵，这是三不义。”平原君感叹说：“这是忠臣啊！”竟然在冯亭的门外等候了三天三夜。冯亭被其诚意感动，这才出来相见，对平原君说：“上党所以归赵，以其不能独力抗秦，希望公子回去禀报赵王，早遣名将，发兵来救！”

平原君回到赵国，不等赵国发兵，秦国已经迅速围了上党。冯亭等苦等赵兵不至，只好带领百姓逃出城来，奔往赵国。途中正好遇到赵国派来的大将军廉颇，得知上党已失，于是在长平安下营寨。任凭秦军如何来挑战，廉颇只是坚守不出。而秦军亦不能前进一步，双方僵持不下数月。

吕不韦便是在这时候来到了邯郸。和秦、赵即将交兵，双方一触即发的紧张气氛相比，邯郸城里却是一片安逸，歌舞升平。街道上丝毫看不出人们有慌张景象。街市依旧繁华，车马依旧喧嚣。各国聚集而来的商人依旧在紧张地忙碌着，从事交易；大宗的利润流入腰包。

酒楼茶肆，歌台舞榭，无一不是人满为患。斗鸡、走狗、博戏、蹴鞠……各种娱乐场所里人头攒动。

就这样，穿过一路车马的喧嚣，穿过怀着各种各样欲望的人群，吕不韦最后来到了“丛台”。

丛台，是邯郸一个大大有名的地方。据说是赵武灵王所修建，曾经在这里大阅兵马，做着代秦而兴的美梦。

然而，随着一代雄主的逝去，高大而庄严的丛台也渐渐荒芜，最后竟然沦落为声色之所。

夜晚，这里是邯郸最热闹的地方之一。太阳刚一落山，王孙公子，达官贵人，就迫不及待地从邯郸城里的各个角落，驾着车，骑着马，如同被什么神秘的力量吸引一样向这里奔来。

那些在白天门窗紧闭、人声寂寥的馆阁楼台，一到晚上，便开门纳客。各种各样的灯笼挂起来，一个个容貌艳丽、妩媚年轻的女子，身着袒胸露背的衣服，或搔首弄姿，或放出淫声，招揽过往的客人。至于吹竽鼓笙、击筑弹琴之声，更是从华灯初上一直响到第二天凌晨。

而在这个邯郸城里最热闹的地方，又数“丛台别馆”的门前人群最为集中。来这里的可不是普通人，要么是身份高贵的王孙公子，要么是一掷千金的富商大贾。他们来这里的共同目的，就是为了能够得到“丛台别馆”主人赵姬的青睐，获得春宵一度的无边艳福。

吕不韦来到的时候尚早，不过门口还是聚集了很多人。这些人大都在二十岁上下，一个个鲜衣怒马，气度不凡。他们彼此间大多认识，然而现在却一个个视若仇敌，怒而不言。

等“丛台别馆”的门一打开，人们如潮水一样一拥而入。吕不韦被人流裹挟着来到里面，才发现原来这“丛台别馆”，看起来门脸不大，其实里面别有洞天。一间宽敞的大厅，足可容纳上百人。一张张的桌子上，早已为来客准备下酒茶糕点，可以自由取用，不收任何费用。

至于在这里穿梭服务的，则是清一色的美婢。每人都在二八妙龄，穿着薄若透明的纱衣，秀美玲珑的少女曲线，勾勒得一览无遗，引人遐想。事实上，这也是此间主人的高明之处：每天来这里的人群中，既然只有一位能得到宠幸，那么，剩下的不甘空手而回，就可以退而求其次，在这些青春艳丽的婢女身上大把大把地扔钱，一样是良辰美景，不虚此行。

吕不韦找了一张桌子坐下来。一位婢女立即莲步轻移，上来给他斟酒。纤纤十指，轻执银壶，优雅之极。

“公子是第一次来？”

不愧是“丛台别馆”的婢女，每天接待那么多的来客，居然一眼就认出吕不韦是张生面孔。

“不错。”吕不韦毕竟是在濮阳长大，从小见惯了男欢女爱。这几年又在列国行走，寻芳问柳。因此，对于这个美艳婢女一双眸子里频频射来的热波，他假装视而不见，淡定自若。

等吕不韦将银杯里的酒一饮而尽，美婢将身子探过来，倾得更深，一股荡人心旌的浓郁香气直扑吕不韦的鼻间。

“可否告知你家小姐芳名？”吕不韦把玩着手里的银杯，问道。

“我家小姐的芳名，当然是要由她亲口告诉你。”

吕不韦微微一笑，掏出十金，轻轻地放在桌子上。

“公子容貌堂堂，出手不凡，一看就是我家小姐喜欢的类型！”那美婢顿时眼前一亮，脸上仿佛绽开了一朵花，“人人都称呼我家小姐为‘赵姬’，其实，很少有人知道，她的芳名叫做‘蹙儿’。”

“‘蹙儿’？”吕不韦疑惑地问道：“怎么取了这么奇怪的一个名字？”

“听说我家小姐，一生下来便蛾眉紧蹙，似有不平之意。因此老爷便给了她一个名字：蹙儿。”

“哈，我只听说有西子捧心，东施效颦，今日又听得‘赵氏蹙眉’，你们家小姐，我是非见不可了！”

“公子果欲见我家小姐，可知这里的规矩？”

“不知。”

吕不韦不动声色，又将十两黄金放在桌上。那美婢收了，方低声道：“公子可有千金之富？”

“有。”

“请跟我来。”

于是，美婢在前面带路，将吕不韦领着走出这里，引入另外一间精致的小厅。这间小厅不如外间宽敞，然而装饰更加豪华精美。桌子上的摆设和外面一样，所不同的是酒壶和杯子都是金制的。

“这叫‘卸金厅’！”美婢介绍道：“每天大约有三个人，可以被初步选中，到这里来卸下千金之礼。”

“然后呢？”

“请跟我来！”

于是美婢又领着吕不韦，进到里面一间更为精致的小厅。这间小厅仅可容纳数人，不过却陈列着无数珠宝，琳琅满目。吕不韦只扫了一眼，已经看出这里的珠宝，无一不是价值不菲的真品。

“这叫‘亮宝厅’。”美婢给介绍道：“仅有千金之富，而不懂得鉴珠识玉，身上所揣珠宝不能贵逾这里的，就没有资格再向前走一步。公子相信对于珠宝玉器方面的知识，不会敝陋吧？”

“称不上精通，不过略懂一点。”吕不韦从怀里掏出早已准备好的一对玉璧，放在桌上，“这对玉璧如何？”

“哎呀，公子果然是大行家！”那美婢眼睛一亮，不过却不敢肯定这对玉璧的价值。“公子稍候！”

她捧着玉璧去了里面。一会儿，从里面出来。“公子，我家小姐有请！”

她为吕不韦开启了一间小门以后，用手一指：“前面就是‘合欢厅’，是小姐的居所。我只能送到这里了！”

“多谢指点！”

吕不韦知道马上就要见到赵家小姐了。他整束了一下衣衫，不疾不徐，踱步进入小门后面。

出乎意料的是，这却是一条长长的甬道，两边的墙壁上灯火通明，绣着各种精美的图画。

来到甬道的尽头，早有两名美婢迎上来，将他引入到旁边一间小室中，柔声细语道：“请公子沐浴更衣！”

在小室中间，早准备好了一个大木桶，桶中盛满香汤，水汽蒸腾，水面上飘着一层娇嫩的花瓣。

在两个美婢的服侍下，吕不韦将身上的衣服悉数脱下，从容地跨入汤桶，一通沐浴。

片刻之后，沐浴完毕，两位美婢服侍他换上一身干净而清爽的宽大衣衫，带他进入“合欢厅”。

令吕不韦没有想到的是，这间“合欢厅”里面，居然多余的陈设一点没有，只在房屋中间的地上，摆放着一张巨大无比的金丝楠木床。床的四根柱子，都是用黄金装饰的，每一根柱子的顶端，镶嵌着一颗珠光闪闪的夜明珠。四面低垂的幔帐，都用最上乘的锦绣制作。透过朦胧的幔帐，可以看到，里面正半倚半躺着一位美人儿。由于距离过远，看不清相貌如何，不过，只觉得阵阵浓郁的香气袭来。

“公子来了，请坐！”吕不韦一走进来，那床榻上便传来令人销魂蚀骨的柔媚之声，仿佛有种魔力，一直透到骨子里去。“公子能来到这‘合欢厅’中，足见公子不是一般的凡夫俗子。不过，我还有三个问题，公子每答对一个问题，就可以前进五步。如果三个问题公子都答对，就可以到我身边来了。”

听她这么一讲，吕不韦这才注意到，在地上每隔五步，摆放着一个玲珑精巧的小几。上面酒水瓜果，一应俱全。

“姑娘请讲！”

他先在离自己最近的一处小几前跪坐下来，心想：自己平生所遇，大概以今晚最为有趣！

“第一个问题：请问公子贵姓？”

这个问题，竟然如此简单，可以说大大出乎吕不韦意料之外。如果按照正常回答，他应该说：“在下吕不韦，卫国濮阳人。”可是，吕不韦转念一想，对方郑重其事，显然内藏玄机。

吕不韦毕竟是吕不韦，稍微一思索，立即回答道：“天下之人，无非二姓：一姓‘利’，一姓‘害’。然而来这里的人，又大抵会说自己对姑娘如何如何好，姓‘利’而不姓‘害’。不过，如果姑娘要听在下一句真心话，我要告诉姑娘，我不姓‘利’，也不姓‘害’。我另有一姓，姓‘时’。”

“哦？姓‘时’？”姑娘显然对他的话很是好奇，“请公了解释一二。”

见姑娘被自己成功吸引，吕不韦知道自己的目的达到了一半，他侃侃而谈：“我从小生在商人世家，我祖父、父亲都是做生意的，虽然他们都不赞成我学做生意，可是我却从小耳濡目染，深谙‘利害之学’。知道‘利’和‘害’其实并非是绝对的，而是相对的。对一人来说是‘利’，对另外一个人来说，或者就是‘害’；对一人来说是‘害’，对另外一人来说或许就是‘利’。‘利’‘害’相伴相生，正反一体，随时都在互相转化。而‘利’‘害’本身也不是绝对的，会在不同环境、不同情势之下发生变化，促成其发生变化的，就是一个‘时’字。”

“从普通人的眼光来看，天下之人，可谓多矣！然而从商人的眼光来看，其实我们每个人的一生，无不在待价而沽。然而有一个现象很容易被忽略：就是资质平庸的人，不一定只能卖一个差价钱；天赋超群的人，也不一定能卖一个好价钱。其中差别，就在于一个‘时’字。能与‘时’合，则风云际会，腾蛟起凤；与‘时’不合，则金玉失色，明珠蒙尘。因此，我才说，我不姓‘利’也不姓‘害’，我姓‘时’。此时此地，我来到这里，和姑娘相会，无利亦无害，有利亦有害，并不取决于我，而取决于姑娘你怎么选择，这个‘时’是姑娘决定的。”

“公子所言，颇为新鲜，我还是第一次听到。”那女子听了赞叹不已，道：“公子请上前五步。”

“多谢！”

吕不韦从容不迫地起身，上前来到中间的小几前。这里距离幔帐中的女子更近，看得也更清楚了。不过吕不韦并不去多看，只是不慌不忙地在小几前跪坐下来，静静地等候对方抛出来第二个问题。

“第二个问题：请问公子为何而来？”

这又是一个看似简单，实则难以回答的问题。毕竟，到这里的人，还能有什么目的呢？

“这个嘛……”吕不韦脑子里飞快地转着，整理出一套思路，回答道：“姑娘，请恕我冒昧。我其实是从一位叫赵公的朋友口中，得知姑娘以大富之家的千金身份，在这里设下千金之邀，香艳之阵，公开招夫纳君，而且这么久来，竟然没有一人能使姑娘满意。因此，我就大胆地作了一个猜想：姑娘在这里撒下香饵，要钓的绝对不是凡夫俗子，而是‘天下之奇’。”

“哦？”那女子显然也颇感意外，“什么叫做‘天下之奇’？”

“我听说，对于马来说，千里马便是‘天下之奇’；对于宝玉来说，结绿、玄黎、砥厄，便是‘天下之奇’；对于女人来说，像褒姒、夏姬、息妫、骊姬、西施，这是女子中的‘天下之奇’。至于男子中，亦有‘天下之奇’：姜子牙出山以前，不过是磻溪的一个钓翁，文王访之，成就天下；百里奚以五张牛皮的价格被秦穆公买去，成就霸业；管夷吾以一个囚徒的身份，被齐桓公赏识重用；伍子胥是一个逃犯，却在吴国阖闾那里得到重用，建功立业……”

说到这里，吕不韦话锋一转，“然而，即使是‘天下之奇’，也需要有人来鉴赏和识别。千里马如果不遇到伯乐，只能拉着沉重的车子，在泥泞坎坷的小路上行走；即使是结绿、玄黎、砥厄，在不认识的人眼里，也和普通的石头无异。再美丽的女子，如果没有君王的宠爱，也只能湮没风尘，红颜老去而徒自悲伤。至于姜子牙、百里奚、管仲、伍子胥，都因为得遇明主，方能施展抱负，有所成就。所以，我才斗胆敢说一句：我来这里的目的，就是自诩为‘天下之奇’，而心甘情愿来吞下姑娘的香饵。但是我不敢肯定，姑娘是不是我的伯乐？”

“哈哈，公子的确聪慧过人，但也狂妄得可以。不过，我很欣赏公子的这种豪迈气概，请再上前五步！”

“谢谢。”

于是，吕不韦又再起身上前，在距离床榻不足三尺的小几前坐下来。在这里，已经可以将幔帐内的情形看得一清二楚：只见那女子裸露在外面的手腕、脚腕之上，都佩戴满了珠宝。一举手，一投足，光华闪闪。隐约将她的面目也映亮了几分，的确是风华绝代，倾城佳人。

“第三个问题：如果在你面前摆着两样东西，一是堆金积玉、倾城倾国之富，二是一人之下万人之上、炙手可热的权势，请问公子，在这两样东西中，你会选择哪一样呢？”

这个问题，比前面两个问题更加令人难以回答。毕竟，这两样东西，都是令人无法抗拒的；如果二选其一，就会被认为是虚伪；如果二者全选，则会被认为是贪婪。但如果一样不选，那么这个人就不单是虚伪和贪婪，甚至是不诚实了，连自己的真实欲望都不敢面对。

不过，吕不韦毕竟是吕不韦。只见他淡淡一笑，反问道：“不知道姑娘希望我选择哪一样呢？”

这实在是最妙不过的一个回答。答了等于没答，而事实上这也只能是这个问题的唯一答案。

“恭喜公子，你已经通过了全部测试。迄今为止，你是唯一一个能答上这三个问题的。”

随着幔帐中一声赞叹，幔帐无风自落。一个半遮面孔、半掩酥胸的绝色女子出现在吕不韦面前。

吕不韦知道自己如今已经是这里当仁不让的男主人了，起码在这个夜晚，一切将由他来主导。

他不慌不忙地上前，捧起那张美丽得令人窒息的脸孔，犹如鉴赏一件完美无瑕的稀世珍宝。

“蘧儿，我可以这么叫你吗？”

“当然。”

“蘧儿，你问了我三个问题，我其实在内心里，也有三个问题想问你，你可以如实回答我吗？”

“你想问什么尽管问吧。”蘧儿乖顺地依偎在他怀中，道：“我整个人都是你的了，还有什么可对你隐瞒的呢？”

“我的第一个问题就是：你怎么会想到用这么惊世骇俗的手段，来为自己选择夫君？”

“因为命运。”蘧儿回答道：“因为这个动荡的乱世。我有一种预感，不单我们的国家，包括齐、楚、燕、韩，谁也逃避不过被秦国虎狼之师吞噬的悲惨命运。生逢乱世，除了及时行乐，又能怎样呢？我怕我如果不用这样的手段，就找不到自己的如意郎君，这一生岂非就虚度了。”

“乱世求生，命贱如草，我和你有同感啊！”吕不韦叹息一声，又问道：

“第二个问题，你真的相信，会找到一个一生一世可以依靠的男人吗？你用这样的方法，找到的夫君会可靠吗？”

“不相信。”鼍儿的回答十分干脆。“男人也好，女人也好，都是靠不住的。不过我也从来没有想过要依靠谁。我之所以要找一个夫君，就是我想和他一起演一场戏。人生如戏，其实谁的人生，到头来不是一场戏？但是我这样做，只不过想将这场戏演得精彩一些，赢得更多观众罢了！”

“是呀，戏演得再好，也必须有观众，否则岂非太过孤苦寂寞？”吕不韦笑了笑，“你这一点，倒真是和我很像。我也一直在想拥有一个轰轰烈烈的人生，否则我就不会来这里找你了。”

他又提出来第三个问题：“鼍儿，如果我决心娶你，你会对我的身份介意吗？你希望我拥有倾城之富，还是一人之下万人之上的权势？还是希望我二者兼而有之？我希望知道自己能不能做得到？”

“对我来说，作什么样的人的妻子并不重要。”鼍儿回答道：“最重要的，是这个男人必须对我从一而终，即使和我在一起只有这一个夜晚的时间，也必须全心全意，只爱我一个人！记住，我既然选择了做你的妻子，就会一生一世只爱你一个人，但如果有一天我发现你背叛我，我会不惜采用一切手段来进行报复的！”鼍儿的话听起来令人脊背发凉，一个女人在倒进男人的怀抱里时尚且如此清醒，的确可怕。

然而吕不韦已经听不到她充满威胁的警告了。在他眼中，眼前的这个女子柔弱温顺，娇羞不胜。即使一朵花瓣全身都是刺，那又能怎样呢？即使被扎上几下，那疼痛也是带着快感的！

在他身上，作为男人最原始的欲望早已如洪水般泛滥蓄积于闸口，只待恣意汪洋，一泻千里……

第三章

奇货异人

我国传统商业思想宝库中，有着众多光华璀璨的明珠。如“物以稀为贵”“人弃我取，人取我予”“贵取如珠宝，贱出如粪土”等。其中，“居奇货”尤其特殊，因为这需要雄厚的经济实力和高超的运作手腕，所谓“长袖善舞，多钱善贾”，用今天的话来说，就是必须同时具备智商、财商和情商，三者缺一不可。

财商，就是如何认识财富，吕不韦的财商那是不用说了，出身商人世家，天赋卓越，绝对一流；智商，就是如何认识这个现实的世界，如何理性而冷静地分析，在做事情的时候能够排除众多复杂因素而做出最佳选择。吕不韦的智商从他征服赵姬一事上已经得到初步显现，后来设计惊天之局，一步步逆转乾坤，将一个普通的不被看好的质子最终扶持登上王位，这绝对不是寻常人所能为；情商，就是如何处理人与人之间的关系。经商做事，说到底是做人。做人是否成功，有两点：一是用自己的诚来取得别人的信任，心甘情愿来帮助你；二是用自己的智去判断如何与对方相处。彼此各取所需，互相成全。所以做人是一种技巧，更是一种艺术。真正要成为超一流的大商人，除了财商、智商，情商是一个关键因素，如陶朱、猗顿、子贡，无不是做人方面天生的大艺术家……

百川归海，如果你有本领将天下最优秀的人才都牢牢掌握，那么还有什么事情做不成呢？

吕不韦成了“丛台别馆”的男主人，这消息如长了翅膀一样迅速传遍了邯郸的大街小巷。

第二天一早，当吕不韦走在街道上，人们无不指指点点：

“啵，就是他！被赵姬选中了！”

“听说是从卫国来的，家里是做珠宝生意的！”

“真奇怪，邯郸城里有钱有势的王孙公子多的是，赵姬怎么会谁都看不上，偏偏看上他呢？”

……

但说在众人中，有一个人，叫做异人，是秦国在赵国的质子，对于吕不韦有如此艳福，羡慕不已。

这天，吕不韦刚从“丛台别馆”出来，异人早已在门口等候他多时了。“吕先生，请借一步说话！”

“哦？”吕不韦一愣，打量了一下异人，“我似乎并不认得先生，莫非先生认得我？”

“你不认得我，那是自然。然而现在邯郸城里，又有谁不认得吕先生？”异人嘴角上挂着笑，说道。

“先生找我有事？”

“不错，”异人道：“我叫异人，欲请先生到我家里小坐片刻，我有几个问题欲向先生讨教。”

“先生家在何处？”

“就在对面不远。”异人道。

“好吧。”吕不韦见他的穿着虽然寒碜，然而眉目清秀，尤其在眉宇之间，似乎隐隐藏着一股贵族之气，和他那身平民衣着极不相称，不由得暗暗好奇。反正闲着无事，便答应了。

当下，异人领着吕不韦，穿过人群，来到附近一处馆舍。令吕不韦意外的是，门口居然还有两名士兵把守。

“喂，这位是什么人？”一见异人带回来一位陌生的客人，立即有一个士兵上来盘问道。

“哦，他是我新认识的一位朋友，吕不韦吕先生。”异人被呵斥着，却显得并不在意，显然习惯了。

"吕不韦？"那士兵皱着眉，上下打量吕不韦，充满了怀疑之色，"公孙大夫认识这个人吗？"

"不要说公孙大夫，如今邯郸城里，谁不认识这位吕先生？"异人赔着笑道："不信，你们可以去打听。"

眼见这等情形，似乎这位异人是被看管、监视在这居住的，吕不韦更加好奇，不知道他是怎样的身份来历。不过，他这个人就是这样，不动声色，将异人拉到一边，悄悄地掏出来几两碎金子塞给他。异人一愣，随即领悟了他的意思，将那几两碎金子又分作两份：一份自己留下，一份给了看门的士兵。

"两位辛苦，帮忙买点酒菜来，我要请这位吕先生喝上几杯！"

"好说！"

一见有油水可捞，两位士兵顿时换了脸色，立即放吕不韦进去，马上有一人去置办酒菜了。

进入馆舍，吕不韦注意到，这里的陈设极其简陋，可以推想这位异人在这里过得颇不如意。不过，异人却一点都不在乎，以主人的身份，招呼吕不韦坐下，自己在对面坐下来。

"吕先生，你一定在奇怪，我是什么人？为什么像个犯人似的，住在这种地方，对不对？"

"是有点奇怪。"吕不韦淡淡一笑，道："不过，如果先生有什么难言之隐，不说也罢。"

"有什么可以隐瞒的？"异人苦苦一笑，"我原是秦国的王孙，自渑池之会后，来赵国为质，已经有几年的光景了。本来我的日子还好过一些，谁想连年以来，秦赵交兵，秦屡获胜。我便夹在中间，成了赵国君臣的'出气包'，轻则辱骂，重则责打，唉，每一次秦国获胜的消息传来，都是我的苦难之时啊！"

他这么一通哭诉，但立即意识到自己失态，又道："算了，不说了。今日与吕先生初次见面，应该高兴才是！对了，我请吕先生来，是想问一问，你究竟是用什么方法，博得了美人欢心？"

"其实也没有什么特别的。"吕不韦轻描淡写地道："可能是运气好一点吧，我现在还觉得做梦一般呢！”

“运气好一点？就这么简单？我才不相信呢！”异人大声地嚷起来，说道：“不瞒先生说，我每天都在外面那间大厅里，仔细观察着进去出来的每一个人。每天从我面前经过的人，都在上百人左右。可是，这些人中，却没有一个人有吕先生这样的好运气！我绝对不相信的。”

“如果这种好事降临到每个人头上，就不能称为好运气了。”吕不韦笑道，并不愿意多作解释。

正在这时候，外面的军士给他们送来了酒菜，虽然简单了一些，不过足够二人吃喝。

“来，吕先生，我敬你一杯！”异人端起酒来，对吕不韦道：“承蒙你看得起我，到我这里来作客！”说完，他一仰脖子，一饮而尽。

“哪里，哪里。”吕不韦谦逊地道：“能够结识公子，是我吕某人的荣幸！我也敬你一杯，请！”

二人推杯换盏。吕不韦只不过轻轻动了动筷子，异人却是风卷残云，可见已经饿了很久。

“吕先生，听说那赵姬有三个问题，无人能答，我也揣摩过那三个问题，的确是不好回答，请问你是怎么答上来的呢？”

异人填饱了肚子，又问起吕不韦关于如何博得美人欢心的事情。吕不韦见他只是一味关心风月的事情，推辞不过，只好不加隐瞒，将赵姬的三个问题以及自己如何回答，全部说了一遍。

“哎呀，原来你是这么回答的！”异人听了一拍大腿，“实在是妙不可言啊！”

这时候，外面响起了脚步声，这人也不打招呼，推门而入。

“啊呀，公孙大夫回来了！”异人一见那人，似乎很是惶恐，连忙站起来。

“哼！”那人是一个中年人，“哼”了一声，并不回答，却将锐利的目光向吕不韦身上扫去。

“先生何人？”

“在下吕不韦，从卫国濮阳来的，蒙赵姬不嫌，招为夫君，现在丛台别馆。”

“哦？”被称作公孙大夫的中年男子，听他报了身份，脸色稍缓，“原来你就是那位独占花魁的年轻人！你现在可是邯郸城里的名人了！怎么，不在家里抱得美人眠，来这里作什么来了？”

“这个……”

不等吕不韦作答，异人连忙道：“公孙大夫息怒，是我非要拉着他来这里，向他询问关于博得美人欢心的一些手段，让公孙大夫见笑了！”

“你呀，一天到晚，就只是对这些风流韵事感兴趣！”公孙大夫斥责道：“我奉大王之命监管你，以后，没有我的允许，不准私自带陌生人来这里！”

“是，是！”异人唯唯诺诺，一脸的恭恭敬敬，“大夫要不要坐下来喝两杯？”

“哼！”公孙大夫将眼光不屑地在桌子上扫了一眼，转身扬长而去。

从异人这里告辞离开后，回到丛台别馆，虽然日日美人在怀，丝竹管弦，然而不知道怎么，异人那一张俊俏而潦倒的面孔，那一双高贵却忧郁的眼睛，却一直在吕不韦的眼前晃动。

这天晚上，吕不韦在灯下对赵姬道：“蹙儿，明天一早，我想动身回濮阳一趟。”

“回濮阳？为什么？”赵姬情意缠绵，在他的耳边吐气若兰，“是不是你厌倦了我，想找个借口一去不返啊？”

“蹙儿，瞧你说的什么话。”吕不韦道：“我想回去禀报父亲一声，准备我们的婚事。”

“真的吗？那么，我就不拦你了。”赵姬道：“不过，我要你快去快回，只给你二十天的时间。”

“二十天？这么短？”吕不韦皱了一下眉，不过还是答应了，“好吧！”

第二天一早，吕不韦立即动身，骑了一匹快马，星夜兼程赶回濮阳老家。

等他风尘仆仆进入家中，父亲因为生了一场大病，正卧在病榻上。吕不韦匆忙来到父亲床前请安。

“爹，不孝儿回来晚了！”

“我不过偶感风寒，不碍事。对了，你在阳翟那边的珠宝店经营得如何了？”父亲不愧是生意人，三句话离不开生意上的事情。

“爹，我这次回来，就是要和您商量一件生意上的大事情。”吕不韦道。

“哦？”父亲眼睛一亮，挣扎着坐起身子，“可是有什么大买卖？”

“请问爹，耕田之利几倍？”

“十倍。”

“贩卖珠宝之利呢？”

“百倍。”

“那么，如果做一桩大生意，扶持一个人来做国家的君主，立主定国，利润又是多少倍呢？”吕不韦问。

这个问题，显然父亲从来没想过。他愣了一下，惊诧地注视着儿子。看到儿子的脸上挂着那么充满自信的笑容，他似乎感觉到了什么。

“无数。”他一生里都没有做过这么大的生意，但他知道，没有什么比这更赚钱的了。“可是，天下虽大，要寻找这么一桩生意来做，却是大不易啊！”

“要存心去找，是不容易，可如果机会自己送上门来呢？”吕不韦得到父亲的肯定，更有信心了，“实不相瞒，现在摆在儿子面前的，就有这么一桩立主定国，成就王霸之业的大生意。”

“哦？”父亲急忙催促道：“快说说看。”

“现在天下纷纷，列强相争，而最后胜出的只能有一个国家。爹可知道，是哪个国家？”

“秦国呀！”父亲虽然足不出户，却也听得太多人议论，知道天下形势。

“连爹爹都知道，秦国能并吞天下。那么，我们如果在秦国立主定国，岂非等于将未来的天下稳稳当当攥于拳中？”

“那还用说？”

“我说的这桩送上门来的生意，就是儿子在邯郸认识了一位秦国的王孙。”吕不韦详细讲述了事情的经过，“他叫异人，是秦国当今太子安国君的儿子。只因其母夏姬早早失宠，自从渑池之会后，他便一直被派在赵国为质。近年来，秦赵交兵，秦国屡次获胜，赵人对暴秦恨之入骨。因此，连累异人在赵国的日子过得甚是艰难，很不得意。我也正是在和他喝了几次酒以后，才突然产生了这么一个主意。爹，您不是常挂在嘴边说，‘居奇货’，您说这个秦王孙算不算得上‘奇货’？”

“绝对是个‘奇货’，这还用说？”父亲似乎早忘记了自己的病情，“这样的‘奇货’不据在手上，还等什么。快说，你准备怎么去做？”

“具体怎么做，我还没有想好。但无论如何，我不想错失这个机会。”吕不韦趁机提出道：“阳翟的生意，我想暂时放下，全力在邯郸经营此事。”

“那是自然，你尽管放手去做，爹支持你。”父亲对他的这种豪迈想法很是赞赏，“此事虽然有些冒险，但损失的不过一点金钱而已。一旦成功，不但获利无数，而且可以布衣封侯，到时候，吕氏光宗耀祖，泽及子孙，看谁还敢再瞧不起我们，再来嘲笑我们是铜臭小人！”

“那就这么定了！”商量完了这件大事以后，吕不韦才提起赵姬的事情。“对了，爹，还有一件事情：我这次在邯郸，除了结识秦王孙，还遇到了一位女子，正是您说的天下男人人人垂涎的那种女人。我和她已经有了很深的感情，我想把她娶过来，纳为夫人。您同意吗？”

“不，不要这么做。”不料，这件事情却遭到了父亲的反对，被他一口拒绝了。

“为什么？”吕不韦不解地问。

“天下男人人人都垂涎的女人，和天下人人都喜欢的珠宝一样，都是非常稀缺的商品。而这样的商品如果被我们得到，你会怎么办？”

“请爹指教！”

“以更高的价钱卖掉获利呀！”父亲说道：“如果得到天下珍稀的珠宝，难道我们秘密藏起来，用来供自己欣赏吗？显然不是，而是要加倍卖出最高的价钱。同样道理，天下绝色的女人，我们娶来享用，那样一来岂非太蠢了？因为所有人都会争着来和你抢夺。正确的做法只有一个，就是用她去换回最大的利益。你不是说要做立主定国的大生意吗？做大生意，必须有大筹码。你所说的这个女人，正是这么一个大筹码啊！”

“爹，我懂得了！”

吕不韦被父亲一语点醒，顿时改变了要娶赵姬为夫人的想法，代之以另外一番打算。

告别了父亲以后，吕不韦用车子载上黄金、珠宝无数，再次回到邯郸。

赵姬一见面就问他：“怎么样，咱们的婚事，你父亲同意了吗？”

“父亲病重，我这几天只顾在床前照顾，没来得及提起这件事情。等他病好以后再说吧！”吕不韦随口推搪过去，赵姬听了，信以为真，没有再说什么。

接下来，吕不韦开始精心实施自己的大计划：第一件事情，便是重金厚币，结交公孙大夫。

这位公孙大夫，名乾，是赵王专门安排监视秦王孙异人的。异人潦倒贫困，无以孝敬，公孙大夫的日子也过得很没滋味。如今，忽然得到吕不韦的着意结交，不由喜出望外，很快二人便成为莫逆之交。

这天，吕不韦照例又来请公孙大夫喝酒，异人作陪。吃到一半，忽然有人来请公孙大夫，公孙大夫不好推辞，便对二人道：“你们在这里慢慢喝，我去去就来！”

“公孙兄只管去，我在这里等你！”

等公孙大夫一去，吕不韦立即拿言语试探异人，低声在他耳边问道：“公子可曾想过，何时回秦？”

“唉！”异人叹息一声，“我连做梦都想回到故国，可是一觉醒来，还是在这个敝陋不堪的地方。以秦赵对峙之势，我怕今生无望再踏上故土了！”

“倘若我来为你安排呢？”吕不韦问道。

“真的吗？”异人眼睛一亮，但那光芒随即转为暗淡，“吕先生在说笑吧？你为什么要帮我？”

“我是个商人，不会做对自己没有利益的事情。我要帮你，自然有帮你的理由。”吕不韦为了取信于他，丝毫不掩饰自己的真实想法，“如果你就这么回国，自然对我一点好处没有。而且赵王还会怪我的罪。所以，我如果要帮你，不但让你回国，而且要让你以秦国未来的储君身份回国！”

“啊？！”这最后的一句话，仿佛一个晴天霹雳，惊得异人筷子都掉到了地上，“你……你说什么？”

“不错。”吕不韦正色道：“我已经打听清楚了，如今的秦王，年纪已经大了。他的王位迟早要传给太子。至于你的父亲，尽管有二十几个儿子，可是没有一个是得到他宠爱的。他最宠爱的是华阳夫人，偏偏华阳夫人又膝下无子。因此，我要送你回国，就是要你去华阳夫人的身边侍奉，做她的儿子。这样一来，他日太子登基，你自然便是立储的不二人选。”

“这果然是一着妙着，可是，要做华阳夫人儿子的数以百计，又怎么会轮到我头上呢？”异人摇了摇头。

“这你不用管，我只问你，如果我帮助你以储君的身份返回秦国，他日你登上王位，怎么谢我？”吕不韦直视着他问道。

“若我真有此命，亦是先生所成全！”异人立即承诺道：“愿以江山对半而分与先生！”

“那好，一言为定！”吕不韦要的就是他这句话，“以后行事，但听我安排就是！”

虽然没有歃血为盟、立约订字，但在这种情形下，字字句句，那是一点虚假没有。

便在此时，公孙乾惦记二人，匆忙赶回来了。吕不韦命人重新热过酒菜，又连连给公孙乾敬酒。

“公孙大夫，我刚和异人兄有个计议，只等你回来说给你听。”

“哦？”公孙乾已经在外面喝了不少酒，醉醺醺地问道：“什么计议？”

“异人兄告诉我：公孙大夫自奉命来此，对他一直很照顾。只可惜异人兄时运不济，遇到秦赵交兵，因此被赵王见疑，空负王孙之名，而没有王孙之实，以至于连累了大夫，想让大夫过得滋润一些，都做不到。”

“算了！”公孙乾一摆手，嘲笑道：“人人都以为我公孙乾干的是一桩肥差，哪里知道碰上这么一个穷王孙，不但没有油水，还要我自己贴补车马费用，唉！”

“所以呀，我才和异人兄商量，我准备赞助他一点小钱，置办车马行头，至少出门有车，进门有肉，手头稍有活络，也好时时孝敬大夫，不致日子如此之苦。”说着，吕不韦便取出来五十金，当着公孙大夫的面，放在席上。

“哈哈，我只道异人这一辈子就是个穷命了，不料遇到先生，居然肯这么诚心诚意地帮他。”公孙乾眼睛直勾勾地盯着那五十金，如果可能的话，真恨不得一下子都揽到自己面前。

“我这里另有一笔钱，是替异人兄孝敬公孙大夫的！”吕不韦又掏出五十金，放在他面前。“还请公孙大夫在赵王面前，朝中上下，多替异人兄美言几句，不致令他处处蒙羞，失了王孙身份！”

“好说，好说！”

有了吕不韦的资助，异人摇身一变，一改灰头土脸的样子，又恢复了王孙公子的做派。

再说吕不韦，在邯郸替异人铺设道路，挥金如土，很快帮他结交宾客，挣得了一些名声。过往之人，无不得知在邯郸有一个秦国的贤王孙异人。

然而，这只是吕不韦惊天策划中的一个小序曲。真正的大计划还没开始呢！

一个月以后，一切准备停当的吕不韦，悄悄地离开了邯郸，直奔秦国咸阳。

咸阳，这座始自秦孝公时代由一代铁血霸相商鞅主持修建的城市，至今才不过一百多年。从一开始，这座作为秦国新都的城市，就有着自己明确的野心：要作为秦国向东进击，一统天下的大本营和根据地。和秦国原来的都城雍城、栎阳比起来，咸阳的位置更加靠近东边，目标直指六国。也许那时商鞅已经预见到秦国的霸业一统，因此营造的咸阳完全模仿鲁、卫的宫廷建制，大营冀阙，浪费人力物力不知几许。但秦国的席卷天下的气象也的确袒露无遗：咸阳地处渭河平原中部，北依高原，南临渭水，东控函谷关口，西拥雍州之地，雄踞甘陇和巴蜀通往中原的要津，于内处在秦国的辐射中枢位置，于外可以水陆并进，东出函谷，问鼎中原。后来，柳宗元将其赞为“据天下之雄图，都六合之上游，摄制四海，运于掌握之内”的帝都之所，名副其实。

吕不韦一路行来，不能不发出感慨：秦国果然和别国不同。在这片千里沃野上，他们并没有被动地靠天吃饭，而是积极开沟引渠，将霸、产、长水、沣、涝、泾、渭……这些大大小小的河流，都按照统一的标准，引入农耕区“濯灌”。用以祭祀河神的祠庙随处可见。

难怪当时苏秦来游说秦惠王，曾经这么说：“大王之国，西边有巴、蜀、汉中，可以取得农业之利；北边有胡、貉民族和代郡、马邑，可以供给战备之用；南边有巫山、黔中这样险峻的重地；东边有肴山、函谷关这样坚固的要塞。农田肥沃而优良，人民众多而富裕。战车万辆，勇士百万，沃野千里，存粮丰富，地形险要而优越，进攻有利于战，防守牢不可破。这真是上天赐给您的天然府库，是天下最强的国家了。凭大王的贤能，军民的众多，战车、马队训练有方，士卒作战勇猛，完全可以兼并诸侯，一吞天下，统一四海，称帝而治。”

应该说，苏秦的这一番话，对秦国的描述是完全正确的，没有半点恭维之言。

秦国的地理位置优越，天然条件丰富。而更加令吕不韦感到惊诧的，是这里的人们勤劳而民风淳朴。或许曾经在这里生活过的周人，后来融入秦人，给这里留下了良好的传统吧！秦人一个个大都能安分守己，不弃本业。在衣着装束上也不像齐、赵、魏、卫等国家那么浮华奢丽。

在吕不韦来秦国之前的一些年，当时著名的大学问家荀子，曾经来到过秦国，与秦国的相国范雎有过一番对话。荀子以思想家的非凡解，指出秦国的三大优势：第一，秦国的地理位置相当优越，又有山川林谷之利，物产丰富。第二，秦国的地方风俗厚实而不浮华，淳朴而不轻佻。从秦国的音乐和服装中，可以感受到这里很有底蕴。第三，秦国的百姓对官府都很害怕，只要官府下达的命令没有不遵从的。秦国的政府官员，个个奉公守法，认真地为朝廷办事，不偷懒，不营私，不舞弊，这样的官和民的关系，简直和上古之世一模一样。再看朝廷，士大夫出了朝廷就回家，不拉党结派，衙门处理起政务来条理分明，决无拖沓现象，效率之高，令人赞叹。真可以称得上“恬然无治”啊！

由此，荀子得出一个结论：“怪不得秦国不断取得胜利，这不是侥幸，而是必然的结果啊！”

吕不韦一路观察，一路感叹，更加对自己的眼光充满信心：在秦国立主定国，意味着一旦成功，将来整个天下都将成为自己的囊中之物！还有什么比这样的投资获得的利润更高的呢！为了实现这个石破天惊的计划，即使冒再大的风险，遭遇再多的艰难险阻，也是值得的！

进入咸阳以后，吕不韦在城中最大的一间客栈住下来。很快，他便打听到接近华阳夫人的门路：华阳夫人有一个弟弟，叫做阳泉君，非常好客，仿效孟尝君，平原君，春申君，信陵君等人的“养士制度”，在门下也养了大约一百多位宾客，供给食宿。

第二天，吕不韦来到阳泉君府上。阳泉君的年龄和吕不韦相仿，正值得势，意气风发。这天正值每个月接见新来宾客的日子，阳泉君懒洋洋地出来，接受众位宾客朝拜。众人之中，只有吕不韦不肯下拜。

“喂，这位新来的宾客是什么人？”阳泉君怒道：“怎么一点礼貌都没有？”

吕不韦不慌不忙地上前道：“我是卫国濮阳的吕不韦，在赵国的邯郸经商。如今冒着生命危险，穿越赵国和秦国的军事防线，不远千里来到这里，不是为了投奔在阳泉君您的府上混一口饭吃，而是为了救阳泉君您来的！”

“哦？”阳泉君将信将疑，不过还是摒弃了众宾客，将吕不韦请到内室。“先生有话，但讲无妨！”

“主君即将大祸临头，难道您一点察觉都没有吗？”吕不韦开门见山地道。

“此话怎讲？”

“主君年纪轻轻，却已经在秦国享有如此高的声望。在您的府上，骏马良驹，充斥于马厩；美女佳丽，充斥于后庭。每一位宾客的供给，都抵得上寻常百姓十年的收入。可是您这么得意，却没有注意到，太子安国君的门下，二十多个儿子中，连一个富贵得势的都没有吗？他们难道不会对您的地位和权势心生羡慕、嫉恨？当今秦王，春秋已高，倘若一旦山陵崩摧，太子即位，必然在众多儿子中，选择一位嗣君。无论何人即位，都必然对主君您不利。到时候，我恐怕主君您和您的后代子孙，不要说常保荣华富贵，只怕连个安葬尸骨的地方都找不到啊！”

这一席话，将阳泉君说的脸色苍白，额头上汗水涔涔而下，“先生救我！”

“要我救主君不难，不过，主君必须要按照我所说的去做！”吕不韦趁机要求道。

“一定，一定！”

“当今太子，虽然有二十多个儿子，却没有一个得到他宠爱的，因此一直没有立嗣。而他最宠爱的是主君您的姐姐华阳夫人，偏偏华阳夫人至今没有儿子。只要华阳夫人有了儿子，那么太子一定会将其立为嗣子。”

“不错。”

“我从赵国来，在赵国的邯郸，听说有一位秦国去的王孙异人，非常有贤名。他不但在赵国得到君臣上下一致的赞扬，而且始终不忘故国。但他自己知道不是长子，他的亲生母亲夏姬又不得宠爱，因此，他决定改投到华阳夫人门下，希望成为她的儿子。如果主君您肯去劝说华阳夫人，让她答应收下异人这个儿子，那么立嗣之事，就顺理成章了。一旦立嗣成功，那么华阳夫人就是无子而有子，异人是无国而有国，到时候，主君您拥立有功，不但消除了现在的危机，而且将会更进一步巩固权势地位，您的子子孙孙也将永享高官厚禄！”

“我只听说太子有一个儿子在赵国为质，却不知道这个异人还是这么贤惠的一个人。”阳泉君被他说中了心思，点头答应道：“我会按你说的去做的。不过，这件事情，我一个人的力量恐怕还不够。如果要有必成的把握，你还要去见我的大姐，同样的话由她口中讲出来，比我有分量得多！”

于是，在阳泉君的推荐下，吕不韦又来到了华阳夫人姐姐有熊夫人府上。

由于有阳泉君的亲笔荐信，加上吕不韦以奇宝无数献上，有熊夫人立即安排接见，隔着一道珠帘，在后面端坐下来。吕不韦在帘外一张小几前落座。

“先生从邯郸来？”

“是！”吕不韦道：“小人在邯郸经商，因王孙异人公馆在小人对面，因此得以结识。常听王孙讲，如何思念故国，尤其思念华阳夫人，只恨不能归国，以之为母，以尽孝道。听说小人来秦国做一笔生意，因此命我带来一份孝顺之礼，托我转送。又特地备下一份礼物，嘱托我务必亲自交给夫人您。”说毕，吕不韦又从身上取出一小匣子金珠，命人呈入帘内。

有熊夫人开匣一看，只见金光闪闪，知道价值不菲，因此对吕不韦之言深信不疑。“我虽然与王孙不熟，不过他有这份心意，实在难得。不知道他现在邯郸那边，过得怎么样？秦赵两国，连年交战，他的日子只怕不怎么好过吧？”

“多谢夫人牵挂！”吕不韦道：“王孙虽然身处两难之境，不过为人忠厚孝顺，每遇太子、夫人诞辰，以及元旦朔望之辰，无不戒斋沐浴，往西而拜；又善于结交宾客，赵国上至君王，下至百姓，无人不知道其贤名。”

“哦？”有熊夫人颇感意外，“这个孩子，也真难为他了。”

“虽然如此，毕竟王孙久居他国，不得归侍。”吕不韦道：“因此，还请夫人代为筹划。倘若能得归国，王孙愿意以人子之礼，从此常奉膝下。”

“你的来意，我知道了。”有熊夫人是个明白人，点头道：“这件事情，我去妹妹那里说与她便是。”

这天，华阳夫人刚陪伴安国太子出游归来，有熊夫人盛装而来，探望于她。

“妹妹近来可是越来越得到太子的宠爱了，连我这个当姐姐的要见你一面都不容易呢！”有熊夫人故意道。

“姐姐说得是什么话？”华阳夫人拉着她的手说道：“姐姐要来见我，派人说一声，我亲自上门去不就行了，还要劳烦姐姐亲自来看我，实在过意不去。”

寒暄一番后，有熊夫人随口提起来一件事情，说道：“再过几天，就是宣祖母的忌日，我想来与妹妹商量，咱们应该怎么操办才好？”

“哎呀，你不说，我倒忘记了。”华阳夫人经她提醒，才想起这件事情来。

原来，她们口中的这位宣祖母，就是秦惠文王的妻子。秦惠文王正妻称“王后”，其余的妃子名号顺序是：“美人”“良人”“八子”“七子”“长使”“少使”……这位宣姑娘初来，是“八子”，因此又被称为“芈八子”。

然而这位芈八子，可不是一般的女性。她虽在秦惠文王家庭里地位一般，不过她有三个儿子，另一个优势是她的同母异父的弟弟魏冉在朝里做官。秦惠文王死后，由王后的儿子继位，史称秦武王。这个秦武王力大无比，以至于在赴周观礼时，与武士比赛举鼎，受伤而死。

秦武王没有儿子，死后的王位继承陷入纷争之中。芈八子和魏冉经过一番密谋，最后立芈八子在燕国作人质的大儿子嬴稷为王，史称秦昭王。芈八子的地位立即上升为“太后”。从此以后，就被称为“宣太后”。

秦昭王即位后，宣太后开始了长达数十年的垂帘听政，独掌大权。任命魏冉为国相，封为穰侯；又封同父同母的弟弟芈戎为华阳君；还封了两个儿子也就是秦昭王的两个弟弟嬴悝为泾阳君，嬴显为高陵君。在当时，穰侯魏冉、华阳君、泾阳君、高陵君，这四个人在秦国被称为“四贵”。

宣太后内理国政，外征天下，虽然是个女子，却一手主导了秦国的强势崛起，将儿子送上了“西帝”的宝座。

就是这位宣太后，虽然去世了，但她的影响还在。华阳夫人就是宣太后的侄孙女。可以说，华阳夫人是接过了宣太后的权杖，继续领导芈姓外戚集团，操纵着秦国的一切。据说，安国君之所以被立为太子，也正因为有华阳夫人这层关系。因此，安国君对华阳夫人才会如此专宠有加。

这天，姐妹二人谈论起宣祖母，不由得都是一阵唏嘘。

谈着谈着，有熊夫人忽然提起一个颇为私密的话题：“对了，我上次给你带来的补品，妹妹吃了可见效？肚子里还是一点动静没有吗？”

“可不是。”华阳夫人懊恼地道：“什么太医都看过了，各种方子也都试了，一点效用也没有。唉，看来我命中注定，没有子女的福分了。”

“妹妹，咱们姐妹的命怎么这么苦？”有熊夫人故意道：“咱们女人年轻的时候美貌动人，被君主所恩宠。年岁渐长，皮肤松弛，颜色衰老，就会被君主丢弃。如果不趁年轻的时候生儿育女，想方设法将自己子女中有贤德的立为储君，将来一旦君主见弃，或者驾崩，那么咱们的日子可就没法过了。妹妹，你说是不是呀？”

“姐姐说得是，我日夜忧虑的也正是这件事情，只是人不可与命争，这也是没有办法的事啊！”

“什么叫没有办法？要我说，为什么不主动在诸王孙中挑选一位信得过的，品行可靠的，收为儿子，然后立为储君。将来君主百岁之后，也好有个依靠。”

“姐姐所言甚是。”华阳夫人点头道：“可是那么多王孙中，选哪一位呢？”

“我听从邯郸来的客人说，邯郸的王孙异人，是位德行深厚的贤惠之士。他自知不是长子，其母又不得宠幸，不得立为嗣君，因此欲改投妹妹，愿意以儿子之礼，长奉妹妹。我倒觉得这个机会不错：你收下他，将他立为嗣子，他必然感激不尽。将来他登上君位，妹妹不就成了宣祖母那样，以太后之尊而君临天下，那样一来，我芈氏不就世世代代专有秦国了吗？”

“姐姐所言极是！”华阳夫人被姐姐说中了心事，立即点头答应，“如果这个孩子真有这份孝心，我就成全他吧！”

于是，华阳夫人又专门接见了吕不韦，听他介绍了王孙异人在邯郸的情况，自然，吕不韦少不得又借异人之名，奉上大批珍宝奇玩，并且力夸异人之孝且贤。

坚定了信心以后，华阳夫人决心亲自向安国君提出此事。夜间，趁安国君向她求欢的机会，她在枕边有意无意地说出一件事情：“夫君，那个在邯郸为质子的异人，您还记得吧？”

“异人？”安国君儿子众多，早已忘记了还有这么一个人，半天才想起来。“他怎么了？”

“妾身听从邯郸来的珠宝商人说，异人在那边以贤德闻名，赵国上下，对他无不尊敬有加。各国的宾客都争着去与他结交。他又是个难得的大孝子，时时不忘故土，常常往西而拜，每每落泪不止。”

“是吗？异人这个孩子，唉，也真苦了他了！”安国君随口敷衍说道。

“夫君，我虽然承蒙您的专宠，多年以来，恩爱不减，可是，我却始终未能生育，不能替您养儿育女，心里常常难过。我有个想法，想收下这个异人，让他来做我的儿子。请求夫君允许，由他来作为嗣子。将来夫君您百岁以后，我也好有个依靠。夫君，我从来没求过您什么，您可一定要答应我呀！”

“你要收他做儿子？”安国君这才知道她提到异人的用意，显得很吃惊。

“我已经决定了。”华阳夫人说道：“但求夫君成全，立异人为嗣子。”

“你既然喜欢这么做，我有什么不答应的呢？”安国君立即取出一块玉符，作为信物交给华阳夫人。“以此玉符为凭，我与夫人约定：以异人为嗣子，倘若他将来归秦，我即兑现诺言！”

“谢谢夫君！”华阳夫人接过玉符，郑重其事地收好了，“夫君对我真好，我真不知道该如何回报您的恩德呢！”

“夫妻之间，谈什么回报不回报……”安国君色眯眯的，那意思不言自明。

第二天，作为立嗣凭证的玉符，便交到了吕不韦手上。

吕不韦连夜离开了咸阳。手上握着玉符，他还不敢相信，自己所相中的“奇货”，如今终于有了可以交易的价值。他回到邯郸要做的第一件事情，就是必须将“奇货”牢牢地据在手上！

第四章

忍痛割爱

吕不韦一生事业的辉煌，源于赵姬；一生事业的败落，也结束于赵姬。他设计了开头，却无法设计结尾。

男人和女人之间的关系，自古到今，没有一个人能说清。有时候，男人因女人而成事；有时候，男人因女人而败事。而所以出现这样那样的恩怨情仇，一切都源自对男人和女人关系的误读。

唯利是图，这是商人的本性。被逐利的冲动所驱使，去将天下的万事万物都拿来交易，也没有错。但唯独男女之间的情感，这是人类之间最纯粹的情感，不能掺杂有任何功利色彩。

吕不韦是个生意人，他可以将所有的一些都拿来作为交换，但是他在最后一个人孤苦无依、面对死亡的时候，即使将全天下的珠宝堆在面前，也是毫无意义的。一个人所能享用的物质财富毕竟是有限的。人，生而为人，最大的痛苦和孤独，并不是来自于物质的匮乏，而是来自于精神的空虚……

也许有很多人想效仿吕不韦，毕竟拥有全天下的财富太有吸引力了，但如果拿出性命去作为交换，又有谁会真正愿意呢？如果吕不韦当时能看清这一点，他也许就不会那么执着而疯狂了……

邯郸。

赵姬自从选择了吕不韦，一直沉浸在巨大的幸福中。在这个纷乱之世，她本来已经不抱什么希望，只想消遣那些王孙公子，达官贵人，以一种荒唐而绝望的方式稀里糊涂地葬送自己的青春。却不料，正在这个时候，吕不韦出现在了她的生命中。而他又的确符合她对理想男人的全部想象：年轻、英俊、才华横溢、腰缠万金。更重要的，他不是一个甘于平庸的人，也不是一个自大自负的人。他知道自己想要什么，也知道该怎么去做。他在外面是那么一个令人着迷的形象，而回到家里，又是那么一个令人倍感温暖、安全的丈夫形象。他对赵姬的体贴关怀是细致入微的，他在床榻之上，所展示的男人雄风又是赵姬所从来没经历过的。

对于吕不韦，赵姬一百二十个满意。她决心结束先前那种荒唐生活，认真地和吕不韦一起过恩爱欢悦的日子。

只有一点令赵姬稍有不满：吕不韦一直答应，但却始终没有把他们的婚事提上日程！

第一次是回家探望父亲，借口父亲病重，因此没有机会开口提出，赵姬没说什么。

第二次，是吕不韦突然要西行入秦，而他去做什么又不肯详细告诉赵姬。不过，赵姬也隐约猜到，他一定是去秘密地干一件大事情。男人的事情，赵姬不便多问，只能暗暗焦急地等待。

在吕不韦离开邯郸、即将动身入秦的那个夜晚，赵姬和他缠绵一番过后，曾经明确地问他：

“不韦，等你从秦国回来，咱们就正式举行婚礼，好不好？”

“好。”吕不韦每次都这么回答，这次也不例外，“不过要看我去秦国此行的结果。”

“我们结婚不结婚，与你此去的结果有什么关系？”赵姬不解地问道。

“大有关系。”吕不韦道：“我这次去干的这件事情，关系到你我的幸福。如果成功，我一生事业，就会从此奠定基础。你也希望我成功的，对不对？我成功以后，就能给予你比现在多十倍、百倍的幸福！”

“可是我现在就觉得很幸福。”赵姬依偎在他那坚实的胸膛上，“知道吗？不韦，在遇到你以前，我以为自己这一辈子，都不可能品尝到幸福的滋味了。可是遇到你，我才知道原来幸福并不需要等上天的恩赐。其实幸福真的很简单，只要你想，就可以紧紧地把它握在手心里。”

“谢谢你这么说，蹙儿！”吕不韦也将她搂得紧紧的，“可能我理解的幸福，和你有所不同。对女人来说，寻找一个如意郎君，生儿育女就是幸福；而对男人来说，一定要建功立业，在历史上留下自己的名声，只有这样活过，才算一个真正的男人。因此，我必须去做我的事情，而不能日夜守着你。蹙儿，你明白我的意思吗？等我成功了，我会花更多时间陪你的。”

“我当然明白，你们男人都是这样。”赵姬道：“当追求一个女人的时候，天天围在那个女人的裙子边上转，在门口整夜等候都不觉得有什么；可是一旦得手，品尝过了鲜味，立即就厌倦了，就找出一大堆借口，强调非离开不可的理由。算了，你爱去做什么事情就去做吧，我不拦你！”

吕不韦走后，赵姬的心情一直郁闷着。她习惯了天天和吕不韦在一起风流快活的日子。在此之前，每天晚上她的身边也都不缺少男人作陪。如今忽然要独守空房，她不由得有些寂寞难耐。

但她又不能不克制自己。毕竟，她已经下定决心，要过正常女人的生活。

就在吕不韦走后不久，赵姬忽然觉得自己的身体起了一种奇怪的反应：她常常有抑制不住的呕吐冲动，一吐起来就头晕目眩，连苦水都要吐出来。

不但如此，很多以前喜欢吃的食物，如今忽然都不感兴趣了，只对酸甜之物表现出异乎寻常的爱好。

“我这是怎么了？”起初她还以为自己生病了，直到有一天，她忽然屈指一算，这才恍然大悟：“哎呀，我是不是怀孕了？”

当知道自己有了吕不韦的孩子，就要做一个幸福的妈妈了，她高兴得不知道怎么是好，泪水从脸上不停地流下来。只可惜，这么巨大的喜悦，不能与丈夫一起分享，这又令她不能不感到遗憾。

从那以后，她便开始有规律地作息，全心全意准备迎接这个小宝宝的到来。

当一个月后，吕不韦从秦国回到邯郸，一迈进“丛台别馆”的门，赵姬早已等候他多时了。

“不韦，你终于回来了！”她一见到他，泪水又不争气地滚滚而下。

“蹙儿，我有一个好消息要告诉你！”吕不韦急切地想把自己此次入秦的结果告诉她。

“不韦，我也有一个好消息要告诉你。”赵姬也急于将自己的喜悦和他分享。

“哦？”吕不韦还没有意识到什么，随口问了一句，“什么好消息？”

“我……我怀孕了。有了咱们的孩子。”赵姬紧张地望着吕不韦。

“啊？你……有了咱们的孩子？”吕不韦的反应并没有赵姬所期待那么欣喜若狂。他只是不敢相信地看了看赵姬的肚子：“真的吗？”

“怎么，不韦，你不高兴吗？”赵姬有些不满地看着他，问道：“你觉得孩子来得不是时候吗？”

“鳖儿，你这是说什么？”吕不韦将她轻轻揽入怀中，“这是咱们的爱情的结晶，我自然高兴了。只不过，我在想，以后的日子，可要辛苦你了！”

“什么辛苦不辛苦的，只要你喜欢这个孩子，我付出多大的牺牲都是值得的。”赵姬的口气，已经完全像一个贤惠端淑的妻子了。

说完了这件事情以后，赵姬才记得问吕不韦：“对了，此次入秦结果如何？”

“事情办得不错，挺顺利的，不过还没有最后的结果，等一段时间才能知晓。”吕不韦本来要全盘讲述此行经过给她听，现在却忽然改变了主意。

第二天一大早，吕不韦便动身起来，换了身便服，来找公孙大夫和异人。

来到馆舍，公孙大夫已经起身，正在院子里练习剑术。至于异人，却不见踪影。

“公孙大夫，早啊！”吕不韦等他练完剑术，才上去和他热情地打招呼。

“不韦贤弟，好久不见，什么时候回的邯郸？”公孙乾只听说他外出做一笔生意，并不知道他去的什么地方。

“我是昨天晚上回来的。”吕不韦道：“多日不见，甚是想念。因此早早来打扰了！”

“哪里，哪里。”

二人寒暄着，公孙大夫将吕不韦让进屋子里。

“对了，我那位异人兄呢？”吕不韦装作随意问道：“怎么不见他？”

“他呀，每天不是在赌坊，就是在找女人，整天都不见人影，害得我还要到处去找他回来！”

“哈哈！”吕不韦听了大笑道：“异人兄快活得很哪！要我说，公孙兄也不必太苦了自己，只管逍遥快活。”

说着，吕不韦又掏出五十两黄金，放在桌子上，“小弟此番出去，发了点小财。特来孝敬公孙兄！”

“客气，客气。”

公孙乾无功不受禄，自己也觉得不好意思，不过还是将金子如数收了。

正在这时，外面响起脚步声。异人摇摇晃晃，满身酒气，带着一脸倦容踏进门来。

“异人，怎么又一夜未归？害得我到处找你。”公孙大夫毕竟职责所在，忍不住斥责他道。

“公孙大夫，快帮我挡一下外面那些人。”异人神色慌张，“就说没看见我。”

“异人兄，又在外面惹了什么祸？”吕不韦起身迎上去，异人一见他，如同见了救星一样。

“不韦贤弟，你可回来了，快，有钱先借我一点。”

“什么借不借的？需要多少尽管开口。”

便在这时候，外面人声熙熙攘攘，一群无赖追了进来：“那小子滚出来！”

“什么人如此无礼？”公孙大夫站在门口，一声喝，“敢来这里闹事？”

“大夫息怒！”无赖中一个为首的上来道：“那个穷王孙，和我们赌了一晚上钱，欠下一屁股债，他最后却不认账，找借口溜了回来。”

“区区一点小钱，你们当王孙拿不起吗？”吕不韦从门内出来，将一把碎金子随手扔在地上，“以后这等小事，不要闹到这里来，都去找我吕某人。还不快点给公孙大夫道歉？”

“大夫，对不起了。”众无赖中，有认识吕不韦的，连忙给公孙乾道歉，然后，弯腰捡起地上的金子，吵嚷着去了。

重新回屋子里坐定，异人才不好意思地对公孙乾道：“连累大夫了！”又对吕不韦道：“一见面就让不韦贤弟破费，实在不好意思得很哪！”

“你我兄弟，说这些做什么？来，我们大醉一场，不醉不休。”吕不韦毫不介意地道。

因为有公孙乾在旁，吕不韦并没有多说什么。第二天，他又特地在“丛台别馆”设宴，邀请公孙乾和异人来一起喝酒谈天。

公孙乾毕竟上了岁数，不胜酒力，很快摇摇晃晃离开了“丛台别馆”。

吕不韦一看，左右无人，正是大好时机，于是低声在异人耳边说道：“异人兄，告诉你一个大好消息，我对你说的那件事情，已经成了。”

“成了？这么快？”异人简直不敢相信自己的耳朵，一下子酒意全消。

“不错。”于是，吕不韦将自己如何入秦，投在阳泉君门下，又如何见了有熊夫人，最后见到华阳夫人，当面陈述利害，说动华阳夫人去请求安国君，答应了立异人为嗣子的经过，详细讲了一遍。

“异人兄请看，这是安国君亲自交给华阳夫人，答应立你作嗣子的证据。”当吕不韦将那块玉符拿出来，亲自交到异人手上，异人才相信这一切是真的了。

“这么说……我真的被立为嗣子了？”他简直觉得自己在做梦一样。

“那是当然。从今以后，我要改口叫你‘殿下’了。”吕不韦正色道。

“不……先不要将这件事情泄露出去。我害怕会引起别人的嫉妒，加害于我。”异人连忙将那件玉符又交回到他的手上，“还请贤弟暂且保守秘密。等我离开邯郸，此事再公开不迟。”

“也好。”吕不韦思忖片刻，收了玉符：“异人兄信得过我，且耐住性子，一切由我安排。”

“我自然信得过贤弟。”异人直到此时，还有些晕晕乎乎，如在云里雾里。

“异人兄，我有一个提议。”又喝了一会儿酒，吕不韦道：“既然立嗣之事已定，从今以后，你我少不得要常在一起商议事情。你那里有公孙大夫在旁，说话不便，以后还是来我府上议事稳妥一些。不过，为了避免别人猜疑，我建议你我举行一个仪式，当着众人的面结拜为兄弟。既是兄弟，无分你我，你可以自由出入这里，而且你骤然大富大贵，人们也只道是你攀上了我这棵大树，渐渐就会习以为常。这样一来，神不知鬼不觉，你就换了一个形象。”

“贤弟说得是！”异人本来在落难中，有吕不韦肯主动伸来一根救命稻草，已经感激不已；如今吕不韦帮他办成这样一件大事，对他钦佩得无以复加，一切言听计从，立即答应道：“就由贤弟来安排吧！”

第二天，一个天大的消息顿时在邯郸城里传开：吕不韦与王孙异人要举行结拜为异姓兄弟的仪式。

这天，“丛台别馆”门口从一早开始就人头攒动。吕不韦果然是大手笔，在门外的长街上一溜摆了上百张桌子开设流水席，不管是什么人，只要肯来参加仪式，就可以找到一个吃饭喝酒的位置。只要再肯掏点钱买点贺礼，就可以获准进入到“丛台别馆”里面去，成为正式受邀的嘉宾。

不到晌午，门前整整一条街已经堵得水泄不通。而“丛台别馆”里更是人多得都坐不下了，只能站着。

这天的主持人是公孙大夫，从一早开始就接待各路宾客，忙得气喘吁吁，连喝口水的工夫都没有。

吕不韦和异人是今天的两大主角。吕不韦倒还罢了，平日里就衣着华丽，气度不凡。今天特地换上一身新衣服，更显得精神抖擞，红光满面。

至于异人，在人们的眼里，见惯了他一副寒碜和潦倒的模样。今天忽然换了一身名贵华丽的新装，脸上的胡子也刮去了，头发整理得一丝不乱。很多人第一次发现：原来这位从秦国来的王孙，竟然是这么一位翩翩公子。尤其眉宇间的贵族气质，再加这身衣服的衬托，更显得卓尔不凡。他整个人宛如一颗珍珠被埋得久了，骤然洗去尘埃，一下子放出夺目的光芒。

“喂，那个真的是异人吗？”

“真是‘人靠衣裳马靠鞍’啊，这么一穿戴起来，还真是一表人才呢！”

“可不。真不知道他怎么就傍上了这么一位大贾，肯诚心诚意和他结拜！”

……

众人的议论声中，吉时良辰已到。于是，吕不韦和异人双双来到众人面前。

“诸位，我吕不韦和异人兄，一见如故，决定结为金兰之交，特地请大伙来做个见证！”

“不错，我和吕不韦贤弟，志趣相投，愿义结金兰，从此患难与共，生死相随！”

二人剖明心迹，在众人的注视下，一人端起一碗酒。公孙大夫提起早已准备好的一只野鸡，在喉部用刀子轻轻一割，将喷出来的血滴入二人碗中。

随即，二人又分别接过刀子，刺出自己指尖上的血，滴入酒碗之中。

一切准备就绪，二人跪在地上，吕不韦先将酒碗举过头顶，对天盟誓：

“皇天在上，
后土在下。
今有不韦，
在此盟誓：
愿与异人，
结为兄弟。
不求同生，
但求同死。
若违此誓，
不得好死。”

他盟誓过后，将那碗血酒一饮而尽。

接着，轮到异人，也将酒碗举过头顶，隆重地发誓：

“天地四方，
诸神共鉴，
今有异人，

在此盟誓：

异人为兄，

不韦为弟。

一经结拜，

永不反悔。

如有违背，

人神共谴。”

言毕，他也一仰头，将那一碗酒一饮而尽。

当下，轮到公孙乾致辞，只见他将一碗清酒，祭拜过四方神灵，然后高声道：

“二人同心，

其利断金。

同心之言，

其臭如兰。”

最后，吕不韦和异人二人互相对拜三拜，交换信物，便算正式结为了兄弟。

这天的宴席，从中午一直办到深夜。众人兴高采烈，无不喝得酩酊大醉。

席终人散，但吕不韦却还不肯放异人走。他还惦记着一件事情。来到内室，只见赵姬穿了一件宽大的丝质睡袍，正准备睡下。

“蹙儿，按照规矩，你也应该出去给异人兄见礼。”听吕不韦进来要她出去见异人，她极不情愿。

不过，毕竟这是件大事情，她最后还是点头答应了。

于是，她不愿再繁琐地换正式服装，随便将衣带束上，胡乱将头发在脑后一挽，光着脚穿着一双木屐就出来了。

“异人兄，我来给你介绍，这是蹙儿！”

吕不韦叫醒异人，异人睡眼惺忪，愣愣地看着吕不韦。

但当吕不韦将他推到赵姬的跟前，他的眼睛一下子瞪大了。赵姬本来就是天下绝色，如今这么不加修饰，一身慵懒的装束出现在异人面前，在灯火的映衬下，更显得妩媚撩人。那在衣扣间隐约露出雪白而深深的乳沟，那隆起的双峰，那两条在袍角下裸露的光滑而纤长的双腿，以及光着的赛藕欺雪的一双玉足，无不摄人心魂，透出一种惊心动魄的性感之美。

“见过大哥……”赵姬吐气若兰，直令异人筋骨酥软。

“快……起来……”他伸手去搀扶赵姬，却正在一低头间看到那一对赛藕欺雪的乳峰。一瞬间，他色心顿起，竟然控制不住自己的欲望，伸手去摸了一把。

“你……”赵姬怎么也没想到，当着吕不韦的面，异人会做出这么无礼的动作。

而异人呢，一经和赵姬那柔软而细腻的肌肤接触，顿时全身颤抖起来。口中发出“嗬嗬”的声音，仿佛失去了理智一样，变成一个彻头彻尾的疯子。

“美人，让我抱一抱……”他竟然死命将赵姬拉入怀中，涎着口水在她脸上乱吻一通。

“异人兄，快放手！”吕不韦也是万万没有想到，会出现如此丑陋不堪的一幕。

“你……混账……”赵姬再也忍不住了，本能地甩手一记耳光，狠狠地抽在异人的脸上。

“啪”的一声响，打醒了异人。他顿时松开手，捂着脸，在地上呆呆地坐着，莫名其妙。

“我……我怎么了……弟妹为什么打我？”他竟然对刚才的举动一无所知。

“异人兄，你喝醉了。”吕不韦连忙上去扶起他来，又示意赵姬离去。“走，我送你回去！”

“我……我没有做什么对不起弟妹的事情吧？”眼看赵姬粉面涨红，羞恼而去，异人恍惚记得，自己刚才对她有什么非礼的举动，惊惧不定。

“算了，不说了，走吧！”吕不韦搀扶着他，将他扶到外面，送回了馆舍。

等他从外面回来，一走进内室，就听到赵姬低低压抑的“嘤嘤”哭泣之声。

“对不起，蹙儿，都是我不好。”吕不韦心痛地上去在她身边坐下来。“明知道异人喝醉了，我还要让你出去见他，实在委屈你了！”

“哼，你们男人都一样，喝了酒就色胆包天，什么下流事情都能做出来！”赵姬抹了一把眼泪，道：“这种人简直就是个无赖，你却和他结交，我真想不通为什么。究竟你们之间，隐藏着什么天大的秘密？”

“是这样的，”吕不韦知道自己不能再隐瞒了，于是将自己和异人结交的前前后后经过，都详细告诉了赵姬：“这件事情，目前正进行到关键阶段，我不想因此和异人闹得不愉快。所以，我请你不要再追究他了。”

“好，既然你宽宏大量，那么我一个小女子，又能怎么样呢？”赵姬语带讥讽，“他今天敢借酒发疯，当着你的面羞辱我，只怕下一次，他就要恬不知耻，要我去陪着他睡觉了。反正他是嗣子，你能奈他何？”

“蹙儿，我向你保证，不会有下次了！”吕不韦信誓旦旦地道：“这次实在是我疏忽大意，以后我不会再给他机会了。你放心吧！”

见赵姬仍然面色如霜，他又上去将耳朵贴在她的肚子上，自言自语道：“唉，孩子呀孩子，快帮着劝劝你娘，现在可不比往常，当心气坏了身子！”

“哼！花言巧语，拿孩子来欺负我！”赵姬听他提到孩子，虽然还生气，不过脸色却缓和了，口气也不再那么严厉。吕不韦趁机将她揽入怀中。

“蹙儿，从现在起，你什么都不要想，保重好身子，将孩子平安健康地生下来，比什么都重要，明白吗？”

“我和孩子在你心里的分量，比你的大计划还重要？我看不见得！”赵姬故意道。

“当然你和孩子是第一位的了，我保证……”

吕不韦又要对天起誓，却被赵姬用炽热的双唇一下子堵住了嘴，二人又如胶似漆地缠绵起来……

再说异人，自从那夜酒后失态以后，他居然一连十多天，没有踏进“丛台别馆”一步。

这可急坏了吕不韦。因为要制定计划，帮助异人秘密离开赵国，回到秦国去，这里面有多少事情要商量，异人不来怎么行？他决定亲自去找异人，一问究竟。

这天，吕不韦又特意叫了一桌酒菜，叫人送到馆舍。自己随后来到。

等他进入馆舍，只见公孙大夫早迎上来：“吕先生，你可来了，急死我了！”

“怎么回事？”吕不韦问道。

“还不是异人。他不知道怎么上次从你那里回来就病了，一病不起。我给他请了多少个大夫，始终瞧不出来他得的是什么病。我本想去告诉你，他却死活不让我去。这究竟是怎么了？”

“快，带我去瞧瞧。”吕不韦大惊，立即跟随公孙大夫来到异人床榻之前。

“异人，不韦来看你了！”公孙大夫嚷道。

“贤弟……我……”异人正面壁而卧，闻言转过身来，见到吕不韦，挣扎着便要起身。

“大哥，快躺下！”吕不韦连忙阻止他，过去在他身边坐下，“听公孙大夫说，你病得不轻。小弟特来探望，到底哪里不舒服？我去给你请最好的大夫。”

“不，不必了……”异人摇了摇手，叹道：“我的病，无药可救，怕是好不了了。”

“什么？”吕不韦心中一沉，慌忙问道：“到底怎么回事，快告诉我。”

异人却不愿多说，将眼睛一闭，两行泪水从脸上流下来。瞧他只不过十来天，整个人瘦了一圈。胡子多日未刮，更显得憔悴不堪。

“公孙大夫，我这里有些钱，麻烦您亲自去一趟，帮我请最好的医生来。”吕不韦从身上掏出一百金，交给公孙大夫。公孙大夫叹息着去了。

现在，屋子里只剩下吕不韦和异人二人。吕不韦在异人耳边小声问道："大哥，别忘了咱们的约定。阳泉君、有熊夫人、华阳夫人，都在等着你回去呢！你父亲安国君身后的位置，还在等着你去坐呢！不管得了什么病，都要振作起来！可不能讳疾忌医，到底怎么了，快告诉我！"

"贤弟……我得的是心病……"异人睁开眼来，长叹一声，"心病还需心药医，可我这病……却无药可救啊……"

"心病？"吕不韦一愣，似乎猜到了什么，"你……你是说……"

"不错！"异人干脆挑明了，说道："我那天晚上喝多了，做了对不起弟妹之事，悔恨万分……可是，我万万没想到，自从回来之后，睁开眼睛，便是她的模样；闭上眼睛，又是她的音容。我……我连梦里都忘不了她……可是我又知道，她是我弟妹，我不能作逾礼越规之事，因此，日夜自苦，结果这身子就一日不如一日，不韦，你说我除了一死，又能怎么样呢？"

"大哥，你……你这不是让我为难吗？"吕不韦听了，也是双眉紧锁，连连摇头。

"我也知道自己不对，告诫自己一定要忘了她，可是越要忘记，偏偏越忘不了。"异人又流下眼泪来，"我想，我干脆死了，也就一了百了，不这么痛苦了。"

看他那副样子，直挺挺地躺在那里，流泪不止，吕不韦相信，他说得是真的了。

从异人这里离开，吕不韦可是彻底犯了难。他从遇到异人开始，就在作着精心的策划，每一步都在自己的安排中。不承想，计划刚进行了一半，却出现了这么大的一个意外：异人居然看上了赵姬！

对吕不韦来说，赵姬是他生命中第一个真正的女人。以前很多的女人也在他生命中出现过，可是除了给他解除寂寞，并不曾真正进入过他的心底。

只有赵姬，从一开始就深契吕不韦之心。二人不但情投意合，更是鱼水和谐，那种感觉是吕不韦从来没有经历过的。唯其如此，他才下决心娶赵姬为妻子，对她这份感情，至死不渝。

现在，赵姬又有了吕不韦的骨血。这就更令吕不韦对赵姬的情感深了一层。

虽然整天忙于大计划，但在闲下来的时间，吕不韦也曾暗暗想过：赵姬为他生儿育女，一家人在一起其乐融融的情形……

但如今，美好的一切却即将成为泡影：异人竟然对赵姬动了真情！而且这样刻骨相思，真的会要了他的命！

如果真是那样，吕不韦此前精心策划的一切，就等于白费了。异人作为“奇货”，不管他有怎样的价值，一旦他死了，就都烟消云散了。

吕不韦就这么一路失魂落魄地走回了“丛台别馆”，茶饭不思，心事重重。一直到了入夜时分，吕不韦左思右想，还没有拿定主意。

“不韦，你这是怎么了？”不知道什么时候，赵姬来到他的跟前，递给他一杯茶水。

“没……没什么。”

“不，你一定遇到了事情。我跟你在一起这么久，从来没见你这样过。”

“真的没什么。”吕不韦强作镇定，端茶的手却在不住地颤抖，茶水都洒了出来。

“不韦，咱们是夫妻，互相之间，不应该有什么隐瞒的。你说出来，我也可以替你分忧。”

“你真的这么想？”吕不韦咬着嘴唇，咬出了血尚且不自知，“蘡儿，你真想知道为什么？”

“不韦，不管出了什么事情，我都和你站在一起。”赵姬坚定地拉住了他的手。

“那好，我告诉你。”吕不韦将心一横，将真相说了出来，“我今天去看过异人，他快死了。”

“什么？”赵姬也是一愣，没想到问题会这么严重，“他得了什么病，这么严重？”

“相思病，一种没有药可以治的病！”吕不韦道。

"相思病？"赵姬似乎明白了什么，不敢相信地问道。

"不错，他是为你害的相思病。"吕不韦到了这时候，索性全盘托出。"事实明摆着：只有你才能救他，否则他就非死不可。他一死，我全部的计划也就泡汤了。但如果要救他——"

"如果要救他，就必须牺牲我，对不对？"赵姬接过话去，冷冷地问道。

"我自然不会这么做。"吕不韦连忙道："无论如何，我是不会答应他的。"

"那你就眼睁睁地看着他死？"赵姬问道："你真的忍心白白地将自己的事业全盘毁掉？"

"我……"吕不韦哑口无言。他从来没有这么为难过，"蹙儿，对不起，我真没用，不但不能好好地照顾你，还要你……唉……"

"算了，别说了。我也知道你们男人，都是偷腥的猫儿，不吃到口是不肯罢休的。"赵姬在吕不韦之前，不知道有过多少男人，对男人的了解可以说是透彻到骨子里去的。

"蹙儿，还记得你我初见，你给我出的第三道题目，我的回答吗？不管是倾国倾城的财富，还是一人之下万人之上的权势，我都会听从你的选择。"

"男子汉大丈夫，做大事不拘小节。如果你不介意，不妨去问问异人，要我怎么做，才能治好他的病？"

"真的？"吕不韦没想到，赵姬会主动答应作出牺牲，又是惊喜，又是难过。"蹙儿，真难为你了……"

他第二天立即去见异人，悄悄地对他道："贤兄，我找到一个人，一定能治好你的病！"

"我的病无药可治，贤弟不必为我操心了。"异人此时心里只有一个赵姬，其他的什么都不想。

"不然，此人可谓天下唯一能治贤兄之病的良医。"吕不韦斩钉截铁地道："大哥一向听我安排，不妨再听一次！"

"也罢。"异人勉强道："反正我是好不了的，也不想活下去了。至于要如何安排，一切由你吧！”

黄昏时分，一辆马车将异人接出来，悄悄来到一处隐秘院落。吕不韦将异人搀扶下来，异人还在疑惑：

“这是哪里啊？”

“别问了，进去吧。”吕不韦将他扶进去，直入内堂。内堂上灯火通明，然而却不见一个人。

“大夫在哪里？”异人还在傻傻地问。

“在里面。”吕不韦又开启了旁边一间小门，这里面雾气蒸腾，根本看不清里面的情况。“进去吧。”

异人被推进里面，小门在身后关上。异人疑惑地摸索着，良久，才适应了屋子里的光线。

他这才看到，原来屋子中间是一个充满水的浴池。浴池中，一个女子长发披肩，全身上下只披着一袭粉红色的轻纱，正在用纤纤十指，戏耍着水珠，那张面孔，不正是自己朝思暮想的吗？

“啊？你……你是弟妹？”异人无论如何也没有想到，吕不韦所说的“良医”，竟然会是赵姬！

再一想，也难怪，吕不韦说这是天下唯一能医治自己病的“大夫”，自己相思成疾，除了赵姬，谁人能治？

“怎么，你还叫我‘弟妹’吗？”赵姬冷冷一笑，“你不知道，我有个名字叫做‘蹩儿’吗？”

“蹩……儿……”异人胆战心惊，不知道多少个男人叫过这个名字，但以他叫来最胆战心惊。

“过来吧，听说你为我得了病，饱受相思之苦，也真难为你了！”赵姬从水中站起身，一身的水滴跌落水中，被水浸湿的纱衣完全贴在身上，仿佛透明一样，勾勒出一个完美无缺的胴体。

“我……”

“你还等什么？难道你苦苦相思，不就为了等这一刻吗？”赵姬的声音散发出不可抵挡的魔力，令异人不由自主地一步步移动脚步。

“蹙儿……我……我也知道自己不该这么做，可是自从我见了你一眼，夜夜梦里都见到你……我……”

“不要说了，天下男人，每一个都是甜言蜜语，得手以后，没有一个不是抽身而去。别说了！”

赵姬不容分说，待他一下水，立即用自己的嘴唇将他的嘴堵上了。异人顿时魂飞天外……

第五章

生死之间

在吕不韦关于“立主定国”的宏伟策划中，应该说，是不包括后来的“以吕代嬴”这步棋的。在后人眼中，这看上去更像一个传说，郭沫若在《吕不韦和秦王政批判》中就提到：这个故事与春申君娶女李嫣，怀孕后献给楚王，后来嗣位成为楚幽王，李嫣成为太后的故事，太过相似，怀疑是后人牵强附会上去的。今天，怀疑“以吕代嬴”是否确有其事的也大有人在。

然而，这件事情，又明明白白写在《史记·吕不韦列传》中。太史公司马迁显然也认为，在秦王政的身体里明明白白流着吕不韦的商人血液，基本可以从他后来的平生作为中反推出来：他雄心勃勃，横扫诸国；不安本分，甚至连神仙的事情都要去一窥究竟；他精力过人，渴望在每个所到之地都留下自己的痕迹。他的征服欲望无穷无尽，他的冒险想法层出不穷……反之，对照他名义上的父亲秦庄襄王，祖父秦孝文王，哪里有一点点的进取之志？从各方面看来，嬴政都和吕不韦太相像了，也许这件事情永远都只能掩盖在历史的迷雾中……

吕不韦送出了赵姬，为了自己那个狂妄的梦想，为了得到财富和权势作为回报，他孤注一掷……

秦王孙异人和邯郸大贾赵富的女儿赵姬的婚礼，在一个月之后隆重举行。

当这一消息最初传来，很多人都以为自己的耳朵出了问题，觉得难以置信。

事实上，自从那一夜肌肤相亲之后，异人感念吕不韦的恩德，也曾经想过拼命将赵姬忘记。可是，他越想忘记，越做不到。

异人不是没有经历过女人，可像赵姬这样的女人对天下任何男人来说都是无法抗拒的。

那夜过后，异人的相思病不但没有治好，反而更加病入膏肓，没得救了。

吕不韦自以为安排缜密，计划周虑。可是唯独在异人这件事情上，不好把控。本来想牺牲一下赵姬的身体，不料，这仿佛给一个饥渴的病人饮下了毒酒，结果反而加剧了他的病情。

异人相思入骨，但也知道自己不好再开口提什么要求，干脆连吕不韦也不见，一心在家等死。

这天晚上，当赵姬沐浴出来，刚要换上衣服，准备上床睡觉，吕不韦一下上前给她跪下了。

“不韦，你……你这是做什么？”赵姬猝不及防，被他的荒唐举动吓了一跳。

“蹙儿，我思来想去，总觉得对不起你……我……我觉得自己实在不是个男人……”吕不韦声泪俱下，“自从你和异人……那一夜后……我拼命想从头脑里抹去那一幕，可是我做不到……”

“怎么，你们男人都这么卑鄙无耻吗？”赵姬冷笑道：“异人相思在前，你嫉妒在后，我看你们根本是一路货色！口口声声说爱我，会对我好，结果没有一个是正经东西！哼，我真傻，早该知道男人靠不住的！”

“是我不好，卑鄙，无耻，下流，我不是人！”吕不韦伸手狠狠地抽起了自己的嘴巴，“蹙儿，你诅咒我吧，让我下辈子做牛做马，被你骑，被你骂，用鞭子抽……”

“不要再演戏了，你说吧，又要我做什么？”赵姬一眼看穿了他的把戏。

不知道怎么，自从那一夜后，她竟然不自觉拿吕不韦和异人进行对比。吕不韦雄风无敌，异人软弱可怜。但大概女人都有一种同情弱者的心理吧，她忽然觉得异人开始在她的心里占据了一个位置。异人平庸无能，但他最大的好处是用情专一，不像吕不韦这么野心勃勃……

“异人又犯病了，而且这次是一心求死。我看得出来，他是真不想活了，”吕不韦嗫嚅道：“除非你……”

“要我再去陪他睡觉？”赵姬冷冷地道：“天下的男人，都为了争夺女人而大打出手。你可好，将自己的女人拼命向另一个男人怀里推……”

“我不是要你去陪他睡觉，而是要你……嫁给他……”吕不韦艰难道。

“嫁给他，那我肚子里的孩子呢？”赵姬尖叫起来，“你总不能连孩子都不认吧？”

“孩子、你，我都要，秦国的江山社稷，我也要。”吕不韦干脆将自己的想法挑明了。“正因为你有孕在身，异人并不知晓，所以我才想出这么一个办法。你嫁给他，以后生下孩子，就正大光明是异人的孩子。如果是男孩，他一定会如同安国君疼爱华阳夫人那样，立其为嗣。这样一来，有朝一日，异人真的成为秦国的国君，你就是王后。而我拥立有功，异人一定不会食言，封我为相国。我看过了，异人是短命的相，不会在位太久。他一死，嗣子继位，咱们一家人不就堂而皇之地拥有了整个秦国了？我再辅佐儿子，以秦国之力，并吞天下，岂非很快就可以霸业一统？这可是从来没有人做过的事情，也是千载难逢的大好机会啊！”

“这么说，你铁了心，要将我送给异人做妻子了？”赵姬不但不高兴，反而泪落如雨哭了起来。

“蹙儿，你委屈一下，这一切都是暂时的。”吕不韦安慰她说道：“你跟着我，充其量不过是一个商人的妻子，但你嫁给异人，就不同了。他毕竟是嗣子，等他父亲一死，异人一回国即位，你就是高高在上的王后了。以你的绝代风华，本来就应该母仪天下，成为天下最尊贵的女人。至于异人死后，咱们的儿子继位，你成为太后，到时候，还不是要风得风，要雨得雨？”

“我才不去想那么遥远的事情呢！”赵姬恨恨地道：“我对你说过，如果你背叛我，我会报复你的。女人心，蛇蝎针，你不怕我将来当了王后、太后，第一个要杀的人就是你这个负心汉吗？”

“我发过誓，一生一世，对你的情感都不会变。相信我，蹙儿，我这一生，只爱你一个人。即使我不得不将你让给别的男人，我也会一直爱你，一直到我死去的那一天。如果我能死在你的手上，我会含笑九泉的！”

吕不韦这一番话，发自肺腑，没有一丝一毫的做作，彻底打动了赵姬，二人抱头痛哭在一起……

当吕不韦将这个决定告诉异人，异人一下子从床上爬了起来："真的？贤弟肯将蹙儿让给我？"

"不是让，而是被你对她的一番情意所感动。"吕不韦正色道："我这个人，平生以功业为重，对女人不过是逢场作戏。不像贤兄你，不爱江山爱美人，你对蹙儿用情之深之切，令我感动。我自愧不如，心甘情愿成全你与蹙儿这段姻缘。只希望你以后能善待于她，不致中途有变。"

"我不像贤弟，有那么大的想法。我唯一的爱好就是女人。贤弟放心，我一定不会辜负蹙儿。"异人很清楚吕不韦下了怎样的决心才做出决定。

"那好！"吕不韦苦笑道："你只管安心地等着当新郎官吧！"

为了替异人操办婚事，吕不韦简直比自己大婚还操心。事事亲自过问，在邯郸城中最繁华的街道买了一栋最华丽的房子，装饰一新。

大婚这天，邯郸城中的各色人都被惊动了。由公孙大夫负责宴请朝中官员，由吕不韦负责招待各国来的富商大贾，又请了数以百计的厨师、乐队……

因为是女儿大婚，赵姬的父亲赵富也来了。婚礼按照最隆重的仪式进行，一丝不苟。其排场之豪奢，令参与众人无不啧叹。

当新娘子赵姬在一队青春靓丽的少女陪伴下，一身鲜艳的红色裙装在众人面前亮相，人人都为之倾倒。这个传说中的邯郸第一美女，很多人今天都是第一次见到。虽然那张令天下男人倾倒的脸被盖头所遮，看不真切。不过，她那成熟的风韵，那不可抵挡的美丽，还是在一举手、一投足之间，不经意地展示了出来。尤其在她的脖上、臂上、腕上，佩戴的每一件珠宝，无不是见所未见，闪耀着夺人心魂的光华，可以断定，每一件无不价值连城。

异人今天亦是光彩照人。他本是贵族出身，只不过在邯郸潦倒得太久，连自己都失去了自信。如今，得以娶邯郸第一美人为妻，他重新找回了自己，顿时草鸡变成了凤凰，又恢复了王孙贵族风流倜傥的风范。

"一拜天地……"

"二拜高堂……"

"夫妻对拜……"

“送入洞房……”

当目睹异人和赵姬被众人簇拥着送入洞房，一瞬间，吕不韦真不知道心里是什么滋味。

这天，作为主宾之一的吕不韦，因为害怕酒后失言，在宴席上并没有多喝。然而等他一个人回到“丛台别馆”，面对冷冷清清、空空荡荡的偌大房间，忽然觉得异常寂寞。从来没有过的空虚感涌上心头，他第一次害怕夜晚这么黑，这么寂静。不，这绝不是他想要的生活！

最后，吕不韦自己都不知道，怎么走出家门，怎么去赌坊豪赌，又是怎么倒在一众风尘女子的怀里，沉沉睡去的。

大婚之后，异人和赵姬恩爱风流，好不快活，以至于忘记了吕不韦这回事。

很快，赵姬在一次承受雨露过后，低声羞涩地告诉异人：“我有了你的骨肉。”

“这么快？”异人还沉浸在新婚的快乐中，没有做好准备，听了这个消息，一下子适应不过来。

“其实上次和你那一夜后就有了。”赵姬道：“本来我不想告诉你的。因为我知道你们男人都一样，都只顾风流快活，而不愿承担责任。”

“不，我才不是那样的男人。”异人连忙辩解道：“我是认真的，我做的事情，一定会负责的。”

就这样，异人信以为真，将赵姬肚子里的孩子当作自己的，从此对赵姬更加关爱。

再说吕不韦，昼夜思谋，要寻找一条帮助异人脱身离开邯郸的计策。这期间，忽然从濮阳传来消息：父亲病重！于是吕不韦连忙离开邯郸，返回了濮阳的家中。

一进家门，顾不得旅途车马劳顿，吕不韦立即扑去父亲的床前，跪着哭泣道：“爹，不孝儿回来了！”

“我儿，回来了就好。”父亲上次感染风寒，本来已经见好，不料中途反复了几次，竟然不治。如今即将离世，心里对吕不韦充满了牵挂。

“你在邯郸那边的计划，进行得怎么样了？可有好消息告诉我？”

“有。我已经去过秦国，打通了华阳夫人的关系，异人已经被正式立为嗣子。”吕不韦将自己西行入秦的经过详细讲了一遍，父亲听了，连连点头。

“很好，很好。我儿这件事情干得漂亮。那么接下来呢，你又怎么做的？”

“我回邯郸以后，为了笼络住异人，便和他结拜为了异姓兄弟。并且，并且……”吕不韦咬了咬嘴唇，犹豫了一下，还是说了出来，“并且我把赵姬也送给了他，刚刚为他们办完了婚事……爹，我做得对吗？”

“对，对极了！”父亲点头赞道：“不愧是我儿子，就要有这等狠心，才能称为一个真正的大商人，大丈夫。”

“是。”

吕不韦口头上答应，心里却暗想：如果自己将赵姬怀孕一事说出来，父亲知道吕氏的骨血被送给了别人，不知他老人家还会不会这么说。

父亲最终无憾地离开了这个世界。父亲的死，给吕不韦带来的打击显而易见。如果说祖父的死是寿终正寝，那么父亲的死则太过突然，让吕不韦意识到生命原来这般脆弱，这么无常。

既然生命随时都会倏忽而逝，那么，就更要在有限的时间里，去为生命尽可能涂抹上华丽的色彩，让这个渺小的生命惊天动地，轰轰烈烈。

这么一想，自己将一个赵姬送给异人，又算得了什么？即使要自己放弃再多，只要异人能够顺利脱逃，回到秦国，并最终在秦国成为君王，那么，自己的一切付出就都是值得的！这样的机会，可遇而不可求，乃是上天所赐。如果自己错过了这样的机会，才真正是愚不可及呢！

吕不韦没有想到的是，就在他回濮阳替父亲料理丧事的这段时间里，形势又发生了变化。

秦国和赵国的军队在长平对峙，秦军不得前进，秦军大将军王龁与赵国大将军廉颇，旗鼓相当，谁也奈何不得谁。无奈，王龁只能派人回报秦王。秦王召集应侯范雎来商议对策。

范雎说：“廉颇这个人不简单，是一代名将。他知道秦军远道而来，一定不能持久。而赵国军队如果轻易出战，就会失败，因此他才选择了‘坚壁’之计。这是赵国能与秦国抗衡的唯一方法。如果此人不去，那么我秦国军队，就无法前进一步。”

秦王听他这么一说，便知道他已经有了主意，于是屏退左右，问道：“卿有何妙计，只管言来。”

范睢道：“此事非……不可。”

于是秦王命令范睢按计行事。范睢派出心腹门客，来到赵国邯郸，散播消息说道：“赵国之中，唯有马服君最良！听说他有一个儿子，叫做赵括，才能还在父亲之上。如果赵国用此人为将，秦国就不得不因为害怕而撤军了！至于廉颇，固然英勇，然而已经老了。人一老就会胆怯，如今赵国的军队被秦国步步紧逼，廉颇已经吓破了胆，用不了多久就会投降了！”

这个消息一传到赵王的耳朵里，赵王先派人去催促廉颇出战，廉颇抗命坚持不肯改变“坚壁”战略。赵王心生疑惑，于是派人请来赵括问道：“卿能为我击退秦军吗？”

这个赵括，是赵之名将赵奢的儿子，从小熟读家传兵书《三略》《六韬》，喜欢和父亲谈论兵法。他的母亲对他很看重，曾经喜悦地说：“有子如此，可谓将门出将子啊！”他的父亲赵奢却道：“赵括不可为将。如果赵国将来不用此人，乃是社稷之福啊！”赵母奇怪地问道：“括尽读兵书，其谈论兵法天下无人能比，为什么不能为将呢？”赵奢解释说道：“这正是赵括最弱的地方啊！他谈论兵法头头是道，却不知道用兵打仗，乃是置之于死地而后生，战战兢兢，犹恐有失，而赵括以为易事。则将来一旦带兵，必定刚愎自用，忠言良策，一律不听。这样没有不失败的。”后来，赵奢病危，弥留之际，又将儿子叫到跟前嘱咐道：“兵凶战危，古人所戒。我一辈子用兵作战，小心谨慎，今日要死了，才避免以后不会再有失败的羞辱了。你虽然熟读兵书，然而不是将军之才，切记不可妄居其位，令我赵氏一门蒙羞！”又嘱咐妻子道：“他日若赵王召括儿为将军，你一定要去将我的这番话告诉赵王。一旦丧师辱国，悔之晚矣！”

虽然有前面这番缘由，可是，赵括却将父亲的话一直当作耳边风。这次，赵王召见，询以国家大事，赵括傲然道：“这有什么难的？如果秦国是武安君带兵作战，我还要费一番心思。如今是王龁为将，我根本没把他放在眼里。”

赵王问：“何以这么说？”

赵括回答道：“大王没有听说过么？武安君数次作为秦军的统帅，先败韩、魏于伊阙，斩首二十四万；再攻魏，取大小六十一城；又南攻楚，拔鄢、郢，定巫，黔；又复攻魏，走芒卯，斩首十三万；又攻韩，拔五城，斩首五万；又斩赵将贾偃，沉其卒两万人于河；所谓战必胜，攻必克，说的就是武安君这样的人啊！他的声名那么显赫，以至于听到他的名字，别国的军队就逃跑了。臣如果和这样的名将对垒，或许胜负的机会是一半对一半，各占五成。至于说到王龁，此人新为秦将，乘廉颇之怯，敢于深入；如果遇到我，不过是秋风中一落叶，不值一扫。”

“好！”赵王听了大喜，立即拜赵括为上将军，赐黄金彩帛，命令由他取代廉颇，率领赵军。

当赵括带着赏赐回到家中，与母亲告别，母亲阻止他说道：“你忘记了你父亲说过的话吗？”赵括道：“孩儿也是没有办法。我虽然不敢违抗父命，但更不敢违抗君命。何况朝中的确没有人能比我更合适啊！”

母亲劝他不听，于是亲自求见赵王。赵王奇怪地问她：“老夫人来做什么？”赵母哭泣道：“求大王收回命令。赵括徒读兵书，不懂变通，实在不堪为将。何况他的父亲在临终前，留有遗言。”于是将赵奢的话讲了一遍。又对赵王说道：“我虽然不懂得兵法战阵之事，但我知道他的父亲一旦拜将，立即将自己的赏赐奖励给军士，受命之日，即宿于军中，不复归家。每有事情，必不敢独断专行，而与众人商量。如今我儿赵括，一拜为将，立即颐指气使，军士无人敢仰视者；所得赏赐，悉数带回家中，这是当大将军的作风吗？其父称‘若括为将，赵军必败’，请大王三思啊！”

赵王听了，不以为然地道：“老夫人太多虑了。年轻人自有年轻人的做事方法，不必多管。何况我与赵括一席谈话，知其果然有才华，是为将之才。何况我已经拜了他上将军，又怎好变更？”

“果然如此，妾身有一个请求。”赵母道：“倘若我儿兵败，我请求免除我一家人的连坐之罪！”

赵王点头答应。于是，赵括第二天便率领军队，出了邯郸，前往长平去替换廉颇老将军回来。

再说秦国那边，得到情报，赵括已经拜将，替换廉颇，于是秦王道："非武安君不能成事。"乃秘密派遣武安君为上将军，王龁为副。对外仍然称王龁为上将军。对此事赵军一无所知。

那赵括到了长平，与廉颇交接完毕，廉颇自回邯郸。赵括将廉颇的作战方略全部推翻，欲主动出击秦军。秦军在武安君的指挥下，以诱敌之计，将赵军步步引入埋伏。等赵括知道秦军以武安君为将，顿时魂飞魄散，乱了阵脚。

秦王闻听赵军入了埋伏，亲自来前线督战。围困赵军四十六天，赵军数次突围不出，赵括身死，赵军只能投降。

结果，这一战，赵军四十万人降秦。秦将武安君与王龁一商量，将赵军分作十万人一队，一夜之间，全部杀害。

赵军数十万人出邯郸，最后只剩下二百四十人被放还。赵国上下，闻讯无不为之失声痛哭。

众人之中，唯有赵括之母不哭，说："自赵括为将之日，老身早已经把他当作死人看待了。"

赵王遵照前约，不追究其他人的连坐之罪。又亲自去请廉颇出来，收拾局面，以抵抗强秦。

当长平之战的结果一传出，正在家中守丧的吕不韦立即大惊失色："赵军遭此惨败，赵王必然迁怒于异人，我若晚去一步，一切皆为泡影矣！"于是，不顾一切连夜从濮阳出发，赶赴邯郸。

等吕不韦星夜进入邯郸，还是来迟了一步：异人已经被赵王下到大狱中，只等择日斩首。

吕不韦左思右想，最后终于想到，此时赵国上下，能救异人性命的人只有一个，就是平原君赵胜。

关于平原君，有一个有趣的故事：平原君素有"小孟尝"之称，喜欢招致网罗天下的贤士。在他的门下，平日里聚集的门客就有数千人。其府邸上，有一栋画楼，专门为美人建造。

画楼的隔壁，是一户普通的民家。民家的主人有残疾，走起路来一瘸一拐。这天，主人早起汲水，平原君画楼上正好有美人望见，大笑不已。不一会儿，邻家主人来平原君府上求见，声称："我听说君喜欢养士，所以天下人才不远千里来投奔君府上，这是因为君爱士胜于爱色啊！我从小不幸，患有残疾，却被君后宫的美人耻笑。我不愿意受这等侮辱，请君斩美人之首，以平我心。"平原君答应道："好！"等那人走后，平原君却笑道："哪里有这么不讲道理的人？别人只是笑话他而已，他却要别人的人头。"于是一笑置之，不加理会。

平原君有个规矩，每月将客籍造册一次，统计人数，以安排钱粮。结果自此以后，每月门客人数递减，半年走了一半。平原君大为不解，召集众人问道："我自问并不敢亏待诸位，为什么诸位纷纷离我而去呢？"众人道："君不杀嘲笑残疾人的美人，我等以为君爱色而贱士，不日也要离去了！"平原君这才知道缘故，命令杀了那个美人，亲自捧着首级去隔壁谢罪。于是门下又复归来，宾客如云。

时人称道：

食我饱，衣我温。
息其馆，游其门。
齐孟尝，赵平原。
佳公子，贤主人。

吕不韦很清楚，只有平原君能左右赵王的意见，于是携重金来到平原君门下，打通左右，教人去对平原君说道："秦王孙异人，乃天下贤士，如今因为秦赵交兵，赵王迁怒于异人，即将问斩。异人不过秦国一个不受宠爱的王孙，杀之无益。然而倘若因此激怒秦国，实在得不偿失。何况，赵国还要给自己留一条与秦国和谈之路，正好可以用这个异人来做桥梁。"

平原君将这番话原封不动说与赵王，赵王顿时警醒，不过犹自道："秦兵一日不退，此人一日不能放！"

“我门下有一人叫苏代。如果要退秦兵，一定要此人出面去咸阳游说才行。”

赵王立即请苏代赴秦。苏代来到咸阳，第一件事情就是拜见范睢。范睢问道：“先生有何见教？”

苏代回答：“我为君而来。君可知武安君已经杀了赵括？目今又正在大举调集兵马，以围邯郸？”

“知道。”

“那么，君可知道，武安君用兵如神。身为秦将，攻城七十余座，斩首近百万之多。这等功劳，虽伊尹、吕望，不过如此。如今举兵围邯郸，赵国必定不能抵抗。赵国灭亡，则秦国帝业成矣！帝业一成，武安君之功，不啻伊尹之于商，吕望之于周，一人之下，万人之上。君虽然素来在秦国居于高位，然而从此之后，将不得不屈居武安君之下。这不是明摆着的吗？”

范睢一听，顿时惊出来一头冷汗，连忙问道：“先生有何妙计？”

“君不如答应韩、赵割地以谢罪，与秦议和。割地之功，为君所有；一旦弭兵，又可以解武安君之兵权，此一箭双雕之计，君侯以为如何？”

于是范睢大喜，请苏代立即入韩。韩答应割让垣雍一城，赵答应割让六城。秦王于是接受议和，下令武安君班师。

武安君正欲进发邯郸，忽然接到命令，不得不回秦国，对秦王说道：“自长平战后，邯郸城中，一夜十惊。如果乘胜攻击，不出一个月，邯郸必下。邯郸一下，赵国必亡，全境为秦所有。又岂止区区六城？”

秦王后悔不已，又复命令武安君为将，再度出兵，不料武安君却忽然病倒了，只能暂且放下此事。

这时候，邯郸城中，因为秦军退去，赵王怒火平息，兑现承诺，已经将异人给放了出来。

等异人从牢狱中出来，外面一辆车子已经在等着他了。吕不韦亲自牵马坠镫，来接他回家。

“大哥，你受苦了！”

“贤弟，若非你全力营救，我只怕这一次……这一次真的无法再活着出来和你相见了！”异人痛哭流涕道。

“自家兄弟，快别说那么多。对了，快回家去看看蹙儿吧，她马上就要生产了，正等着你呢！”

“啊？真的？”

异人在牢狱中，随时都有可能被推出去斩首，他最放心不下的，就是赵姬和未出世的孩子。

当下，异人和吕不韦快马加鞭，冒着漫天的风雪赶回家中，终于见到了挺着大肚子的赵姬。

“蹙儿，我回来了……”异人按捺不住满心的思念，几乎是跑着进了屋子，来到赵姬的身边。

“夫君，你可回来了……”赵姬的肚子一阵疼似一阵，正在咬着牙坚持。“我……只怕快要生了……”

“请了产婆没有？”

“一切都安排好了。”吕不韦从后面进来，接过话说道：“产婆和产室都安排妥当了。蹙儿只等你回来见上一面，就要进去生产了。异人，蹙儿现在很紧张，你好好地鼓励鼓励她吧！”

说完，吕不韦又去吩咐准备，留下异人和赵姬单独相处。异人见自己走的时候，赵姬的肚子不过微微隆起，现在却鼓得圆圆的，仿佛在上面倒扣了一口锅相似，真有种恍如梦中的感觉。

“蹙儿……这段时间，我不能在身边陪你，让你受苦了……”

“夫君，你也是！”赵姬一面擦眼泪，一面道：“我每天都派人去打听消息，他们都说你……你活不了了……”

“幸亏有不韦，否则我真的就出不来了！”

“是啊，我这段时间也多亏他来照顾，否则我还真应付不来……哎呀，我的肚子又疼了……”

“怕不是马上要生了吧？也不知道是男孩还是女孩？”异人跪下身子，将耳朵贴在赵姬的肚子上，“小宝宝啊小宝宝，你爹爹差点没有命活着回来见你，你知道吗？爹在狱中，每天告诉自己，一定要回来见你……”

"好了，你平安回来了，我也放心了。"赵姬安慰他道："我该去产室了！小宝宝又在催我呢……"

当即，异人搀扶着赵姬来到产室门口。吕不韦和产婆已经在那里等候多时。产婆和赵姬进入产室后，门立即从里面关上了。

"鹥儿，你要坚强些！无论如何，我都会和你在一起的！"异人隔着门，大声地鼓励着赵姬。

外面，风不知道什么时候停了，雪却下得更大，鹅毛般的雪花从看不见的夜空里纷纷飘落。

异人和吕不韦，二人都守在产室外面，谁也不肯离开。吕不韦干脆去弄了些酒菜，搬来一个火盆。二人就在廊檐下面，围着火盆，一边烤火取暖，一边喝酒，说起这段时间的事情来。

"不韦，你不是在家里给伯父守丧吗？怎么知道我出了事，从家里赶来营救我来了？"异人问。

"唉，其实从秦、赵一交兵，我就害怕你出事。听说赵军在长平大败，我第一反应就是赵王要拿大哥你出气，哪里还能在家里待下去？这便连夜往这里赶，可还是晚了一步，大哥已经入狱了。"

"那赵王本来要立即杀我出气的，是公孙大夫保了我一命。后来的事情，我就不知道了。"

"我也是找了公孙大夫，他给我指点了平原君的门路。若非平原君，只怕谁也救不了大哥。"

"原来如此。"

异人又问了一些外面的情况，吕不韦告诉他：秦军又有新动静，秦王以王陵为将军，又派出十万大军，来攻邯郸。赵王重新起用廉颇，重拾"坚壁"战略，并且屡次在夜间反击，击败秦军。

"怎么，秦、赵又交兵了？"异人一听，不由地仰天长叹，"我的命怎么这么苦！"

"秦、赵水火之势，难以两立。当务之急，是必须尽快想个办法，将大哥你送出邯郸，返回秦国。"吕不韦道。

“我现在是赵王的眼中钉，肉中刺，他不知道派了多少眼线或明或暗地盯着我，怎么逃？”

“别急，慢慢来，办法一定会有的。”吕不韦安慰他道。

“唉，以前我是孤家寡人，现在多了个蹙儿，又马上要多出来一个孩子，一家人要离开更难了！”

“大哥，用不着那么悲观失望，人各有命。有的人想死却怎么也死不了，有的人怕死却偏偏活不长。如果大哥命中注定，是要做秦国的国君的，那么什么人也害不了你，什么困难也挡不住你。”吕不韦安慰他说道：“你觉得蹙儿和即将出生的孩子是累赘，却又哪里能想到，或许正是蹙儿和孩子，会给你带来好运呢？尤其这个即将出生的孩子，我有一种预感，他将来一定不会是个普通人，也许他的成就和功业，要远远高过你和我的想象，你觉得呢？”

“我也这么想，否则这一次，怎么我死到临头，又突然活过来了呢？”异人也颇有同感。

谈论到孩子，二人忽然觉得前景一下子光明了许多。这个冬夜也因此而变得温暖了许多。

不知不觉，从外面传来了鸡叫声。东方将欲破晓，一声婴儿清脆的啼哭从产室里传出来。

“生了？！”

异人和吕不韦同时一跃而起。产室的门打开了，产婆从里面抱出来一个襁褓中的孩子，给他们看：

“恭喜了，是个男婴！”

“太好了！”

异人和吕不韦争着上去看那个孩子。孩子虽然初生，个头不算很大，然而却满头黑发，瞪着一双大大、乌黑的眼睛，仿佛要竭力将这个世界看个清清楚楚。产婆只给他们看了一眼，就将婴儿抱回去了。

“大哥，恭喜了，给孩子起个名字吧！”吕不韦道。

经吕不韦一提醒，异人才想到这件事情，对了，还没有来得及和赵姬商量，孩子叫什么名字呢！

“贤弟，我能娶鼊儿为妻，又得了这么一个儿子，完全是你一手赐予的。你给他起个名字吧！”

异人的话发自内心，充满了对吕不韦的感激之情。吕不韦呢，也知道他一片赤诚，因此也不推让。

“让我来想一想，叫什么名字好……”他正在踱步沉思，外面忽然传来一阵燃放鞭炮的声音。

“今天是什么日子？”

“哎呀，差点忘了，是正月初一。”

“正月初一，真是个好日子。”吕不韦灵机一动，“我听说过，圣人作《春秋》，以‘王正月’为开篇。这个孩子在这么一个日子出生，将来可了不得，那是要为政于天下，做全天下的君王，就叫他‘政’吧！”

“姓呢？姓赵还是姓嬴？”

“不如随他母亲，姓赵。等贤弟回到秦国，再给他回复嬴姓，如何？”吕不韦道。

“赵政？”

异人将这个名字在嘴里轻轻念了几遍，颇觉满意，“是个好名字，以后就给他用这个名字吧！”

第六章

脱出樊笼

用今天人们的眼光来看，吕不韦无疑是一个最大的风险投资家。所谓“风险投资”，就是风险越大，利润越大。吕不韦所冒的风险，人人都可以看出来。但明知道风险巨大而敢于去放手一搏，这就不是普通人所能为了。

当时，以王孙异人在赵国的处境，想回到秦国去登上王位，其困难程度不亚于揪着头发上天。但吕不韦却不顾一切地去做了，并且执着地相信：自己所谋划的事情，一定会成功！

这就是人类的逐利天性！难怪马克思说：资本的利润超过百分之三百，没有什么事情做不出来！

吕不韦最终取得了成功，但更多模仿他的后来人却失败了，甚至有的人将自己送上了断头台。这些后来者至死也没有明白一个道理：他们以为自己在模仿和复制一个成功的模式，却偏偏忘记了，是吕不韦而不是别的什么人，创造出这么一个天才的商业模式，而吕不韦只有一个。

也有人在吕不韦的这个计划中，忽略了一个最重要的人物：赵姬。其实赵姬绝非我们所想象的一个任人摆布的女子，这在她后来的一系列动作中可以看出来。女子的作用和地位总是很容易被忽略，实际上女子在历史上发挥的作用要大得多。不管是吕不韦，还是后来的秦王嬴政，能够成事，都是关键时刻仰仗女人，是他们找到了生命中最重要的那个女人才得以成功……

两年过去了。

这个在围城邯郸中出生叫做“政”的小男孩，转眼已经脱离了襁褓，开始咿呀学语，并且能用自己并不算坚强的双腿走路了。他对这个世界是那么好奇，一天到晚地问个不停：头顶上的日月星辰是什么？树木花草，花鸟虫鱼，各自有着怎样的名字？为什么有白天和黑夜……

这两年中，秦国以二十万大军包围邯郸，赵国也以倾国之力，一直作着对峙。双方谁也没有占得便宜，形成了均势。

而这两年，对异人来说，委实是一生中最快乐和幸福的时光。他可以天天和赵姬在一起，陪伴着儿子，看他一点点长大，每天都有那么令人欣喜的变化。异人真的不敢去想，这样的好日子还有多少天。他把每天都当作最后一天来过，因此对每一刻都倍加珍惜。

赵姬也体味到了作为一个母亲的快乐。她同样不敢相信，一个小生命的诞生，会给自己的生活带来这么多不可思议的快乐。她已经将对丈夫的注意力全部转移到孩子身上。白天关注孩子的一举一动，夜晚在梦里，也仍然和孩子在一起。孩子成了她的全部，她只想小心翼翼地呵护他，让他顺利成长。

在这两年中，最受煎熬的人还是吕不韦。吕不韦一直没有寻找到一个可以将异人偷送出城去的机会。事实上，这样的机会不是没有，可是每次都被异人拒绝了。异人不想一个人离开，他提出要走一起走，一家三口同时离开邯郸。而这几乎是不可能的。事实上异人也知道不可能，但他已经有了妻室，不管是作为一个丈夫，还是一个父亲，他都必须要带全家人一起走。战场上的形势瞬息万变，吕不韦始终担心着异人的命运，然而却一点办法都没有。

有时候，吕不韦去探望异人，看到他们一家人其乐融融，他的心里也会油然而生一种奇怪的情感。那不正是自己所期望过的日子吗？可现在，他却只能成为一个看客，成为一个无关紧要的旁观者。

吕不韦对那个叫做政儿的孩子更是充满了异乎寻常的关心。毕竟只有他和赵姬知道，关于政儿的身世秘密。

然而吕不韦又不能以“父亲”的身份来面对政儿。他只能以“叔父”的名义来接近他，和他在一起。

政儿呢，这个只有两岁的小家伙，却像个小大人一样，有着那么多的古灵精怪的主意。他在母亲和父亲面前那么乖顺，一旦和吕不韦在一起，就会产生出许多恶作剧的点子，往吕不韦的身上故意拉屎或者撒尿。

吕不韦拿这个小家伙一点办法没有。不过，他也是心甘情愿的，只要能经常见到他。

即使是这样，能和政儿在一起的机会也不是很多。不知道为什么，赵姬似乎在刻意地回避着，尽量减少让吕不韦和政儿在一起的机会。

吕不韦不知道她心里在想什么，不过，女人大抵都是这样吧，一旦做了母亲，就会性情大变。曾经在年轻时再为情所困，一旦有了孩子，立即会将所有的一切抛弃，全心全意去哺育下一代。赵姬这么做，显然也是不想让吕不韦破坏了异人和政儿建立起来的亲密父子关系。

两年的时光就这么飞驶而过。秦国和赵国的对峙局面仍然在持续着。

秦国那边，秦王本来欲再请武安君为将，进攻邯郸。然而武安君却记恨上次之事，装病不出。秦王大怒，以王龁往代王陵，将武安君削去爵位，迁出咸阳城中。范雎又在秦王面前煽风点火："武安君若适他国，恐为秦之大患。"秦王又立即派人追赶，赐以利剑，令其自裁。

杀了武安君以后，秦王又命郑安平率领五万大军，前往邯郸相助王龁。

面对秦国不断增派兵马的危急局面，赵国上下一片慌乱。平原君对赵王说道："魏国和我是姻亲，一定会来救援；楚国非得我亲自去借兵不可！"

平原君欲携带门客前往，然而文武双全者不过十九人。平原君感叹说："我养士数十年，门客三千，却只有十九个人能为我所用，难道天下真没有人才吗？"话音刚落，坐在门客最末座的一人站起来，说道："我愿随君同往！"平原君不识其人，问其姓名。那人对道："小人名毛遂，大梁人，来君门下已经三年了。"听罢他的话，平原君苦笑道："我听说大丈夫处世，如锥处囊中，其颖立露。先生来我门下已经三年，我却从未听说先生于文于武有一技之长。你能帮我什么呢？"毛遂却反驳道："我不过是今日才主动请入囊中而已。倘早处囊中，必然囊尽落而锥出，又岂止露颖而已？"这番话说得很有信心和气魄，反正平原君也凑不够二十个人，于是便答应带上了他。

来到楚国以后，楚国当时是考烈王在位。楚王以贵宾之礼接待了平原君，与其坐于殿上。毛遂等二十人在阶下候立。平原君以"合纵"旧约游说楚王，楚王不以为然，说道：“‘合纵’之说，原本赵之所倡。先怀王为从约长，伐秦不克。齐湣王复为从约长，诸侯背之。今诸国一听‘合纵’之名，无不讳莫如深。这件事情，我看不要再提起吧！”平原君反驳道：“不然。自从苏秦倡‘合纵’之议，六国亲如兄弟，盟于洹水，秦国不敢出函谷关十五年之久。其后，齐、魏受犀首之欺，欲共伐赵，怀王受张仪之欺，欲共伐齐。所以‘合纵’之约渐渐解散。至于齐湣王，名为‘合纵’，实欲兼并，因此诸侯争相背立，这跟‘合纵’并无关系啊！”

说罢旧事，楚王又提新事：“今日之势秦强而列国俱弱。秦兵一出，拔上党十七城，坑赵卒四十万。今进逼邯郸，只怕邯郸须臾难保。我楚国距离遥远，救援不及。又新与秦通好，只恐不便。”

这么从早晨一直说到晌午，任凭平原君巧舌如簧，楚王只是推辞。这时候，只见毛遂越众而出，按剑走上台阶，对平原君说道：“‘合纵’之利害，两言可决。为什么从日出一直到日中，都还没有定下来，这是为什么呢？”平原君未及答话，楚王大怒，厉声问道：“他是谁？这么大胆？”平原君惶恐地道：“他是臣的门客毛遂。”楚王道：“寡人与你家主君议事，与你何干？还不快下去！”不料，毛遂却按剑上前，不慌不忙地道：“‘合纵’之事，乃天下大事，天下人皆得议之。我家主君在前，大王又为什么要呵斥于我？”楚王听了，觉得有理，于是问道：“那么，你有什么要说的？”毛遂道：“楚地五千余里，自武、文称王，至今雄视天下，号称盟主。然而自秦人崛起以来，数败楚兵。怀王亦被囚死。白起小子，一战再战，一欺再欺，鄢、郢尽没，被逼不得不迁都以避。这等耻辱，连三岁的小孩子也不会忍受，大王难道能忍受吗？所以说，‘合纵’之约，分明是对楚有利，其次才是为赵，这不是明摆着吗？”

这一番话，清楚明了，听得楚王连连点头。毛遂问：“大王决定了吗？”楚王道：“决定了！”

于是，毛遂命令左右，取来歃血盘，跪而奉上道：“大王为从约长，当先盟；次吾君，次毛遂！”

三人盟誓完毕，毛遂左手持盘，右手招呼阶下的十九人道：“公等请共盟于堂下，此所谓‘因人成事’也！”

楚王既然答应“合纵”之事，立即命令春申君亲自率领八万人马，与平原君一道赴赵救援。

返回赵国的路上，平原君感叹道：“毛先生三寸不烂之舌，胜于百万之师！我自谓平生阅人无数，然而却在毛先生这里走了眼！从今以后，我不敢说自己能懂得鉴赏天下的人才了。”从此以毛遂为上客对待。

赵国得了楚国的帮助，魏国又派出大将军晋鄙率领十万军队来救援。秦王听得消息，亲自从咸阳来到邯郸城外督战，放出话来：“邯郸早晚必下，诸侯如果有来救援的，我灭了赵国以后，下一个就对付他！”

听了秦王的话，魏国的军队先在邺下驻扎不前。楚国的军队听了，也驻扎在武关。

再说邯郸城中，吕不韦听到秦王亲自来督战，立即找到异人说：“大战一触即发，邯郸只怕保不住了！如果再不抓紧时机离开，赵王非杀你不可！”

“贤弟，我还是那句话．要走，一家人都走；要死，一家人死在一起！”

“大哥，你怎么那么糊涂？”吕不韦着急地道：“如果你逃走了，赵国得知了你的嗣子身份，或许有所忌惮，不敢加害蹙儿母子；如果你不走，你自己固然不能幸存，你死了，又有谁来照顾蹙儿和政儿呢？”

经过吕不韦一番苦劝，仔细分析了利害，异人终于动摇了，“好吧，那就由贤弟来安排吧！”

于是，吕不韦先来找公孙乾：“公孙大夫，我从阳翟来此经商，已经三年。如今秦国大兵压境，邯郸朝夕不保，我准备将资产尽行分散，回濮阳老家去避难。三日之内，即将起行，特来告辞！”

“唉！”公孙乾叹息一声，“如今邯郸人心惶惶，能走的走，能跑的跑。可怜只有我们这些当官的，俸禄不高，却还得受牵连，与城俱在。”

“大夫不如辞去官职，和我一起去濮阳？”吕不韦道。

“哪里走的了？”公孙乾苦笑道：“赵王有令，非常时期，官员家眷，一律不准出城。我一个人纵然走脱，一家人却要遭杀戮，唉，于心不忍哪！”

这么叹息一番，二人约定：三日之后，由公孙乾亲自为吕不韦饯行。

第二天，吕不韦和公孙乾一道，在“丛台别馆”摆开宴席，邀请守城的军卒，将吕不韦即将出城的消息告诉他们，要他们到时候予以放行。因为是公孙乾担保，加上吕不韦每人给了一笔厚赏，因此众人一口答应。

到了第三天，在异人的住处，又特地摆开一桌酒席。吕不韦和公孙乾应邀，齐来赴宴。

这天，三人一边叙旧，一边喝酒，更是尽兴。公孙乾毕竟上了岁数，不胜酒力，很快被灌得酩酊大醉。

眼看天色不早，吕不韦给异人使了个眼色，异人于是假装起身更衣，去内室与赵姬母子话别。

“蹙儿，我今天晚上，就要和不韦离开邯郸了。如果侥幸返回秦国，一定会尽快派人来接你们母子。不韦已经安排好了，暂且给你们寻找一个避身之地。记住，不管发生什么事情，都不要露面。”

“夫君，路上小心！一到那里，早日派人来接我们母子，免得我们牵挂！”赵姬这两年来，与异人朝夕相处，夫妻情深，如今分别在即，竟然十分不舍。

“你放心，只要我不死，一定不会抛弃你们母子，我们一家人定会团圆的。”异人对天发誓道。

他又将小政儿叫到跟前，蹲下来和他面对面，嘱咐道：“政儿，爹要离开你和娘很长一段时间，这段时间，爹不在身边，你是家里唯一的男人了，要好好替爹照顾你娘，懂吗？”

“爹，我懂！”政儿大声道：“我会好好替你照顾娘的，一直等你回来！”

“真是个乖孩子！”异人一瞬间，真的有些动摇，然而吕不韦已经在外面连声咳嗽，催促他了。

“走吧，爹送你和娘去一个安全的地方！”于是，异人一手抱着政儿，一手拉着赵姬，悄悄从后门出来。在那里，早有一辆车子在等着了。

异人先将政儿放到车上，又将赵姬搀扶上去。一家三口，紧紧拥抱在一起。

“蹙儿，政儿，保重！”异人泪落如雨，然而已经不能再拖延，他狠了狠心，将头一别：“去吧！”

于是，驾车人将鞭子一扬，车子“咯噔”“咯噔”，迅速消失在沉沉夜色中……

异人从外面更衣回来，公孙乾还在酒桌上响亮地打着鼾声。

“公孙大夫，公孙大夫，醒醒！”吕不韦和异人轮流上来摇晃公孙乾，公孙乾只是不醒。

“走吧！”于是吕不韦和异人来到外面，对正在猜拳行令的军卒吩咐道：“公孙大夫喝多了，你们快去赶车子来，送公孙大夫回去。”

“是！”军卒们答应一声，七手八脚将公孙乾扶起来，公孙乾嘴里还在嘟囔着：“再喝一杯……”

来到外面，吕不韦和异人一道上了公孙乾的车子。刚走到半途，异人忽然“哇”一声吐起来。

“快停车！”吕不韦连忙喝住军卒，将异人扶下车来，靠在路边墙根。

“你们快将公孙大夫送回去，然后立即来这里接我们。”吕不韦命令道。

“是！”那些军卒一个个也东倒西歪，哪里还顾得监视异人？当即驾车去了。

他们的背影刚一消失，吕不韦和异人立即转到另一条街道上。在那里，早有一辆车子等着。异人迅速上车，和赶车人互相换过了衣服装束。

“驾！”

异人坐在赶车人的位置上，赶着车，车子飞一样直奔南城门。来到城门下，守城的军卒认得是吕不韦的车子，连忙上来问道：“吕先生，怎么这么晚了还要出城？不是明天一早走么？”

“家里出了点事情，必须得马上回去。”吕不韦道：“我的财货都还在‘丛台别馆’，明天一早由公孙大夫负责送到这里来。弟兄们有用得着的，只管自取。剩下的存放在这里，我改天派人来取。麻烦诸位了！”

“什么麻烦不麻烦的。”众人一听又有油水可捞，无不大喜，立即开了城门，放吕不韦出城。

吕不韦和异人出得城来，沿着官道往南边濮阳方向走了一程，立即改变方向，向西直奔秦军大营。

天亮时分，二人来到秦军前哨。秦军巡逻骑兵上来盘问，吕不韦指着异人道："此秦王孙，一向在赵国为质。今侥幸逃脱，快带去见主将！"

当下，秦军给二人一人一匹坐骑，一路护送来到中军，带到了王龁面前。

"报告将军，有一人自称秦王孙，特来求见！"

"秦王孙？"王龁不敢怠慢，立即吩咐请入相见。虽然不认识异人，不过，王龁也知道，太子有一个儿子在赵国为质，因此说道："大王御驾亲征，行宫距离这里不到十里，我派人送王孙直接去那里见大王吧！"

"多谢！"

于是，异人在王龁这里，和吕不韦每人换了一身秦人的衣服，立即前往秦王行宫。

秦王早上刚刚起来，听说外面来了王孙异人，欢喜不已，立即吩咐进见。

"不孝孙叩见祖父！"异人一进来立即给秦王跪安，"不孝孙日夜向西而泣，以为不能再见祖父一面。今日得见祖父容颜不老，神采依旧，实在高兴得不知如何是好！"言毕，抱住秦王的腿泪如雨下，失声痛哭。

"乖孙子，快起来！"秦王已经多年不见异人，几乎忘记了他长得什么模样。"你都长这么高大，出落得这么一表人才了！怪不得你父常在我面前提起你。天幸你脱出虎口，这就立即回咸阳，先去见你的父母吧！"

"是！"异人答应一声，又道："我此次有命逃出虎口，来见祖父，全凭我的结拜兄弟吕不韦。"

"哦？"秦王高兴地道："此人有恩于我秦，快请相见！"

于是，吕不韦被带进来见秦王。吕不韦恭恭敬敬，上前给秦王磕头，一点没有居功自傲的样子。

"先生救了我孙一命，要何赏赐，尽管提来。"秦工道。

"小人与王孙一见如故，敬慕王孙之贤，能得结为兄弟，已经蒙天之赐。何况王孙能逃过此劫，实赖大王洪福无边，小人又怎敢居功。"吕不韦道。

"好，你且跟随异人回咸阳。等寡人攻下邯郸，回去一并论功行赏。"

“谢大王！”

于是，吕不韦和异人得了秦兵护送，一路直奔秦国都城咸阳。

一入咸阳，异人就迫不及待地要去拜见华阳夫人，吕不韦却阻止他道：“不可。”

“为什么？”异人不解地问道：“你不是说，华阳夫人已经答应收我为儿子。我这个做儿子的，回到咸阳，第一件事情自然是去拜见母亲。”

“大哥说的没错。”吕不韦道：“可是，大哥却忽略了一件事情：你应该知道，华阳夫人是楚人。你既然已经认作华阳夫人的儿子，就应该更换楚人衣冠，以表依恋之意。如今一身秦人装束，如何去见她？”

“若非贤弟提醒，我倒忘了。”异人连忙换了一身楚人装束，头戴发冠，短袍革带。

早有人将异人归来的消息，告诉安国君和华阳夫人。二人并坐堂中，以待异人。

异人进宫来，首先大礼给父亲安国君叩拜：“不孝男以为终生无望，再见父亲一面！日日望西而泣，夜里梦里，常见小时候牵父亲衣角而随行，常常哭到醒来。幸而天可怜见，如今得归，又可常奉膝下，以尽孝心。”

“我儿有这番心意，为父实在高兴得紧哪！”安国君也颇为动情地擦了擦眼角。

异人给安国君行完礼，又给华阳夫人磕头。华阳夫人见他一身楚人装束，奇怪不已，问道：“你在邯郸，怎么不穿赵人服装，却穿了一身楚装？”

“回母亲，”异人恭恭敬敬地回答道：“不孝男自谓今生无望，再回不到母亲身边。然而思念之情，日甚一日，不可遏制。于是只好自制楚装，聊寄情思。”

华阳夫人大喜，对安国君说道：“我是楚国人，见了这身衣服格外亲切。难得异人这孩子一片孝心，我决定将他当作自己的亲生儿子收养。”

“那太好了。”安国君其实对这件事情并不热衷，不过既然华阳夫人喜欢，他也随之高兴起来，“异人，既然你母亲这么疼爱你，你从今以后，可改名子楚。”

“是！”

异人，不，现在应该叫他子楚了，立即重新给父亲和母亲见礼。“子楚见过父母！”

“起来吧！”安国君将他叫起来，吩咐落了座，又详细地问道：“说说你是怎么脱身的？”

“这件事情，说来话长，多亏了我的结拜兄弟吕不韦。”于是，子楚又将吕不韦如何为自己谋划，如何资助钱财，又如何帮助他在邯郸成家，娶妻生子，再如何从邯郸逃出来，整个过程前前后后详细讲了一遍。

“怎么？你在邯郸已经有了妻室？”安国君又惊又喜，“但愿能早日接她们母子来一家团圆。”又道：“快请你那位结拜兄弟来见我，我要重重谢他！”

“是！”

子楚出来，将自己见过安国君和华阳夫人的情形一讲，吕不韦心里有数，进来后，给安国君和华阳夫人行礼，客套一番，在客座上坐了。

安国君道：“若非先生，我险些失去一个贤孝之儿。无以为报，今以东宫俸田二百顷，宅邸一所，暂且赐给先生，作为安身之所。至于加官进爵，等父王回来，我将如实禀报。先生且请耐心等待，必有佳音。”

“多谢殿下。”吕不韦也不推辞，只是恭恭敬敬地道：“小人遵命就是！”

不说咸阳城中，子楚从此日日侍奉安国君和华阳夫人膝下，吕不韦在自己的宅邸里悠闲度日。但说在邯郸，那日直到中午，公孙乾才醒过酒来。

刚起身，左右军卒匆忙来报：“大人，不好了，王孙异人一家人都不见了！”

“慌什么？”公孙乾强作镇定道：“待我去吕先生那里一问便知。”

等他带人来到“丛台别馆”，才发现这里早已人去楼空。又连忙来到南城门，问：“可见到吕先生出城去？”回答道：“昨天夜里，吕先生已经出城了。”

“什么？”公孙乾这才慌了，“不是说今日才动身吗？走得这么匆忙，有多少人一同随行？”

“没有，只有吕先生一个人，并一个赶车的。”守门的军卒回答道。

“糟糕，那个赶车的一定是异人化装的，我上了他们的当了！”公孙乾跺脚后悔不迭地道。

无奈，他只能上表给赵王：“臣乾监押不慎，致使质子异人逃出城去。臣罪无可赦，唯一死以谢大王！”差人呈上表后，公孙乾伏剑而死。

赵王得知走了秦王孙，担心秦国会发动更加猛烈的攻击，于是督促平原君，求魏国进兵。

平原君向魏国请求进兵，魏国派了一个叫新垣衍的人来到邯郸，对赵王说道：“秦国与齐国，曾经并称东、西二帝。如今齐湣王已死，齐国复归帝号。天下能称帝的，只有秦王一人而已。赵王何不发使者而尊秦帝号，秦国必然罢兵。如此以虚名而代替两国交兵，岂非便宜？”

这件事情被平原君门下一位叫作鲁仲连的贤士知道了，来见平原君道：“这个新垣衍是什么人？敢来出这等主意，君且请他来，让我教训他。”

平原君便安排了新垣衍与鲁仲连二人相见。鲁仲连对新垣衍道：“先生是魏国人，难道不知道秦王称帝对魏国的危害么？秦国乃是丢弃仁义道德，而专讲功利的虎狼之国。其恃强凌弱，屠戮生灵，霸道无比。这样的国家，位列诸侯，已经如此，倘若尊其为帝，凌驾于诸侯之上，还不知道会怎样呢！先生难道没有听说，当年在纣王称帝的时候，有九侯、鄂侯和文王三位诸侯。九侯有女献给纣王，女不好淫，纣王恼怒，杀女儿烹九侯。鄂侯劝谏，并而烹之。文王闻之，不过窃叹而已，亦被拘压，险些不得幸免。这就是天子对待诸侯的做法。一旦秦国称帝，我恐怕纣王对待九侯、鄂侯、文王的做法，第一个受害的就是魏侯啊！”

这一席话，说得新垣衍默然无语。鲁仲连又道：“不仅如此，如果秦王称帝，必将更换各诸侯国的大臣，将其所厌恶的除去，将其所喜爱的安插进来。再用秦国的女子来充实诸侯的宫室，以惑乱国中。到时候，我担心不但魏王免不了陷入风波重重中，就是大夫您的地位爵禄也不保啊！”

新垣衍听到这里，再也坐不住了，立即起身逊谢道：“我知错了！再不敢言尊秦为帝之事！”

邯郸城外，秦王听说魏、赵将联合尊自己为帝，大喜，继而听说有个鲁仲连的将魏国使者羞辱一顿，魏国使者已经罢议返回，秦王不由地叹道：“此围城之中，仍然有千里良驹。如此人才尚在，我不敢小觑矣！”

于是，秦王命令军队后撤，在汾水扎下大营，叮嘱王龁小心防范应对。

新垣衍去后，平原君又派人催促魏国进兵，魏将晋鄙百般推托，不肯进兵。

平原君无奈，只好派人给魏国的信陵君送去书信一封，上面写道：“我之所以与你们家结为姻亲，是因为羡慕公子您的高义，能够济人之困，因此心甘情愿追随您。可是如今邯郸早晚被秦所下，而魏国救兵却踌躇不前。难道这就是我以真心对待您换来的结果吗？您的姐姐日夜忧虑，哭得眼睛都红肿了，我不知道如何劝她。公子即使不以我为念，总不能不理您的姐姐吧？”

平原君与孟尝君是好朋友，孟尝君推荐信陵君给平原君，平原君才与信陵君结交，并且娶了平原君的姐姐，二人亲上加亲。

信陵君，本名无忌，乃是魏昭王的少子。从小喜欢结交天下贤士。

信陵君听说魏国有个隐士叫侯嬴，是个七十多岁的贫困老者，却计谋多多，于是亲自去拜见，但赠金对方不接受。信陵君欲以尊礼待他，于是大宴宾客，空其上席，来请侯生。

等他来到，侯生上车，信陵君亲自驾车，在街道上行走。侯生又故意道：“我有个好朋友叫朱亥，是个杀猪的。我想去看望他一下。公子肯同去吗？”

“没问题。”信陵君便驾着车子，跟随侯生来到闹市。

在朱亥门前，侯生道：“请公子在此等候！”他自己下了车，去门里面和朱亥隔着肉案而坐，让信陵君等在外面。

闹市中人山人海，人人都在奇怪地问道：“那不是信陵君吗？他怎么亲自驾车，而且在这儿恭恭敬敬地等候？是谁这么大的架子？”

信陵君的众多随从也觉得受了侮辱，有的人甚至小声骂起来。只有信陵君不为所动。

侯生看时候差不多了，才与朱亥告别出来，复蹬车子，居于上坐。信陵君一声不吭，立即驾车回府。府上，众宾客早已等得不耐烦了，待见他亲自去迎接的上宾，竟然是一个头发胡子花白的看城门的老头，无不骇然。

席间，信陵君亲自捧金杯为侯生敬酒，侯生不客气地接过金杯，一饮而尽，这才道："我不过是一个看门的老头，公子枉驾下辱，折节而下交，亲自为我驾车，而且在闹市中久候，似乎我做得过分了。其实我是为了成全公子的好士之名啊！"众人听了，都窃笑不已，不以为然。

不过，经此一事，信陵君的名声的确大振，连孟尝君来到魏国，也第一个投奔他。

如今，信陵君接了平原君求救书信，说魏王不听，于是对众门客说道："我一生以一个'义'字自许。现今平原君有难，我不能不去救，准备独自赴死。你们如果有愿意跟随我的，立即收拾东西，明天一早启程！"

众人为信陵君的高义所感动，纷纷表示愿意跟随，聚集了上千人的车马队伍。

信陵君带着悲壮的神情，率领众人来到侯生看守的城门。信陵君以目视侯生，侯生却低着头，仿佛没有看到他一样。信陵君心下不悦，出城十里，心下道："我自问对待侯生，礼数已尽。如今我赴赵地就义，必不生还。侯生没有一言半语为我送行，也不说一句话来阻拦我，真是奇怪！"

他越想越不对头，于是吩咐众人且住，自己又返回见侯生。侯生已经在门外等候："我知道公子肯定会回来的。"信陵君奇怪地问道："为什么？"侯生道："公子对待我可以说情深义重，如今深入虎狼之穴，我却一言不发，公子一定会怨恨我，所以知道你一定会回来。"信陵君下拜道："怨恨，我是不敢的，只是我以为自己什么地方有失于先生，因此回来请罪！"侯生叹道："天下能如公子高义的能有几人？像公子这样的人又怎么能不顾自己生死，贸然去与秦国的虎狼之师交锋呢？"

当即，他将公子请到自己的屋子里，小声在他耳边道："我听说，魏王最宠爱的一个女子，叫做如姬。这个如姬，昔年父亲为人所杀，如姬请大王替她报仇，捉拿凶手，大王一连三年没有捉到。后来如姬又求公子，公子使门客旬日斩仇人之首，献与如姬，此事是传闻，还是事实？"

“确有此事。”信陵君道。

“那就好办了。”侯生道：“如姬感念公子之德，即使为公子一死，也是值得的。如今魏军的兵符，就在魏王的卧室内。能进入卧室盗窃兵符的，只有如姬一个人。请公子这就去找如姬，以此事相求，如姬必不有负！公子得了兵符，立即夺晋鄙三军，以所将军队救赵而抗秦，必成大功。”

“多谢指点！”信陵君如梦方醒，叹道：“我养客数十年，竟不及先生一言！”

于是，信陵君立即来秘密见如姬。如姬一听，立即答应：“我等待报答公子的恩德，已经很久了。如今终于有这么一个机会，请公子耐心等候一夜。”

第二天一早，如姬果然窃得兵符，命人送出来给了信陵君。信陵君得了兵符，又去见侯生。侯生道：“虽然有了兵符，但晋鄙不一定相信。请让朱亥和公子一起去，如果晋鄙不听，由朱亥当场将他击杀，以绝祸端！”

信陵君和侯生又一道来见朱亥。朱亥道：“我不过是一个杀猪的屠夫。公子不嫌弃我，一再来与我结交，我无以为报。现在公子有急，正是用得着我的时候。”说完，立即进屋子去收拾东西。外面，侯生又对公子道：“我本来应该跟随公子一起去，只因年纪大了，不能跟随公子一同犯难，就让我的魂魄，跟随公子一道去吧！”言毕，竟然从肉案上拿起刀来，自刎而死。

侯生之死，令信陵君唏嘘不已。命令厚葬了侯生，又安顿好他的家人，自己则和朱亥一道，出了城门，与众宾客会合，浩浩荡荡向赵国进发。

这天，信陵君来到邺下，将兵符给晋鄙看，道：“大王以将军在外久劳，特遣我来相代。”晋鄙接过虎符验证，虽然一毫不差，却仍然狐疑不定。“公子请在营中住上几天，等我将军伍名册造好，一并交给公子。”信陵君催促道：“邯郸危急，必须星夜赴援，不能再拖延下去了。”晋鄙道：“实不相瞒，事关重大，我还需要奏请大王，证实真假。”公子以目视朱亥，朱亥于是道：“元帅不奉王命，与反叛何异？”从袖子里掏出一个四十斤的大铁锤，只一锤，将晋鄙的脑袋击得粉碎。信陵君立即手持兵符，喝住其他众将领：“魏王有命，使我代晋鄙救赵。晋鄙不听命，已经被我击杀。余者无罪，三军安心听我命令，不得妄动！”

当下，信陵君立即犒劳三军，又传下将令："父子都在军中的，父归；兄弟都在军中的，兄归；独子无兄弟的，归养父母；有疾病的，留下就医。"这样从十万人中，挑选出八万精兵，进攻秦军王龁的部队。

王龁仓促应战，双方厮杀在一起。平原君在城中得了消息，也打开城门，率领军队杀出来。秦军抵挡不住，只能向汾水大营败退。

秦王接报，只好传令解了邯郸之围，三军班师回秦。

信陵君得罪了魏王，不得回国。因有大功于赵，赵王封给他土地城池，就在赵国居住下来。

秦王回国之后，太子安国君和王孙子楚都在他面前提及吕不韦之功。因此秦王颁下一道命令：

封吕不韦为客卿，食邑千户。

第七章
空心岁月

有人说，男人一生最大的成功，是事业的成功；女人一生最大的成功，是家庭的成功。但纵观历史，偏偏有许多女人，要和男人在事业上展开硬碰硬的竞争：例如在吕不韦时代，就有秦国的宣太后、华阳夫人等显而易见的例子。赵姬后来也加入了这个阵营，成为新的竞争者。

是家庭生活的不如意，情感的空虚寂寞，还是对男人的刻骨仇恨，逼得她们不得不和男人展开血雨腥风的竞争？而女人一旦撕破脸皮，站在男人的对立面，又是怎样地面目狰狞，阴森可怖？

也许这一切都是借口。真正的驱动力量，是君主的权杖的魔力。权力这东西，不但对男人，对女人同样有吸引力。一旦有可能接近权力的中枢，不分男女，每个人都会变得疯狂起来……

吕不韦和子楚成功地逃出了邯郸，回到秦国过上了悠闲而富贵的生活，却唯独留下赵姬和政儿母子，在邯郸一处不为人所知的幽暗院落里，提心吊胆地过着凄苦悲惨的日子。

这所院落是吕不韦早在一年之前秘密购买的。当时，吕不韦以一个商人的精明和小心谨慎，意识到自己在邯郸太过树大招风。万一有什么风吹草动，“丛台别馆”一定不能够作为藏身之地。因此，他便秘密购买了这么一处房子，并且暗中派人在屋子里构筑了密室，以防不测。

如今，这处院落正可作为赵姬母子的安身之所。母子二人，加上一个又老又丑的仆役，给人的感觉像是某个大商人在这里金屋藏娇，安置了一个青春美丽的小妾和一个名不正言不顺的孩子。像这样的事情，当时可以说屡见不鲜。很多从外地来的富商大贾，在邯郸都有自己的别院。而这些商贾，常年往来于各国之间，经常半年或者一年不回来一趟，也算正常。

虽然秦王孙逃走后，赵王大发雷霆，下令在邯郸城内掘地三尺，也要将赵姬母子找出来。但一来吕不韦购买的这所院子位置偏僻幽静，不与街市联通；二来赵姬平日里深居简出，甚至都很少到院子里活动。偶尔外出，也是黑纱遮面，寻常人根本看不清楚她的脸孔，所以没被发现。

这种隐姓埋名的幽居生活，对正值青春年华的赵姬来说，不啻是一种磨难。连她自己都想不明白，怎么会被牵连进这么一种变幻莫测的命运里。

本来，她是邯郸大富豪赵富的女儿，是被娇宠和惯坏的富家千金。她拥有令所有女性都羡慕不已的美貌和财富，可以随着自己的意愿而公开向全天下选择自己的夫君。一切都再美满不过。

可是，她却最终成了秦王孙的妻子，一个除了王孙之名，其他任何地方都一无是处的男人。

命运就是这么无情地捉弄人。本来在选择了吕不韦又有了他的骨肉之后，她已经下定决心，要做一个幸福而正常的女人，为吕不韦生儿育女，和他一起缔造一个美满而温馨的家庭。

但那毕竟只能是幻想，是她的一厢情愿。吕不韦似乎从来没有这么想过，至少没有当面和她说起过。和天下所有的男人一样，吕不韦的心里也只有建功立业，只有膨胀的欲望和蓬勃的野心。

对男人来说，女人不可或缺，但女人从来不是他们生命中的全部。女人只是点缀，是风景，是漫长而疲惫的旅途中路边的野花，是可以帮助男人传宗接代以完成生命和精神延续的机器。

女人在男人那里永远是无足轻重的。赵姬很早就知道这一点，也曾经发誓一生都不为男人所左右。可她还是和所有痴情的女人一样，对吕不韦产生了不可自拔的依恋和深爱，结果作茧自缚。她将自己变成了另外一个女人，稀里糊涂被吕不韦用来交易给了秦王孙。

秦王孙和吕不韦截然不同。他的身上没有那么多的雄性力量，对这个世界也没有那么多的欲望和野心。他本来就拥有过那么多的美好和富贵，因此对普通人眼中的这一切视若粪土。太多的经历和太多的风雨沧桑，已经磨灭了他关于未来的全部希望。他只希望能够苟且求生，在这么一个纷乱之世，能够像一条狗一样屈辱地活下去。活着是他唯一的人生哲学。

如果不是吕不韦，赵姬绝对不会允许有这样窝囊的男人出现在自己的生命中。她想都没有想过。

然而，只有真的和秦王孙在一起，她才知道，有这么一种乖巧温顺的男人，在自己的裙裾之下，俯首听命，那种感觉是多么奇特。她有了从来没有过的满足感，渐渐就习惯了这种生活。

只有一点，秦王孙不能令赵姬满意，那就是秦王孙虽然风流成性，喜好女色，可是在床笫之间，帷帐之中，作为男人那方面的本领实在不怎么出色。先天禀赋不足限制了他的能力，使他空有欲望，却不能像一个真正的男人那样去征服女人。秦王孙和吕不韦离去后，生命中的两个男人一下子都消逝了，赵姬很快感觉到空虚无聊。尤其在这么孤苦而冷清的生活里，不知道要等待到什么时候，一个个寂寞的夜晚实在难捱。

和赵姬一样，感受到这种生活难于忍受的，还有一个人，就是政儿。

政儿这一年已经三岁了。三岁，对一个男孩来说正处在最为好奇和好动的年龄，也是对这个世界展开全面探索的年龄。可是，政儿在三岁这一年，已经对这个世界完全失去了兴趣。

没有玩伴，没有随意出入院落的自由，更重要的是，没有一个健全而温馨的家庭，那种无处不在的怕被人找到并带走的恐惧，对一个只有三岁的小男孩来说，这种生活的确是过于残酷了一点。

在这个年龄，政儿也许还不能理解，父亲为什么会突然抛弃他和母亲，毅然决然地选择了离开，为什么不能带他们一起走呢？为什么一家人不能在一起呢？为什么别的人都可以，别的孩子都有一个幸福美满的家庭，唯独他不行？为什么只有他要承受这么多的痛苦和不幸？

政儿在这之前，也算得上一个活泼好动的孩子。可是自从父亲离开之后，他变得沉默寡言。他的世界一下子从五彩缤纷变成了只剩下黑白两色。他的眼睛里开始闪烁出一种奇异的光芒：那是一种只有在漫长的寒冬里饱受严寒之苦、饥饿之困的动物眼中才有的凶狠光芒。

小政儿的凶狠最初表现在拳头和牙齿上。他在街道上众多的小伙伴中没有一个朋友，把全部的人都视作他的敌人。他又没有兄弟姐妹，没有一个像参天大树一样可以依靠的坚强父亲。他从一开始就知道，自己只能一个人去战斗，如同一匹孤独的野狼那样独自面对这个世界。他因为个头矮小，瘦弱无力，经常被打得鼻青脸肿，但他从来不号啕大哭，甚至眼泪都不掉一滴。他只是用一种冷酷如刀子般锋利的目光，盯着对他施以侮辱的人，仿佛在告诉对方：我会永远记住你的，总有一天，我会在你身上还给你十倍、百倍乃至千万倍的报复!

在屈辱和仇恨中长大的小政儿，那种没有安全感、内心深处的恐惧，注定将伴随他的一生。

因为恐惧，所以他要对整个世界发动攻击；因为恐惧，所以他才要将这种恐惧从自己的身体里剔除，而植入每个敌人的心灵深处；因为恐惧，所以他才要不择手段，将自己变得强大无比。

或许小政儿的身上带有吕不韦的基因吧，他从小就表现出深沉的谋略和十足的胆量。他知道自己力量有限，以他一个人的力量根本不可能和一大群孩子抗衡。不过，他在一次丢一根骨头给一群饿狗时，从狗群你撕我咬去争夺骨头上面得到了启示。反正他和母亲赵姬最不缺的，也是唯一拥有的就是钱，于是，他开始从母亲那里大把大把地要钱，后来干脆自己去偷母亲的钱。将这些钱当做骨头一样，把那些孩子当做争夺骨头的狗群。果然，他很快成功了。那些和他年龄相仿的孩子，没有人能意识到他的危险，没有人能抵御他的赤裸裸的金钱攻势。那些孩子立即被他分化了，大部分人开始向他靠拢，他很快成了孩子中的王者。

这段时间，赵姬也没有闲着，她在苦苦寻找，并且最终找到了一个填补自己生活空虚和寂寞的男人。

有一次，赵姬和几个闲夫人谈话，她在无意中得知，她们每半个月有一次秘密行动。所谓行动，就是每个人出一点钱，去请一个男人给她们作表演。至于表演的内容，却秘而不宣。

赵姬反正闲来无事，又有得是钱，于是便拿出来一笔不小的数目，交给她们，请她们下次带上自己一起去。

半个月之后，那群闲夫人又来了，每个人都打扮得花枝招展，邀上赵姬一道，上了一辆大车。

大车载着她们，七绕八拐，很快来到一个隐秘的所在。赵姬随众人下车后，才发现原来是一个荒废的晒谷场。在那里，早已经有一个身材高大，面孔俊俏的青年男子在那里等待了。

众人都下车后，将早已准备好的钱用袋子盛了，交给那个男子。那男子接过后，清点钱数，点了点头，放在一边。接下来，他的举动令赵姬大为震惊：当着众女人的面，他竟然开始脱衣服！

“快看，表演要开始了……”

在众女人的欢呼和尖叫声中，赵姬惊诧万分地看到，那个男子脱得全身一丝不挂，令所有女子无不脸红心跳。

而那个男子的表演项目更是匪夷所思：他赤裸身体，走到场地中央。在那里早已放了一个大大圆圆的桐木车轮。他弯下腰去，将那宝贝向车轮中间一挑，竟然毫不费力将车轮挑了起来。然后，只见他用手将那车轮一转，沉甸甸的车轮竟然飞速地旋转起来，而且越转越快。

当令人亢奋的表演结束，男子重新穿上衣服，拿了钱袋离去，赵姬才想起来问了一句：

“他叫什么名字？”

“姓嫪，具体叫什么没有人知道。大伙儿都称呼他‘嫪大’。”

“嫪大？”赵姬暗暗记住了这个名字。

几天之后，赵姬秘密地单独出了一笔重金，请嫪大一个人来到她的住处，为她表演。

这天，当嫪大的车子悄悄在赵姬的门外停下来，他并没有预想到，他和这个叫赵姬的女人会上演一出怎样的故事，又将在未来做出怎样石破天惊的举动。

“夫人，嫪先生来了！”老仆人将嫪大引进门，又将早已准备好的酒菜端上来，就遵照赵姬的吩咐，领着小政儿出去了。

现在，这院子里只剩下嫪大和赵姬。赵姬今天的穿着格外艳丽而大胆，浑身上下透着风骚气息。

“嫪先生，请坐！”

她将嫪大称为“先生”，这对嫪大来说，可是从来没有过的事情。以前那些风流艳俗的女人，都直接称呼他嫪大，甚至更有人叫得肉麻，称呼他“大大”。称他为“先生”的女人，赵姬是第一个。

事实上，嫪大虽然以色事人，然而他却并不觉得有何羞耻。相反，他把这当做自己的一种职业，一种谋生之道。

从小他就知道自己与众不同。在同龄的小伙伴眼里，他是一个异常古怪的孩子。在成长岁月里，他总穿着一件肥大长长的裤子，将自己遮盖得严严实实。偶尔去河里洗澡，也只能在没有人的地方，才下水嬉戏一番。尽管如此，关于他的秘密还是不胫而走。“在那小子的裤裆里，有一条蛇！”也有人这么说：“那小子胯间藏着一条龙！”结果，越传越神乎其神，不管他走到什么地方，都开始有人指指点点，经常有莫名其妙的一群男人上来将他拖走。在没有人的地方强行将他的裤子扒下来。通常先是一阵惊愕，然后就是带着嫉妒和憎恨的毒打。有那么几次，甚至有人想到过将他的那玩意儿给割下来。为此嫪大受尽迫害，九死一生。

嫪大因为异于常人，招致男人们的不满。不过却因此在女人中渐渐享有了极高的名声。

他经常被不知道姓名的女子叫去，在秘密的内室里，在充斥着欲望的色彩鲜艳的帷帐中，一窥其隐秘。他从她们那里渐渐懂得了自己的价值，懂得了自己为什么来到这个世界上：他是为女人而生的！他这一生中唯一能做的事情，就是为一个个不幸或者寂寞的女人提供慰藉。

但他又充满苦恼。因为那些女人只能欣赏他，把玩他，却从来没有人能够真正接纳他。他在一个个女人之间游来荡去，从来没有付出过真心，也没有得到过真情。他被当作一个怪物，一个笑话，一个传奇，而从来没被当过一个人。

偶尔他也想过在花柳巷中混迹，稀里糊涂度过自己的一生，但不知道怎么，他又不甘心。

他总觉得，上天对每一个生命都应该是公平的。上天给予自己这么奇特的条件，一定给自己预先设定了某种使命。只是他始终不知道自己的使命是什么，直到他来到了赵姬面前这天。

“嫪先生今年多大了？”

赵姬在嫪大面前，并没有表现得那么急不可待。她一面给嫪大敬酒，一面和他聊起天来。

“二十。”

“可曾娶妻？”

“夫人说笑了。像我这样的名声，哪个女子敢嫁给我？我是一生都注定没有妻室子女的了。”

“不见得。”赵姬的口吻淡淡的，然而自有一种令人不容置疑的坚定力量，让嫪大无法不相信她说的每一个字。“先生如此禀赋，何患无妻？即使欲建功立业，也不是什么为难之事。”

“建功立业？”嫪大苦笑一声，摇了摇头。那对他来说，实在太遥远了，想都没敢想过。

“怎么，先生不信？”赵姬并不去理会他，只是说道：“先生之所以未得施展，未遂心愿，譬如奇货，不得兜售而出，不是货色不行，而是所售非人。先生只在街巷坊里之间混迹，此好比千尺大鱼，本应出入深海，如今却搁浅在江河池塘中，实属暴殄天物。倘若能够兜售于宫廷之间，则先生价值，非万金不售。女子能以色事人，亲戚宾朋，皆因一人而贵，先生为何不能？”

“夫人所言极是！”嫪大道：“我也不甘心这么糟践自己，只是没有遇到能提拔我的人罢了。”

“如果我肯助先生一臂之力呢？”赵姬目光里充满着一种神秘的意味，问道：“先生将何以谢我？”

“无以为谢，唯有将平生本领，尽皆奉上。”嫪大诚挚地道：“只要夫人能帮助我飞黄腾达，就是我这条命，夫人要也只管拿去！”

“傻小子，我要你的命干什么，我要的是你的心！”赵姬道：“我已经听过太多男人在我面前山盟海誓，所以，不管你说什么，我都不会信的。我只要你向我证明，你对我永远不会变心。”

“夫人要我怎么证明？”嫪大不解地问道：“我总不能将自己的心剜出来，给夫人您看看。”

“用不着。”赵姬轻轻笑道：“我自会有办法证明这一点。不过，我现在要先做一件事情。”

“什么事情？”

“我要先验一验货。看你究竟值得不值得我帮你。”赵姬直到此时，才终于表明了自己的用意。

“夫人尽管请验！”嫪大站起身，“不过，请夫人恕我冒昧，我也有一个小小的请求，不知道夫人肯答应么？”

“哦？什么请求？”

“夫人如果不介意的话，可否除下面纱，让小人一窥夫人真容？”嫪大壮着胆子要求道：“我这么多年，被人嘲笑，今天得幸遇到夫人，第一个称呼我为先生，小人希望可以记住夫人这张脸，从此永铭不忘！”

“原来如此。”赵姬微微一笑，道：“想不到，你倒是一个重情重义的男人，我没有看错你。”

当着嫪大的面，她轻轻地摘下了自己脸上的黑纱。展现在嫪大面前的，是一张艳丽绝伦的面容：因为长时间见不到阳光，皮肤显得有些苍白，不过，却更显得细腻和光滑，仿佛经过匠人精心雕琢的美玉一样，没有一点瑕疵。那淡淡的眉毛，小巧玲珑的鼻子，红润的唇，碎玉一般的细密牙齿，无不令人着迷。而最摄人心魂的是那双眼睛，在长长的睫毛下面，那一双眸子宛如两潭深泉。在那深邃的潭底，隐藏着怎样暗暗涌动、无休无止的欲望啊！

即使嫪大早有准备，这张面孔的美丽还是超出了他的想象。他竟然一下子手足无措起来。

“夫人，我……”

“怎么？”

“我怕……我怕自己一会儿会伤害到夫人！……”嫪大道。

“你放心，我自有分寸。”赵姬此刻就是将性命都不要了，她也毫不犹豫地豁出去了。

“跟我来！”

于是，她起身在前，将嫪大引到密室中。这间吕不韦亲自设计、建造的密室，今天第一次派上用场。

只是，不知道吕不韦如果知道，他的密室竟然会被赵姬用来作为男欢女爱的绝佳场所，不知作何感想？

……

当小政儿从外面归来，母亲赵姬和这个他从未谋面的男人已经如胶似漆，难舍难分。

“政儿，过来。”赵姬郑重其事地将儿子叫到跟前，介绍嫪大给他认识：“见过这位嫪先生。”

“嫪先生？”政儿那双阴郁的眼睛盯着嫪大的面孔看了很久，令嫪大的心里直发毛。一个只有三岁的小孩子，怎么会有一双这么可怕的眼睛？居然仿佛刀子一般直捅入人的心底。

“嫪先生是咱们家的客人，他要在这里住很长时间，你对嫪先生要像对你爹那样尊重，知道吗？”

“哼！”

小政儿以一个男人的敏感，感觉到这个嫪先生将和他争夺母亲，将夺去那本来就不怎么深切的爱。

而赵姬呢，似乎一点也不想隐瞒自己和嫪大的关系。起初二人还偷偷摸摸地在密室里交欢。后来，赵姬对嫪大到了一天从早到晚都不能离开的地步。干脆将政儿放逐到一个小房间里，自己则公开和嫪大在一起同宿同眠了。

有一次，她和嫪大刚上床，还没有躺好，忽然卧室的门一下子开了。小政儿手持一把明晃晃的斧头，站在门口。

“政儿，你干什么？”

“我爹临走的时候，吩咐过我，说我是家里唯一的男人，要我替他照顾你。我答应过他。”小政儿由于激动，满脸通红，将大斧头费力地举过头顶。“如果爹回来，见了这个男人，一定会杀了他！我现在就是要做和爹爹一样的事情，我要杀了这个人不人、鬼不鬼的家伙！”

“什么人不人、鬼不鬼的家伙？”赵姬训斥道：“小孩子胡说八道，你怎么可以这么说嫪先生？”

“哼，不是我胡说八道，而是外面的人现在都这么说，说咱们家里养了一个什么鬼，见不得人！”小政儿气呼呼地抡起斧子道：“我才不管他是人是鬼，反正我今天就要替爹爹杀了他！”

“快住手！”赵姬叱喝一声，上来一把将他的斧子夺去，又劈手给了他一个嘴巴。“快向嫪先生道歉！”

“算了，算了。”

嫪大不知道怎么，对这个小家伙从心里面有一种隐约的恐惧。“大人的事情，小孩子懂什么。”

“哼！”小政儿被母亲打了一巴掌，却将仇恨的目光投向嫪大，“总有一天，我会杀了你的！”

他虽然只是个孩子，那种说话的口气和神态，却让嫪大一阵脊背发凉。等小政儿走后，他对赵姬道：“不如我还是离开这里，不要和你们生活在一起吧？我担心会影响到令公子，对他成长不好。”

“一个小孩子，管他作什么？”赵姬不屑地道：“他不过是缺少爹管教罢了！有了你，他会慢慢听话的。”

由于赵姬的坚持，嫪大还是留了下来，而小政儿在很长一段时间里，对嫪大的存在视若无睹。

但这并不能令赵姬有所警惕。她现在沉浸在与嫪大的疯狂缠绵中，完全被欲望冲昏了头。

世上没有不透风的墙。嫪大被赵姬一人独占的消息，很快传开了。女人好妒，于是就有人去告发，这女子来历不凡，很可能是赵王通缉的要犯。

负责缉拿赵姬母子的官员一听到消息，立即带了士兵，将赵姬所居住的院子团团包围。

等赵姬意识到大祸临头，为时已晚。她和嫪大只能临时退到密室里去，将门从里面反锁上了。

幸而小政儿在街道上玩耍，一看这么多士兵向他家里去，意识到不好，本能地躲到了小伙伴家中。

赶来搜捕的官兵，将赵姬所在的院子里外翻了个遍，却始终没有能够找到密室所在的位置。

那官员不肯罢休，命令留下二十个士兵，日夜把守在院子门口，就不相信里面藏着的人不出来。

可怜赵姬和嫪大在密室里面，没有来得及储备水和粮食，照这样下去，根本坚持不了几天。

关键时刻，又多亏了小政儿，在半夜三更的时候，像一只灵活的小老鼠一样，从墙下的狗洞里钻进来，将干粮和水偷偷运送到密室门外，在门外小声道："娘，我是政儿，给你们送吃的来了！"

"政儿？真的是你？"赵姬在里面还不敢相信，"你没有被他们捉住？这几天藏在什么地方？"

"我就躲在隔壁小伙伴家里。"政儿道："他们捉不到我的。娘，你放心，我每两三天来给你们送一趟吃的。"

"政儿，你要小心！"

"放心吧！"

就这样，依靠小政儿偷偷送来的水和粮，赵姬和嫪大在密室里坚持了将近一个月之久。官兵见这么久了也没人出来，以为要么赵姬和嫪大已经饿死在里面，要么人早就在他们来之前跑了。

等官兵撤去，赵姬和嫪大从密室里出来，来到隔壁与政儿会合后，趁着夜色迅速逃了出去。

第八章

平步青云

秦国在与诸侯国的竞争中，最后胜出，一统天下，后世有着各种各样的解释。最普遍的一个说法，就是秦国自商鞅变法以后，放弃道德伦理的价值观念，而转向以功利至上的实用主义。

但当时天下诸侯国，无不效仿秦国，以功利主义为主流价值观，为什么唯独秦国最后胜出了呢？答案其实很简单：人才。秦国最终依靠人才上的优势战胜了天下各国，成就帝业。

而秦国吸引人才的优势条件是什么？就是开放、包容、自由。秦国除了王位，其他一切都是对外敞开的：只要你有本领，尽可以从一介布衣，一路直升到侯爵。秦国人自从聘请百里奚为相开始，一直到吕不韦，这个关系到国家命运盛衰的最重要的位子，差不多一直由“外国人”担任。唯才而不唯亲，成为秦国使用人才的唯一标准，也是最成功的一条人才政策。

暂且不说赵姬和政儿母子亡命，不知所踪。但说吕不韦在秦国，一直在密切地关注着秦国的动静。

秦军自从在邯郸城外，为信陵君所败后，又立即挥兵指向韩国，取得韩国的阳城（今河南省登封市东南）、负黍（今登封市西南），斩首四万；又取得赵国的三十多个县，斩首九万。

秦国的步步进逼，引发了各诸侯国的恐慌。楚国的春申君在抗秦之战中无功，回去对楚王说道：“如今秦军在邯郸城外新败，锐气大减。大王不如乘机奉周王为主，挟天子以讨秦，这不正是过去‘五伯’做的事情吗？”楚王一听，大喜，立即派使者去见周赧王。周赧王正担心秦国会对自己不利，一听楚国之议，大喜，于是答应由楚国组织韩、赵、齐、燕、楚，五国联合讨秦。

在此之前，周自威王去世后，因为少子公子根和太子公子朝争夺王位，朝内大乱，韩、赵两国帮助公子根在巩（今河南巩义市西南）独立称王，被称为东周。东周君又被称为“周公”。

周赧王虽然以天子的名义联合五国军队讨秦。然而西周的国内竟然没有军队，勉强凑齐了五千人，还没有粮饷。最后，不得不向城内的富商借贷，立了债券，约定班师之日即行偿还。

然而，五国联军，毕竟又只能是楚王和周天子的一厢情愿。韩国新败，无力出兵；赵初解围，人困马乏；齐国与秦国交好，不愿得罪于秦，只有燕国和楚国两国派出了军队，在边境线上观望了一阵，看情势不利，竟然不按约定来与周王的军队会合，反而自行撤军回国了。

结果，这一来可苦了周天子：出兵一番，一点好处都没有捞着。部队解散，却被城中的富户紧逼索债。周赧王无奈，只好在一处高台上躲避不出，称为天下的笑柄。此台又得名“避债台”。

秦国刚听得五国联军正准备以十万大军迎战，忽然又得知联军解散，秦国更是有恃无恐，发兵直取西周。

周赧王无奈，只好率领群臣子民，哭于祖宗之庙，然后将舆图捧出，向秦国投降，被封在梁城。不过一个月，即在梁城羞辱而死。一代赫赫有名的周天子，最后竟然以这种方式死去了。

普天之下，再无王者，于是秦国有了代周称王之意，秦王命令毁灭周之宗庙，将祭器和九鼎迁往咸阳。

九鼎在运输过程中，经过泗水，有一只鼎忽然飞入水中，化身为龙。从此秦只有八鼎，独失豫州。

秦国得了周的祭器和八鼎，陈立于太庙中，立即布告天下，要求天下诸侯都到秦国来朝贺。

韩、齐、楚、燕，各国都派遣了使者，前来朝贺称臣。只有魏国不肯前来。不但不来朝贺，而且魏国竟然趁机出兵，攻占了秦国在东方的属邑陶郡，又一举将一直附庸于魏国的卫国灭掉。

秦王大怒，秘令河东太守王稽进攻魏国。没想到，这个王稽在河东太守任上多年，早与魏国私通，将消息泄露给魏国。魏王害怕，立即派太子增到秦国作为人质，以取得秦国的谅解。

自此，各国均慑服于秦国。秦国经过秦昭襄王数十年的经营，可以说帝业初成，达到了一个顶峰。

俗话说：盛极而衰。秦国很快开始走上了下坡路，标志性的事件就是秦相国范雎的凄凉之死。

作为吕不韦少年时代的偶像之一，范雎在秦国的传奇一直在延续着。甚至吕不韦来到秦国后，还曾经多次接近范雎，找机会当面向这位那个时代为数不多活着的传奇表示自己的敬意。

范雎一生都在张扬自己的生命。从一个小人物到成为一人之下、万人之上的相国，他堪称完美。

是秦国的进取之志和开放制度，给了范雎一个平步青云的机会，在并不算长的人生中，他将生命的诡谲多变与波澜壮阔演绎得淋漓尽致。正是他用自己的才华与秦昭襄王君臣互补，一起将秦国推上了一个新的高峰。其故事恰如当年秦孝公与商鞅的故事一样，令人惊叹、着迷。

然而范雎同样是一个人，而不是一个神。他有血有肉，有丰富的感情。他在秦国得到秦王的信任后，第一件事情就是推荐自己的两个大恩人：一个是郑安平，帮助他死里逃生。一个是王稽，帮助范雎从魏国逃到秦国。这两个人，范雎推荐郑安平为将军，王稽为河东太守。

结果，令范雎意料不到的是，郑安平在邯郸之战中，率领两万军队反戈，投降了魏国；王稽又在河东太守任上，与魏国私通。而根据秦国的严酷的法律：举荐之人与被举荐的人，要一同问罪。

郑安平降魏之事出后，范雎曾经亲自将相印捧在手上，来到宫中向秦王领罪："臣愿意受'从坐'之罚！"

对此，秦王安慰道："以郑安平为将，虽为相国所荐，然而实出寡人之意，与相国并无干系。"

不但如此，秦王还在国中下令：“郑安平有罪，族灭勿论！如果再有议论此事者，立即斩首！”

这样，秦王就以自己的权威保护了范雎，算是几十年君臣一场，对范雎的劳苦功高的认可和奖赏。

可是接着又出了王稽的事情。不用说，王稽立即被斩首，可这一次又怎么能堵住众人的口呢？

这天，秦王在朝堂之上，默不作声，唯有连连叹息。范雎壮着胆子问道：“大王可有什么心思？”

“寡人的心思，相国还不明白吗？”秦王语带双关地道：“自武安君被诛杀，外多强敌，而内无良将。寡人是在为未来的命运担忧啊！”

他在这个时候忽然提起武安君，人人都知道，武安君是被范雎逼死的，因此秦王分明有责怪之意。

下朝之后，范雎回到家中，呆呆地坐着。他知道自己要离开相国的宝座了，问题是谁来接任呢？

正在左右为难之际，一个从燕国来的说客叫做蔡泽的人，来到了范雎的府上，说：“我来见应侯，是来代替他作秦国的相国，他一见我的面，一定会将相国之印交给我。”

范雎听了大怒，立即吩咐让这个狂妄之徒进来。不料，蔡泽要的就是这个效果。他已经在韩、赵等国游说君主，始终不得意，落魄流浪在外。后来在路上遇到一个叫唐举的相士，询问自己的命运。相士看了他的面相后说道：“先生之相非比寻常，不好说。”蔡泽道：“我不问你功名富贵的事情，那对我来说太容易了。我只问你我还有多少年的寿命？”相士回答道：“四十三年。”蔡泽笑道：“我马上就要成为一人之下、万人之上的相国了。四十三年好日子足够了！”他离开相士，在路上碰到强盗，被抢去了车马、盘缠、衣服，不过他还是信心十足。

来到秦国，见到范雎后，范雎问道：“听说先生来的目的，是来取代我作秦国的相国的，是真的吗？”

“正是。”

“先生何以有此自信？”

“我有一番话，给君侯说完，君主就相信我了。”蔡泽于是侃侃而谈道：“我听说，太阳升到正午，就会偏移西沉。月亮到了满盈的时候，就会转为亏缺。春、夏、秋、冬，四时季节的更替，成功者去，将来者生。这是天地宇宙不可改变的规律。再拿人来说，人人都希望有一个健壮的身体，手和脚都很灵活，耳朵听得很清楚，眼睛看得很明白，心神很聪慧，难道天下有人不希望自己这样吗？同样的道理，以仁爱为本，主持正义，推行正道，广施恩德，在普天之下实现自己的志向，使得天下人拥护爱戴而尊敬仰慕，难道不是善辩明智之士所期望的吗？”

范雎回答道：“是的。”

蔡泽又道：“居于富贵之位，显赫荣耀；治理一切事物，使它们都能各得其所；性命活得长久，平安度过一生而不会夭折；天下都继承他的传统，固守他的事业，并永远流传下去；名声与实际相符完美无缺，恩泽远施千里之外，世世代代称赞他永不断绝，与天地一样长久。这难道不是推行正道、广施恩德的必然结果，正如圣人所说得是吉祥善美丽的事物吗？”

范雎说：“是的。”

蔡泽接着话锋一转，说道：“至于说到秦国的商鞅，楚国的吴起，越国的文种，君侯可知道这几个人的命运结局吗？”

范雎道：“我当然知道这几个人。公孙鞅侍奉秦孝公，终身没有二心，一心为公家而毫不顾念自身；设置刀锯酷刑来禁绝奸诈邪恶，切实论赏行罚以达到国家太平；剖露忠心，昭示真情，蒙受着怨恨指责，诱骗老朋友，捉住魏公子，使秦国国家安定，百姓获利，终于为秦国擒敌将，破敌军，开拓了千里之遥的疆域。吴起侍奉楚悼王，使私人不能损害公家，奸佞谗言不能蔽塞忠臣，议论不随声附和，办事不苟且保身，不因危险而改变自己的行动，坚持大义不躲避灾难。就是这样为了使君主成就霸业，使国家强盛，决不躲避殃祸凶险。大夫文种侍奉越王，君主即使遭困受辱，仍然竭尽忠心和毫不懈怠，君主即使面临断嗣亡国，也仍然竭尽全力挽救而不离开，越王复国大功告成而不骄傲自夸，自己富贵也不放纵轻慢。像公孙鞅、吴起、文种这三位先生，本来就是道德大义的标准，忠诚气节的榜样。因此，我才要向他们学习，为了大义遭难而死，视死如归；活着受辱，不如死了光荣。士人本就该具有牺牲性命来成就名声的志向，只要是为了大义的存在，即使死了也没有什么遗憾的。”

“君侯差矣！”蔡泽却摇了摇头说道：“不错，诚如君主所说，君主圣明，臣子贤能，这是天下的大福；国君明智，臣子正直，这是一国的福气；父亲慈爱，儿子孝顺，丈夫诚实，妻子忠贞，这是一家的福分。可是事实往往不是想象的这样：比干忠诚却不能保住殷朝，子胥多谋却不能保全吴国，申生孝顺可是晋国大乱。这些都是忠诚的臣子、孝顺的儿子，反而导致国家灭亡、大乱，这是为什么呢？这是因为没有明智的国君贤能的父亲听取他们的声音啊！因此天下人都认为这样的国君和父亲是可耻的，而怜惜同情他们的臣子和儿子。照这样看来，商鞅、吴起、大夫文种作为臣子，他们无疑是正确的；他们的国君，相反却是错误的。所以世人称说这三位先生建立了功绩却不得好报，难道是羡慕他们不被国君体察而无辜死去吗？如果只有用死才可以树立忠诚的美名，那么微子就不能称为仁人，孔子不能称为圣人，管仲也不能称为伟大人物了。人们要建功立业，难道不期望功成而人在吗？所以说，自身性命与功业名声都能保全的，这是上等。功名可让后世效法而自身性命不能保全的，这是次等。名声被人诟辱而自身性命得以保全的，这是下等。”

蔡泽最后这上、中、下三等说法，深深地说到了范雎的心窝里，听得他连连点头，情不自禁地道：

“说得好啊！”

蔡泽趁势说道：“既然提到了商鞅、吴起、文种，他们作为臣子竭尽忠诚建立功绩，那的确是令人仰慕的。君侯自以为能做到和他们一样么？努力替君王解决危难，整治国家，平定叛乱，增强兵力，排除祸患，消除灾难，拓宽疆域，增种谷物，使国家富强，百姓富足，加强君王的权力，提高国家的地位，显示王族的高贵，使天下诸侯没有哪一个敢于侵凌冒犯，威势震动海内四方，功劳显扬于万里以外，声名光辉灿烂，流传千秋万代……君侯可能做到？”

“不能。”

“那么当今秦王，在慈爱仁义信用忠臣，厚道诚实不忘旧情，任用贤能智慧这些方面，比起秦孝公、楚悼王、越王来怎么样呢？”

这个问题，范睢不便回答，就说：“不知道。”

蔡泽却单刀直入地说道：“人人都知道，当今秦王是超不过秦孝公、楚悼王、越王的，而您的功绩以及受到的信任、宠爱，又比不上商鞅、吴起、文种，可是您的官职爵位显贵至大，富有程度超过了他们三位，而自己不知引退，恐怕您遭到祸患要比他们三位更惨重，我私下替您感到危险啊！您为了自己个人的怨仇，来到秦国，取得高位。如今大仇已报，恩德也已经报答，心愿满足了，可是却没有应变的谋划，我私下认为您不该采取这种态度。再说了，翠鸟、鸿鹄、犀牛、大象这些动物，之所以死亡，其原因就是被诱饵所迷惑。……难道您没见过那些赌博的人吗？有时要下大赌注，有时要分次下小赌注，这些都是您所明明白白知道的。现在您任相国，出计不必离开座位，策划不必走出朝廷，坐而指挥即可控制诸侯，谋取三川，展开威势，用来增强宜阳实力，打通羊肠坂道的天险，堵塞太行山的通路，切断范、中行氏这些韩、魏领土上的要道，使六国诸侯不能联合，栈道连绵千里，可通往蜀汉地区，使天下诸侯都畏惧秦国，秦国的欲望满足了。您的功业也到了顶点了，这也就到了秦国要分次下小赌注的时候了。若在这个时候却不引退，那么您就是商鞅、白起、吴起、文种的结局。我听说过这样的话：‘用水来照镜，可以看清自己的面容；用别人作借鉴，可以明知事情的凶吉’。又听说：‘功成名就之下，是不能久留的’。您为什么不在这个时候让出相印，把它让给贤能的人，自己引退而隐居山林，观览流水，逍遥度日呢？这样一来，您不但逃过了灾祸，还会得到一定有伯夷、许由、延陵季子谦让的声誉。《易》上说‘亢龙有悔’，这句话说的就是能上而不能下，能伸而不能屈，能往而不能自觉返回，君侯应该警惕啊！”

这一番话，听得范睢全身的衣服都被汗水湿透了，他站起身，恭恭敬敬地对蔡泽说道：“多谢先生指点，我知道该怎么做了！”

于是，第二天一早，范睢上朝，立即对秦王进言说：“有位新从崤山以东某地过来的客人叫蔡泽，此人是个很有口才的人，对三王的典事，五霸的业绩以及世俗的变迁他都了如指掌，秦国的大政完全可以托付给他。我见到的人很多，还没有谁赶得上他，我推荐他接替我的位置。”

秦王接见了蔡泽，和他一连谈了三天三夜，对他的才华很是满意，于是封他为客卿。范雎称病辞相，秦王起初不许，后来就答应了。于是，蔡泽一下成了秦国的新一任的相国。

不过，这个蔡泽的相国位子还没有坐热，因为遭到太多的人反对，只好又让出相印，被封为纲成君。

范雎知道自己最终逃不过秦国的法律制裁，日夜忧愁恐惧，结果竟然一病不起，很快死去了。

范雎的死，使得秦国多年来的顶梁柱一下子倒塌，秦昭襄王也变得心灰意冷，再无意并吞天下。

生命中最后的两年，秦昭襄王是在寂寞和孤独中度过的。他在一个落叶飘零的秋天走完了自己的一生。

秦昭襄王之死，是秦国五十六年来第一次更迭君主位置，在灞水东岸的平坦草地上早已等候了主人多年的芷阳墓穴，终于被打开了。不但秦昭襄王埋葬在这里，新继位的君主嬴柱，已经五十三岁的安国君，同时将自己的母亲唐八子尊为王妃，在这里和秦昭襄王一道下葬。

嬴柱，史称秦孝文王。他登基之日，就迫不及待地发布了一系列政令，包括大赦天下，开放苑囿，大封先王功臣、王室贵族。反正父亲秦昭襄王的国库里积攒了那么多钱财，他只管大花特花就行了。

秦国上下，从一片哀伤转为一片狂欢。人人都在议论，这位新登基的秦孝文王将给国家带来什么变化。

登基大典结束以后，秦孝文王在咸阳宫中大摆筵席，接受文武百官的祝贺，喝得酩酊大醉。

晚上，秦孝文王就宿在他父亲秦昭襄王曾经居住的后宫里。秦昭襄王在位五十六年，尽管他忙于功业，不好女色，不过在后宫里还是塞满了美人。其青春年少者，很多自入宫以来，连秦昭襄王的面都没有见到过一次，更别提承恩沾露了。秦昭襄王一死，秦孝文王顾不得那许多，一些他早在做太子的时候就有沾染的妃子，便都留下来，成为他的新宠。

五十三岁的秦孝文王，已经有了二十多个子女，可见他在过去的漫长岁月里，是怎样在女人中间厮混的。如今当上了一国之君，秦国的佳丽都可以成为他挑选的对象，他怎么能不欣喜若狂？

整整一个夜晚，他都在后宫召集众多美女侍寝，而每个女子都知道未来的幸福所系，就在这个夜晚，因此一个个无不使出浑身解数，全力承欢。在她们媚态百出和千奇百怪的招数里，秦孝文王享受到了从未有过的恣意放纵和淋漓尽致的快感。原来做秦王是这么潇洒惬意！

也只有在这个纵欲无度的夜晚，多少年来，他第一次完全摆脱了华阳夫人的阴影，忘记了她的存在。

然而，华阳夫人毕竟是不容忽视的。这从第二天秦孝文王颁布的第一道旨意就可以看出来：

封华阳夫人为王后。

这是楚系势力集团继宣太后之后，出现的又一位具有绝对控制能力的女性强人。这天晚上在秦孝文王又喝得酩酊大醉，准备去找那些千娇百媚的佳丽去肆意纵欲的时候，被华阳王后劝阻住了。

“大王，这么晚了，就在这里安歇吧！”

“我……还有一些公文要看……”秦孝文王随口编了一个借口，便要从华阳王后这里逃出去。

“大王，”华阳王后却似乎看穿了他的招数，将身子堵在门口，不让他过去。“大王纵然不爱惜自己的身体，也该为大王您的万千子民想一想。如今您的身体，已经不再是您一个人的，而是关乎到秦国的安危了。”

“我……”秦孝文王被他揭穿心思，脸涨得通红。也许是喝多了酒的原因，他有些不耐烦起来。

“我如今是秦国的君王了，想做什么就做什么。总不能当了君王，却比过去更加不自由了吧？”

“怎么，你过去过得很不自由，很不开心吗？”华阳王后冷笑一声，不再称呼他“大王”，而是直呼他的姓名。“嬴柱，莫非你忘记了自己这个王位是怎么得来的？如果不是我的裙带关系，轮到你来补太子的缺？别以为你今天当上了君主，就可以从我这里轻松地拍拍屁股走人！”

“怎么？我不是已经封了你王后，而且答应了立你的儿子做太子？”嬴柱也气呼呼地道：“这么多年来，你说什么就是什么，我可违逆过你一句？我对你不说忠心耿耿，至少言听计从吧！”

他这么一发火，华阳王后倒是心软下来。毕竟如今嬴柱已经是一国之君，不再是那个仰人鼻息的小男人了。华阳王后叹息一声，上来轻轻捧住嬴柱的脸，柔声道：“你那么激动干什么？我知道你一向对我很好，别以为我是铁石心肠，其实我也很疼爱你的。我劝你保重身体，是不愿意你被那些如狼似虎的女人淘空了身子。你刚当上国君，以后享受的日子多着呢！”

“我才不管什么以后不以后，就是当一天的国君，明天就死了，我也要痛痛快快地活这一天！”

嬴柱总算为自己挣得了男人的尊严。华阳王后在他的威势下屈服了，眼里含着泪给他让开了道路。

不过，嬴柱也颇为不忍，走到了门外，又回身来对华阳王后道：“你放心，我答应过你的，一定不会食言！”

果然，第二天，又是一夜未睡的秦孝文王，还记得自己的诺言，在朝上当众宣布：立子楚为太子！

新王即位，如今又立了嗣君，这对秦国来说，自然又是一件大事情。立刻，子楚太子成为朝中文武大臣，人人争相巴结的新贵。秦孝文王呢，少不得在这天又大摆筵席，与群臣同醉。

这天晚上，当回到后宫，嬴柱又满身酒气，准备从华阳王后这里离开去与那些女人厮混的时候，出乎意料的是，华阳王后没有再说一句阻拦的话，而且连目光都没有向他斜视一眼。

她这么不理不睬，嬴柱反而有些不好意思。于是向外迈出去的脚步又收了回来，来到华阳王后身边。

“我今晚哪里也不去了，留在这里陪你，好不好？”他柔声问道。

“不，我不要你陪。”华阳王后却一口拒绝了，“你身上都是那些女人的味道，我受不了！”

“你说什么……？”嬴柱本来刚从心中升起来一缕柔情，忽然在顷刻间又转化为羞怒之火。

“我说，你已经沾了她们的身子，如果再像从前一样爬到我的身上来，我怕我会受不了！”

“你……”嬴柱大怒，他没有想到，自己做了一国之君，华阳夫人仍旧不把他当作一个真正的男人来看。他也不知道怎么回事，忽然扬起手来，“啪”，狠狠地给了华阳王后一个耳光。

这一耳光，在华阳王后那冰雪白皙的脸上，留下了五个清晰的指印。华阳王后愣了，他也愣了。

“你敢打我？”

华阳王后从少女时代一直到成为今天的王后，遇到的每一个男人，无不对她视若珍宝，爱惜有加。不要说打她，连一个手指头都舍不得碰在她那如完美无瑕的宝玉一般的美丽脸蛋上。可今天，却被嬴柱结结实实地打了一巴掌。而这仅仅是在嬴柱当上国君的第三个夜晚。

一瞬间，华阳王后的妩媚娇艳之态尽去，粉脸之上，顿时笼罩上了一层令人胆寒的威严。

“跪下！”

她一声叱喝，仿佛不是在呵斥一个万乘之国的国君，而是在呵斥一个再猥琐和平庸不过的小男人。

“我当你作了国君，会有一国之君的威严和气度，想要给你一点尊严，可你却这么不争气！仅仅为了几个没有面目见人的烂女人，竟然连自己的老婆都要打起来了！这就是你的能耐！这就是你的志向！亏你还自认为是个男人，哼，老娘告诉你，我可以将你扶上这个位置，也可以废黜你！你还真以为文武百官，都会听你的旨意！他们哪个没喝过老娘的洗脚水！”

她这么一发怒，嬴柱也不知道怎么，双腿一软，竟然真的在她面前跪下来，如同以前经常跪她那样。

“我错了……”他嗫嚅着，彻底丧失了一国之君的威风，反而像条癞皮狗一样匍匐在那里。

“不要说我没有警告过你！”华阳王后冷冷地道：“我再给你今天最后一晚上，从明天以后，你如果再敢去和那些女人鬼混，看我怎么收拾你！”

“是！是！”

“滚吧，去找那些烂货！”

华阳王后一脚将他踢出来，在身后将门重重地关上了。任凭嬴柱如何哀求，她始终不开门。

“哼！”嬴柱也真发了火，“我已经立了你为王后，立了你喜爱的干儿子为太子，我问心无愧。”

他从地上起来，一拂衣袖，昂首挺胸，又去找那些令他不能自拔的女人们去了。不但如此，而且这个夜晚，他变得格外疯狂，在一个个女人身上不停地发泄自己的不满，仿佛每个女人都成了华阳夫人的化身，而他要尽情展示男人的雄风，将她们一个个彻底征服在自己身下……

连日的疲劳，纵情声色，再加上今天所受的屈辱，引发满腔的怒火，他渐渐失去了理智……

天亮之后，一个令人惊骇的消息从宫中传出：就在一个时辰前，秦孝文王刚刚驾鹤西去了。

从即王位开始才三天。三天，秦孝文王就走完了自己的国君之旅，成为秦国君王史上在位时间最短的一位。

他走得太快了，太过匆忙，甚至关于他的陵墓营造问题，都还没有来得及提上日程，可谓死无葬身之地。

他的死因也立即成为一个后人所不解的秘密。消息被严密地封锁着，华阳王后在处理这件事情上，又表现出她的铁血手腕：她亲自下令，将后宫中的所有女子一律处死，一个不留！

一场残酷的血洗之后，秦孝文王之死被公布为得了一种奇怪的病，突然发作，不治而亡。

国中不可一日无君，何况秦国这样的大国。这时候作为太子的子楚就被推上了前台，立即宣布登基。

子楚，史称秦庄襄王。秦庄襄王登基以后，草草地为父亲秦孝文王主持了殡葬仪式。仪式的隆重程度比起秦昭襄王来有所不如，至于人们的悲伤之情，比起对秦昭襄王的思念来，更不可比拟。在灞河东岸的一块不为人知的地方，随便挖了一个坟墓，秦孝文王就长眠在那里了。

倒是又一位新王的登基，引发了人们的极大热情。这位秦庄襄王，会像他的祖父，还是他的父亲呢？

事实证明，秦庄襄王的行事风格，不像他的祖父，也不像他的父亲。他即位下的第一道政令，令所有人目瞪口呆：

"以吕不韦为丞相，封文信侯，以蓝田（今陕西蓝田县西）十二个县为食邑。"

政令一下，当人们在惊愕和慌乱过后，所有人互相询问的第一个问题就是："这个吕不韦是什么人？"

朝中群臣，有三分之二以上的人，都不曾听说过有这么一个人。只有少数人知道，那个叫吕不韦的，原来是一个商人，后来跟随子楚从赵国回来，和子楚一起投靠在华阳夫人门下。

一天之间，咸阳城街头巷尾，人人都在谈论"吕不韦"这个名字。各种猜测如潮水般铺天盖地而来。

"听说了吗？那个叫吕不韦的被封为相国了？"

"不但封了相国，而且还封了侯。以前可没有这个例子，樗里疾、甘茂、……范雎，这么多相国中，封侯的不过魏冉封为穰侯，范雎封为应侯而已。可人家都有大功于秦，这个吕不韦有什么功劳？"

"是啊，昔日商君作二十级爵制，从公士到大庶长，是十八级。只有过了十八级以后，才能封为十九级关内侯，二十级彻侯。而只有二十级彻侯才有封地食邑的特权。这个吕不韦却一下什么都有了！"

"真不知道他和大王究竟是什么关系。不过以后慢慢就会知道了，等着瞧吧，一定有好戏！"

……

就这样，在人们的一片议论、猜测、狐疑中，吕不韦堂而皇之地正式登上了秦国舞台中央。

第九章

旧梦重温

对一个想要成功的商人来说，最重要的是什么？答案也许出乎很多人的预料，那就是商运。

什么叫商运？就是你不管做什么生意，都稳赚不赔。上天创造你这个生命出来，赋予你的使命就是创造财富。不停地创造财富，为你所从事的每一桩生意大开绿灯，提供最安全的保障，一直到你的使命完成为止。

一个优秀的商人，一定可以敏锐地意识到自己的天赋使命。吕不韦就意识到了这一点，他敢于做出那么惊人的举动，将那么令人目瞪口呆的计划付诸实施，不是他对自己有信心，而是对“商运”有信心。

他的感觉和判断没有错。老天对他真是太照顾了：他的策划中，最难的有两点：第一，秦昭襄王什么时候死？为此，他和子楚默默地等待了六年。第二，新即位的秦孝文王什么时候死？依据常理推断，怎么也要比六年更久吧？但秦孝文王只用了三天就死了。这就不能不令人感慨：天助吕氏！

当然了，也有人猜测：秦孝文王是被吕不韦给毒死的。这听起来似乎有道理，实则不可能。吕不韦再心急，也不会急到这种程度。他的计划已经进行到这一步，绝对不敢冒这种奇险。商人也许在做出决定去投资一个项目的时候，如同狮子般勇猛无比；然而一旦制定目标，全力以赴去向目标前进的时候，每一步又会谨慎无比。越是接近成功，越像老鼠般战战兢兢……

正当秦国朝野上下人人议论、猜测时，吕不韦本人却并不在秦国，而正在赵国的邯郸秘密寻访赵姬母子。

自从秦昭襄王病重，吕不韦就意识到，安国君嬴柱即新君位，已经是板上钉钉的事实。安国君一即位，子楚就会按照先前的约定被立为太子。一切都如计划中那样完美地进行着，唯一令吕不韦心里没有底的就是：与赵姬母子在邯郸一别，已经过去了六年之久。六年，如果不出意外，那个叫政儿的孩子应该已经长成一个懂事的大孩子了。赵姬呢？在这寂寞而惊恐不安的六年中，她那花样娇媚的青春，缺乏了雨露的滋润，还能像原来那样娇艳欲滴吗？还是已经人老花黄？

想到子楚即将成为太子，自己计划中的第一个大步骤就要实现了，他就不由地一阵激动。他多么想立即找到赵姬，将她接到秦国来，一起见证这个重大的时刻，和她一起分享成功的喜悦啊！

然而，他又的确不知道赵姬母子现在何处。几年中，他曾经屡次派人到邯郸，寻访赵姬母子。可是得到的答案都千篇一律：赵姬母子被官府缉拿得紧，早离开了原来的住处，不知道藏身到其他什么地方去了。

这就不能不令吕不韦忧心忡忡。赵姬在他的计划中，是至关重要的一枚棋子。是他将来操控子楚这个傀儡的一根不能断的线。更何况，还有政儿，那是他吕不韦的种，他将来要将其推上秦国国君位置的。

如今，秦国这边大事将成，自己必须马上动身，去把赵姬母子接来。

吕不韦当然也知道，自己亲自去邯郸，会冒多么大的风险。毕竟他在邯郸几年，在那里有不少人认识他。加之他太过招摇，明里暗里不知道得罪了多少人。他将秦王孙从邯郸偷偷带走，不知道惹得赵王多么愤怒！一旦在邯郸被认出来，吕不韦很清楚，自己只有死路一条！

但即便如此，他也要亲自去办这件事情。因为随着子楚一步步接近目标，赵姬母子对吕不韦也越来越重要。况且，在他心里，还存着对赵姬母子的一份愧疚。正是这份愧疚，促使他下决心要亲自营救他们母子。

为了万无一失，吕不韦作了精心的准备，将自己化装成一个满面胡须的老者，看上去老了二十岁不止。他又换了一身粗布衣服，尽量避免惹人注目。

他果然顺利地混入了邯郸城。邯郸城内仍然人来人往，熙熙攘攘，一派繁华景象。

不过，表面的繁华下，吕不韦却很快体会到笼罩在人们心头的战争阴云。

原来，赵国和秦国的纠纷刚解，又和燕国产生了对峙。就在吕不韦来邯郸之前不久，邯郸城里刚刚出了一件大事：平原君赵胜因病去世了。

平原君之死，对赵国来说不亚于倒了一根擎天柱。虽然赵王立即以廉颇为相国，封为信平君。但燕国来的相国栗腹却欺负廉颇年迈，赵国无人，回国之后对燕王说道：“赵国自长平之败后，壮年皆死，孤儿尚未长成，国中无丁可用。如今平原君已去，廉颇老而无用，正是我们发起进攻的大好机会。一旦得手，可以一举将赵国灭掉，据为己有。”

燕王也很唯利是图，一听栗腹的话，立即起了贪念，找来昌国君问道：“寡人想要进攻赵国，如何？”

昌国君道：“不可。赵国东邻燕国，西接秦境，南错韩、魏，北连胡貊，国中百姓，素来勇武强悍，绝对不可以轻易和他们开战。”

燕王不以为然地道：“寡人以三倍兵力作战，如何？”

昌国君道：“不可。”

“那寡人就以五倍兵力作战！”

“不可！”

燕王大怒：“天下哪里有以五敌一尚且不能取胜的道理？寡人一定要试一试！”

于是，燕王以栗腹为大将，率兵十万；亲自率兵十万，在后接应。

赵王闻得燕国来进攻，愤慨不已。廉颇道：“虽然我老了，不过对付燕国的栗腹小子，还是绰绰有余。”于是请引兵五万出战，来敌栗腹。

交战之前，廉颇先将自己的主力部队隐藏起来，只以老弱病残出战，连战连败，将栗腹引入埋伏，一战而擒之。燕国军队大败，只能投降。

吕不韦来到邯郸，赵、燕两国正在交兵，街道上车马滚滚，人心惶惶。这倒正好给了吕不韦机会，他不慌不忙地在邯郸住下来，潜心寻访赵姬母子。

他先去了赵姬的娘家赵富府上，秘密见到了赵姬的父亲赵富。赵富本来对秦王孙离妻抛子，只身离开邯郸大为不满，如今听吕不韦一讲，知道子楚即将被立为太子，将来就是秦国的国君，自己的女儿将来可做王后，立即打消了一腔怒火。只是，赵富也已经多年没有女儿消息。

从赵家出来，吕不韦并不灰心。他是商人出身，知道这世界上没有金钱不能做到的事情。

于是，他遍撒金钱，在每条街道巷里间探访蛛丝马迹。终于，他得到了一条重要线索：嫪大。

从那些妇人口中，吕不韦得知有这么一个人存在：他曾经到处炫耀自己的那活儿，以服侍女人作为自己的职业。可是后来却被赵姬独占，最后一起消失不见了！

初闻这一消息，吕不韦先是震惊，但后来也表示了理解：赵姬那样的女人，习惯了男人像蜂蝶一样围绕着她转，要她一个人日复一日、年复一年独守空房，的确不太可能。

不但赵姬不可能，他吕不韦也不可能。他到了秦国之后，很快娶了几个如花似玉的夫人。还有子楚，也很快娶了别的女人，而且生下了一个孩子，叫成蟜。看来，男人和女人都一样。

吕不韦于是将全部的注意力放在寻找嫪大这条线索上。他知道，天下没有不偷腥的猫儿。以嫪大这样的天赋超人，一定不会只满足于服务赵姬一个人。他肯定会继续和其他的女人厮混。

而像嫪大这样的人，如果得了赵姬给的大笔的金钱，会去什么地方？只有两个地方：一个是赌坊，一个是花柳巷。

吕不韦重点在这两个地方转悠，果然很快得到了消息：嫪大常在一家叫“如意”的赌坊赌钱，而且一赌输赢就在上百金，出手相当阔绰。

吕不韦于是来到“如意”赌坊。这天，赌坊里照旧人山人海，吆五喝六之声，此起彼伏。一个个或输或赢的人脸上，无不流露出亢奋的神态。

吕不韦在青年时代，经常出入这种地方，可谓轻车熟路。他在一个下注最大的赌台前，不慌不忙地坐下来，却又并不急于下注，似乎在等待什么人。

一会儿，人群中一阵骚动。一个身材高大、面色苍白的年轻人，从门外走了进来。

“哎呀，嫪大爷来了！”赌坊中的小伙计立即上去招呼，“咱这里最好的座位，一直给您留着呢！”

“哼！”

来的正是嫪大。和几年前相比，他几乎没有任何的变化，唯有那神态变了，从原来的萎缩平庸，变得飞扬跋扈，什么人都不放在眼里。

众人都起身打招呼，只有吕不韦正眼都不瞧他一眼。嫪大立即感受到了吕不韦身上的气势。

“这个人是什么人？以前没有见过啊。”他悄悄地问身边的小伙计道。

“不知道，这位老人家一来就坐在这里，也不下注，不知道什么来头。”

“哦？”

嫪大又打量了吕不韦一眼。因为吕不韦装扮过，显得年龄很老，所以嫪大并不怎么放在心上。

“下注，下注！”

他大声嚷嚷着，在吕不韦身边坐下，从怀里掏出来一把碎金子，扔在台面上。“全部押大！”

他一押“大”，众人都跟着一哄而上去押“大”，只有吕不韦淡淡地道：

“我押小！”

结果，这一局似乎专门为吕不韦而开：小！一大堆钱都堆到了他跟前。

“第二局，大！”

嫪大似乎不信邪，又从怀里掏出一把金子，全部都押在了“大”上，挑衅似的看着吕不韦。

“小！”

吕不韦怎么会把这种小场面看在眼里，眼皮都不抬，轻轻吐出一个字。

结果，又是吕不韦赢了！众人一见，无不诧异地望着吕不韦，猜想他什么来历。

“第三局，小！”

这一次，嫪大狠狠地把金子押在了“小”上，目光像刀子一般刺向吕不韦。

“大！”

吕不韦显然摆明了要和嫪大对赌，只要嫪大押什么，他就一律押在与之相对的位置上面。

“开，大！”

运气似乎往吕不韦这边一边倒。嫪大的头上冒出了一头的汗，而众人全部都倒向了吕不韦一边。吕不韦押什么，他们就跟着押什么，稳赚不赔。

终于，嫪大沉不住气了，恶狠狠地盯着吕不韦：“请问这位老丈，和我嫪某人有仇？”

“没有。”

“那你为什么总和我作对？”

“笑话！”吕不韦淡淡一笑，道：“这里是赌坊，你来得，我来得，你爱押什么，我管不着；我爱押什么，你也管不着。”

“你……”嫪大一时语塞，气呼呼地看了吕不韦半天，哼了一声，一拂袖子，出门而去。

他走不多远，就发现自己身后跟上来一个人。他走得快，那人也走得快；他走得慢，那人也走得慢。等他回头一看，竟然便是赌坊中的老丈。

“老丈，你跟着我做什么？”嫪大心里忽然有了一种不安的感觉，等老丈来大跟前，警觉地问。

“年轻人，这是你的钱。”吕不韦上来将一小袋子金子还给他道：“刚才我只是和你开个玩笑。其实，我想和你交个朋友。”

“和我交朋友？”

“是啊。”吕不韦道：“如果你不嫌弃，我想请你找个地方喝两杯，顺便有几句话奉送给你。”

“哦？是吗？”嫪大摸不清这老者的底细，不过，得了人家的恩惠，不能不陪着一起喝两杯。

“好，走吧！”

于是，二人一起来到附近的一家酒楼上，单独要了一个雅座。坐下后，二人要了一壶酒，对喝起来。

“老丈有什么话要对我说？”

“年轻人，我游历天下，一看到你的面相，就知道你前途无量，不但大富，而且未来贵不可言，必有封侯赐爵的幸运。”

“真的吗？”

“相信我，我看人从来没有错过。而且，我可以明确告诉你，你的运势有利于你向西而行。”

“向西而行。”嫪大心里一惊。赵姬曾经告诉过他，她将来要到秦国去作王后的。

“年轻人，让我再告诉你，虽然你的面相贵不可言，但你有一个致命的缺点，就是你的命中必然遇到一个女人。如果这个女人不出现，凭你自己的能力，永远也不会得到富贵。还有一点，即使遇到这个女人，这个女人也必须是作王后的命。否则，其他女人都帮不了你。”

他的每一句话，都点到了嫪大的死穴。嫪大听得晕晕乎乎，只能奇怪地问道：“老丈究竟是什么人？”

“以后你就知道了。”吕不韦见他已经被自己说动，微微一笑，“你我还会再见的，如果你见到了那个女人，可以来找我，我会给她相一相面，看可有作王后的命。否则一切都是枉然。”

说到这里，他起身便要告辞，嫪大连忙拉住他：“老丈，我现在就遇到了这么一个女人。她自己说将来一定要作王后的，只是不知道她是不是真有这个命，老丈可肯跟我一道去为她相面？”

“这个嘛……”吕不韦故意装出为难的样子，犹豫了一下，“也罢，谁让你我有缘呢！走吧，前面带路！”

于是，嫪大一点戒备都没有，和吕不韦从酒楼出来，二人直接来到嫪大和赵姬母子隐身的住处。

这是一条僻静街巷的尽头，一所不大的独立庭院。院子门口，正有一个小孩子在自顾自地玩耍着。

吕不韦只一眼就认出来了，那个男孩，不正是一直令自己牵挂不已的政儿吗？六年不见，他已经仿佛一棵小树一样，一下子蹿高了不少。不过和同龄的孩子比起来，他的胳膊腿还是纤细了一些，身子骨也显得单薄。一张脸孔又黑又瘦，眼睛深深地凹进去，从里面时时射出凶狠的光芒，一看就知道，这孩子在成长过程中缺乏父母疼爱，性格阴沉，心理晦暗。

对于嫪大回来，以及身后跟着的不速之客，政儿根本不曾正眼瞧过一眼，连头都不抬一下。

在走过他身边的时候，吕不韦本能地放下了脚步，真想伸出手去，在他的头顶上抚摸一下。

“咦？”

他这么一停留，才引起了政儿的注意。政儿似乎也感觉到了什么，停下手里的游戏，抬起头来。

与吕不韦四目相对，二人都是一阵轻微的颤抖。吕不韦见了这孩子，有说不出的亲切；而政儿见了面前这个奇怪的老者，也觉得在身上，有自己似曾相识的某种东西，一时愣住了。

不过，这只是一瞬间的事情。前面，嫪大已经开了门，招呼吕不韦进去：“老丈，请进来吧！”

吕不韦只好暂且撇下政儿，冲他微微点了点头，便走过去，跟在嫪大身后，进到了院子里面。

背后，政儿望着吕不韦的背影，若有所思，愣愣地看了一会儿，又自己去玩游戏了。

这边，吕不韦进了院子，跟着嫪大进入厅堂，嫪大吩咐他在这里稍等，自己进去请赵姬了。

“夫人，外面来了一个老丈，相面之术，精湛无比。他已经替我相过了，我见他句句说得奇准，特请他来替夫人相一相面。”

“哼，又是哪里来的江湖骗子？”赵姬从来不相信这些江湖术士，不耐烦地道：“给他点钱，打发走吧！”

“夫人，人都已经来了，不如就让他看一看，他说我有侯爵之贵，但必须得遇到一个有王后之命的女人。夫人不是一直说自己要当王后的吗？让他看看，你什么时候可以当上王后，不是心里更有底吗？”嫪大劝道。

“好吧！”

赵姬听他说了这番话，心里的确有些动摇。她坚信自己可以当上王后，但毕竟已经六年过去了！六年啊，从秦国那边一点音讯都没有传来，可是她还有多少个六年可以等下去呢？

于是，她薄施脂粉，懒洋洋地从内室出来了。一出来，看到外面坐着的老者装扮的吕不韦，她就愣住了。

毕竟，她对吕不韦太熟悉了。不但他的模样，甚至他的气息，他身上那种掩饰不住的霸道气势，她都了如指掌。不用睁眼睛，即使闭着眼，当吕不韦来到她面前，她也能分辨出来。

“你……你是……？”

“夫人，就是这位老丈。”嫪大却还蒙在鼓里，还在傻乎乎地介绍道：“他刚给我看过，说得可准了。”

“这位就是夫人吗？”吕不韦从赵姬一出来，目光就一直盯在她的脸上看。他不能不佩服，天下就是有这么一种女人，能将自己的容颜保持得那么姣好，甚至连时间的雕琢，都不能在上面留下一丝痕迹。赵姬就是属于这样的女人，她显然每天将大量的时间都用在美容养颜方面。因此，乍一看起来，六年的岁月在她脸上流逝而过，她却还和六年前一样娇艳欲滴。

而赵姬也在一直盯着吕不韦看，吕不韦尽管可以装饰面目，可是这双眸子，从这双眸子里射出的逼人的灼热光芒，却是永远也改变不了的。从这双眼睛里，可以看到那么多的欲望，那么多的贪婪，那么多的永不知足。赵姬不知道多少次，被这目光深深地刺痛，痛入骨髓。

“听说老丈相术过人，可否给妾身一看？”明知道来人是吕不韦，赵姬还在故意装作糊涂。

“不敢。”吕不韦也装得煞有介事，“以老夫所见，夫人之相的确是贵不可言，将来统摄后宫，母仪天下，并不为过。不过，请恕老夫直言，夫人之贵，尚须寄托在一个男人身上。而这个人……这个人……并不是夫人身边的这位先生，这可奇怪……老夫实在看不懂了……”

“哎呀，你别管那么多，只说夫人什么时候能当上王后？”嫪大道。

“这样吧，”吕不韦站起身道：“老夫且回去参详一番，等三日后，我再来这里，告诉夫人结果。”

“不敢劳烦，妾身自当亲自登门拜访。”赵姬道。

于是，二人订下三日之约，吕不韦起身告辞，飘然而去。身后，嫪大还傻乎乎地出来送行：

“老丈慢走！”

等吕不韦走后，嫪大问赵姬：“夫人觉得那老丈说得如何？我觉得他说得似乎很有道理呀！”

“江湖术士之话，不可轻信。”赵姬道：“不过，三日之后，我倒要亲自登门，看他如何说。”

嫪大并没有意识到这里面有什么玄机，一连三天，照旧每天沉浸在赌坊里，汗流浃背，挥金如土。

到了三天后约定的日子，这天早上，赵姬早早就起来，对着铜镜开始仔细地梳妆打扮。她几乎试遍了自己所有的衣服和鞋子，又在铜镜前将那张原本俊俏的脸精心描抹得更加勾人魂魄。

“夫人，你今天真漂亮！”嫪大还没有起身，在被窝里一看赵姬如此美丽，顿时来了情欲。

他赤裸上身，从背后搂住了赵姬，便要向她求欢。如果是往常，赵姬巴不得和他云雨一场，今天却将他轻轻推开了。

“别弄皱了我的衣服！”

“怎么？”嫪大一脸不高兴地问道：“不就是去见一个老人家么？用得着这么浓妆艳抹的，给谁看呀？”

“你这副口气，可是在和未来的王后说话？”赵姬冷笑一声，“别忘了，我的命运也是你的命运。”

“如果夫人真做了王后，只怕会立即忘了我这个卑下轻贱的小人。到时候，天下男子多得是，还不是任王后挑选。”嫪大的话语里，透出一股酸溜溜的味道，显然对赵姬是一片真情。

“好了，你安心在家歇着吧！”赵姬安慰着过来，在他额头上亲了一下。“我的小乖乖，天下男人虽多，可哪个有你这样的宝贝？别发牢骚了，安心地等我的好消息。我会很快回来的。”

安抚完了嫪大，赵姬又出来寻找儿子政儿，想要带他一起去见吕不韦。可是政儿却不知道去哪里玩了。

于是，赵姬只好一个人上了车子，根据吕不韦留下的地址，来到吕不韦所投身的那家客栈。

吕不韦在房间里，早已恢复了本来面目，并且已经提前嘱咐过小二：今天有贵客光临，不准外人打扰。

不知道怎么，坐在桌子前，静静地等候赵姬光临，吕不韦的心里竟然有一丝的慌乱。这可不像他吕不韦啊！

自那日告别，离开赵姬回到旅舍以后，三天来，赵姬的面孔和她那哀怨的眼神，无时无刻在他眼前徘徊。但在那张风华依旧的面孔上，在那双依旧令人沉醉的眸子后面，又仿佛隐藏着什么。

是的，这时的赵姬已经不是那时的赵姬，不是那个和他吕不韦在邯郸初遇时将真情奉献给他的赵姬。

那时候，是他吕不韦以自己独特的方式，在赵姬身上打下了自己的烙印，并且在她的身体内播下了爱的种子。

如果他们二人一生一世厮守在一起，那么他们的爱情一定会成为一段佳话。他们彼此都不会辜负对方，彼此都会把这段感情当做生命中最珍贵的财产加以小心呵护，地久天长，此情不渝。

但吕不韦却最先背弃了这段感情，甚至放弃了赵姬肚子里的孩子，将她们母子拱手让给了另外一个男人。

带着吕不韦给她的伤痛，赵姬倒进了秦王孙的怀里。她渐渐对他生出情愫，以为可以有一个不错的结果。

可是，秦王孙对她也只不过是利用，又像吕不韦做过的一样，背叛了她，将她和政儿无情地抛弃。

接二连三的伤害让赵姬绝望，由绝望又产生出报复的愤怒和快意。在吕不韦和秦王孙之后，她几乎毫不犹豫地又选择了嫪大，并且准备将嫪大培养成为对付吕不韦和秦王孙的一柄利器。

她是有着精心准备的。女人一旦下定决心去做一件事情，那么绝对不要低估女人的智商，低估女人的手段。

吕不韦从赵姬身上，分明清晰地看到了嫪大的影子，看到了嫪大在一个个夜晚是怎么蹂躏赵姬的身体和接受赵姬的蹂躏。他们之间不一定有真情，但一定有男女之间最隐秘的私情。

吕不韦从见到嫪大的第一眼起，就判断出这个男人不足为惧，他不足以成为吕不韦的对手。

真正可怕的，是赵姬似乎已经下定决心，要用这个嫪大来对付他吕不韦。而这才是可怕的。

吕不韦对赵姬的感情，一直到现在，他也认为自己是真挚的。他希望赵姬也能一如既往地对他。

男人都是这样。一方面一再地伤害自己的心上人，找出各种借口，在她们伤痕累累的伤口上撒盐；一方面，又希望女人如同初次与心爱的男人在一起，始终对他们温存有加，抱有幻想。

男人善变，可他们忘记了，女人更善变。女人是感情的动物，但没有哪个女人真正傻到和动物一样，被主人抛弃而不懂得报复和反击。女人一旦疯狂到失去理智，比老虎和蛇蝎更可怕。

赵姬要报复吕不韦，而吕不韦则幻想着和赵姬重温旧梦。二人各怀心思，在这天重又相对而坐。

“蹙儿……”

吕不韦已经有太久没有从口里吐出这两个字了，以至于是那么陌生，仿佛不是他自己的声音。

“请不要这么称呼我，吕先生。”赵姬的话语中，冷冰冰的，似乎没有一点情感的温度在内，“请叫我嬴夫人。”

“蹙儿，不要这样。”吕不韦的心上似乎被一支利箭射中一样，一阵剧烈的抽搐，带动脸上的肌肉都有些变形。他艰难地道：“不要这么对我，我知道，蹙儿，你恨我，你和政儿都恨我，可是我也是没有办法啊！……你可知道，这几年中，我无时不刻都在思念、牵挂着你们……”

“吕先生，我今天来，不是来听你讲这些话的。”赵姬仍旧颜若霜雪，一张脸绷得紧紧的，“我只问你，我什么时候能成为王后？”

“我也是刚接到秦国传来的消息。秦君去世，新君只即位三天，也去世了。现在，异人已经立为新王。只要你马上跟我回去，那么，这个王后的位子，立刻就是你的。我向你保证！”

“可是我也听说，他在那边又娶了妻子，并且生了一个儿子。那才是他的种。这件事情，他也知道的。”

“怎么？”吕不韦顿时紧张起来，“你……莫非你将真相都告诉了他？”

“我才不会那么傻。”赵姬冷冷一笑，“你们男人都是这样，如果知道自己养的是别人的孩子，一定不会心甘情愿。要么想方设法要抛弃他，要么干脆将他杀死。我才不会傻到自己找麻烦！”

“这么说，子楚一直以为政儿是他的孩子，蹙儿，你和我一番心血总算没有白费。”吕不韦情不自禁呢，拉起赵姬的手。“蹙儿，我这次来，就是接你和政儿去秦国的。你当王后，蹙儿当太子，我当相国。咱们一家人不又可以在一起了么？再过几年，政儿当秦君，你当太后，我和你一起来辅佐他，到时候，整个秦国还不是都在咱们一家人的掌握之中？”

“我可没有你那么大的野心。”赵姬却不为所动。“我现在反而不想去秦国了，只想留在这里，安安稳稳地把政儿抚养成人。我才不愿意他跟着你，卷入到秦国的血雨腥风的宫廷斗争中去！”

“不入虎穴，焉得虎子？”吕不韦还以为她怕了，安慰道：“不过，不要怕，有我在，你和政儿不会有事的。”

“不韦，你不明白……”赵姬的脸色终于放松下来，口气也柔和了许多，又开始以旧日的称呼相称，“我以前还会被你的宏伟梦想所打动，可是自从有了政儿，我便只有一个心思：将孩子抚养成人，不让他在成长过程中受一点伤害。这是天下做母亲的共有的心思，谁也不例外。”

“可我也是孩子的父亲啊！”吕不韦道：“天下做父亲的，又有哪个不希望自己的儿子将来出人头地，飞黄腾达？有哪个男人甘愿承认自己的儿子只是个平庸之才，只能庸庸碌碌地过一生？哪个男人没有野心和梦想，如果连这最基本的欲望都没有，男人还能被称为男人吗？”

“我不和你吵，不韦，我来，只是要告诉你一件事情：我和政儿，不会跟你到秦国去的。”赵姬打断了他道。

“怎么，咱们不是约好了么？”吕不韦疑惑地道：“虽然让你们母子等的时间久了点，可约定仍然有效啊！”

“约定？”赵姬气愤地道：“你们男人口口声声，把约定看得比什么都重要？可你想过吗？不韦，你知道这六年来我们母子是怎么过来的？我们母子被人欺负，你在哪里？我们母子被官兵追杀，你在哪里？我们母子一处地方接一处地方搬家，一有风吹草动，吓得觉都不敢睡，你又在哪里？……”她越说越激动，多年来的委屈、埋怨……纷纷化作泪水，滚滚而下。

“对不起，蘧儿。”吕不韦叹息一声，他的确没有想到，赵姬母子这些年会过得这么艰难，“苦了你和政儿了！是我不好，我早应该想到你们的日子不好过，应该一站稳脚跟，立刻来接你们的。”

“你们男人，总有那么多的事情要做，总有那么多的理由和借口。”赵姬道：“现在，你来了，什么都不问，就要我和政儿马上跟你回去。你就算不问我一声，至少应该问一问政儿吧？”

“问他什么？”

“问他知道不知道他的亲生父亲是谁？”赵姬突然提到了这个话题，令吕不韦大为愕然。“政儿已经九岁了，不是个小孩子了。他已经长大了，你以为这件事情还能瞒住他？你还想瞒到什么时候？”

“那么，你已经告诉他了？”吕不韦紧张地问。

“没有。因为我一直在等你，我想这件事情只有你亲口告诉他最合适。”赵姬道。

“那就好。”吕不韦悬着的心这才放下来，“这件事情，不到他当上秦国的国君的那一天，千万不要告诉他，不要。”

“不韦，我有一个请求。”赵姬似乎在心里已经想了很久，直到今天才将这个想法对吕不韦说出来，“放弃你那个宏大的梦想，不韦，你和我，带上政儿，只有我们一家三口，去找一个没有人找得到的地方，去快快乐乐地过日子。不韦，为什么我们一定要像现在这样，每个人都痛苦不堪呢？”

“蹙儿，我也这么想过，可是现在……现在一切都太迟了。”吕不韦也动了情，上来将她的手拉起来，在自己的掌心里轻轻抚摸。“蹙儿，事情发展到这一步，咱们都已经回不了头了。你将成为王后、太后，政儿将成为太子、国君，我将帮助他建立一个前所未有的大帝国。这一切都已经设定了路径，我们只能在这条路径上向前而行，没有任何改变路径的可能。”

“我就知道劝不住你。你也从来没有听过我哪怕一句劝。”赵姬摇了摇头。“唉，我真不知道，为什么要一次次受你摆布？”

“因为你爱我，蹙儿，我也爱你。”吕不韦趁势一下将她拉入怀中，“咱们两个是真心相爱的，一生一世，永不改变！”

“不韦，我……”

“不，不要再说了！”

吕不韦拥她入怀，多年来压抑的相思之苦，纷纷化为雨点般的热吻，在她那娇艳依旧的双唇上落下来。

赵姬哪里能抵挡他暴风骤雨一样的攻势？何况在她的心底，烙下最深印痕的，还是这个男人。

她紧绷着的身体一下子瘫软了。吕不韦的灼热的双唇吻到哪里，哪里便起了一团火。

欲望的火焰一经点燃，不焚毁一切是不肯罢休的。久别重逢的一对老情人，彼此重新接纳了对方……

吕不韦和赵姬这对伤痕累累的情人，在经过了六年的痛苦分离以后，终于又重新走到了一起。

但现在，横亘在他们之间的，除了一个子楚，又多出来另外一个不能忽视的男人：嫪大。

这天，在情感的风暴平息之后，吕不韦和赵姬二人重新整理衣衫，不带任何肉欲地拥坐在一起。

“蹙儿，你变了！”

吕不韦的话有感而发。在赵姬的身上，他分明感觉到了一种陌生，一种除他之外的男人的味道。

“不韦，难道你没有变吗？”赵姬反问道。

的确，吕不韦也不再是那个吕不韦了。尤其在不经意间和嫪大作了对比后，赵姬的这种感觉愈发强烈。

“算了，我们不说这些了。”吕不韦将话题一转，“鬟儿，说一说政儿，说说咱们的孩子，好不好？”

“政儿？”赵姬一提起这个孩子，不由地便是眉头一皱，“那天你在门外，没有见到他吗？”

“见到了。”

“那你可感觉到，他和以前有什么变化吗？”

“变化？”吕不韦仔细地回想着，那天见到政儿的模样。“嗯，这孩子长高了许多，看上去像个大孩子了。”

“还有呢？”

“还有？”

“是啊，你没有注意到，他和别的孩子不一样吗？”赵姬道。

“那我倒没有注意到。我只是觉得这孩子有些怪怪的，尤其他看人的时候，目光可真够凶狠！”

“凶狠？你知道他从小在街上，怎么被那些孩子欺负？怎么被人家打吗？知道他们管他叫什么？骂他是野种，是没有爹的孩子。”赵姬的眼睛里又泛起了泪花，“政儿每次回到家里，都要哭着问我：爹什么时候回来接我们？可我能怎么说呢？我只能说：快了，快了！”

“最初他还相信我的话，热切地期盼着。后来稍微大了一点，他开始不相信我，也不理我了。他整天一个人在街上玩，我都不知道他用了什么方法，那些孩子居然都被他征服了。他从小就懂得怎么去利用别人的弱点，知道怎么达到自己的目的。这一点和你倒很像。”

“这孩子……”吕不韦听了最后这句话，激动得直搓手，“我就知道他不会让我失望的……”

“孩子和你一样，聪明，胆子大，可是又和你不一样：他对一切都不相信，对整个世界都充满仇恨。我总担心，他将来有一天，真的当上了秦国的国君，会对整个天下施以报复。”

“有那么严重？”

“如果是你，换了你在这么一个环境里成长起来，你会不会像他一样？”赵姬反问他说道。

“那倒是。”

“所以，我才担心，如果他跟着我们一道回秦国去，他会不会被他父亲接受？会不会有冲突？”

“不会的。”吕不韦对此很有自信，“这个孩子，我一眼就看出来了，他绝对是一个聪明的孩子。他才不会在自己还没有任何力量的时候，去贸然地挑战一切。他一定不会惹麻烦的。”

谈论完了政儿，他们最后的话题，不可避免地转移到了嫪大身上，这是无论如何绕不过去的。

“那个嫪……嫪先生，你打算怎么处理他？”吕不韦将心一横，还是咬牙率先捅破了这层窗户纸。

“依你之见呢？”

“这要看你们之间究竟到了什么程度。蹙儿，我并不怪你，不过，如果这件事情被子楚知道了……”

“子楚？”

“哦，就是异人。他回到秦国后，华阳夫人给他改了一个名字，叫子楚。”吕不韦解释了一下，又道：“子楚对你们母子，也很是牵挂。他对你一片真情，毋庸置疑。如果他知道……知道有这么一个嫪先生存在，你猜他会怎么样？”

“爱怎样怎样，那是他的事情。”

“话不能这么说。”吕不韦劝道：“如今，你离王后的位子只有一步之遥，你不想这个位置被别的女人坐上去吧？子楚回国后，新娶了一位夫人，又生了一个儿子，叫成蟜。你不想被她们母子夺去属于你和政儿的东西吧？你们已经丢掉了这么多，总不能将成果拱手让给别人吧？”

“那当然不能！”赵姬在一瞬间，理智战胜了感情。她知道，自己绝对不能再迟疑下去了！

“那我立即安排，明天一早，你和政儿就跟随我回秦国去！”吕不韦道：“至于那个嫪先生……”

他的口气里流露出一种寒意。赵姬熟悉他的脾气，知道他这么说意味着什么，不觉又动了恻隐之心：

“不，不要杀他……留他一条生路吧……整件事情都和他无关，他是无辜的，不该被牵扯进来……”

“你不怕留着他，将来坏了你的事情？”吕不韦问道。

“那是你们男人的想法，我们女人从不这么思考问题。”赵姬道：“虽然留着他是个危险，但他毕竟这几年来，一直跟随在我身边，忠心耿耿，而且对我和政儿，都颇多照顾。我不想这么冷酷地对他。”

“那好吧，不去管他就是了！”吕不韦此时不好过分强求赵姬，只能故作爽快地点头同意道。

一番商量，定了以后，吕不韦便立即在城中放出消息：大秦新任相国吕不韦，奉秦王之命，亲自来邯郸迎接王后及太子归国。

这消息一传出来，赵国国中，顿时一片大乱。赵王不顾前嫌，亲自安排在宫中接见吕不韦。

吕不韦换了一身装束，器宇轩昂地来见赵王。一些旧时在邯郸相识的官员，此刻对他无不仰视！

不说吕不韦在赵王那里接受着最隆重的礼节的迎接，但说赵姬回来后，嫪大已经在迫不及待地等着她了。

“夫人，我刚刚在街上，听到一个喜讯！”

“哦？”

“听说秦国新王登基，已经派了相国吕不韦到邯郸来迎接王后及太子。说的不正是你和政儿吗？”

“怎么，这么快消息就传开了？”赵姬不能不佩服吕不韦，每一步棋都经过了精心的安排。

“莫非夫人早已经知道了？”嫪大见她不如想象中那么激动，还以为她也得知了消息，比自己快了一步呢。

“是，我不但知道，而且已经和那位吕相国见了面。”赵姬道。

“真的？”嫪大听了，更加出乎意料，“夫人什么时候得了消息，又怎么和那位吕相国联系上的？”

“那位吕相国，你也见过了啊！”

“什么？”嫪大一惊，他无论如何也想不明白，赵姬这话里是什么意思。忽然，他想到了一个人。“啊，对了，莫非，莫非……”

“对，那个自称会相术的老丈，正是吕相国本人。”赵姬知道他已经猜到了，点头证实道。

“啊呀，那个糟老头子，原来便是秦国的相国，怪不得，怪不得我总觉得他什么地方与众不同。”嫪大兴奋地道：“既然吕相国亲自来了，那么夫人被封为王后，政儿被立为太子，是千真万确的了！”

“还没有！”赵姬道：“此事要等我和政儿入秦之后，才能定下来！”

“那就快点入秦啊！”嫪大已经迫不及待了，“我这就去把政儿叫回来，立即收拾东西。夫人，咱们什么时候动身？”

赵姬有些怜悯地瞧着他。心想，难道他真的不知道，自己已经在生死之间徘徊了一遭吗？

“夫人，你这么瞧着我做什么？”

嫪大被她瞧得莫名其妙，却还没有想到其中缘由。毕竟，他的智商和吕不韦比起来，那是差远了。

“这么说，你真的不知道？”赵姬叹息一声，“你想过没有，我一入秦，就是王后了，政儿就是太子了。你呢？你还能这么一口一个‘夫人’地叫我？还能这么堂而皇之地跟着我？”

“原来是这件事情。”嫪大一拍自己的脑门，“瞧我，就是笨！那么，依夫人之见呢？我该以什么身份入秦？”

“你真的要跟我入秦？”赵姬奇怪地看着他，“你一入秦国，可是随时有杀身之祸！不如留下来，我会给你一大笔钱，足够你快活逍遥一生。你可要想好了，是去，是留，由你决定！”

“夫人，请带上我吧！”嫪大一下子跪在赵姬面前，“我嫪大在认识夫人之前，什么都不懂。是夫人教给了我怎样去度过人生，应该成为一个什么样的男人。我不愿意再回到先前的生活中去！夫人，请让我追随您吧！即使做牛做马，我也要在您的身边，虽死无悔！”

“其实你用不着这样冒险的。”赵姬叹息一声，将他扶起来，“你还年轻，不懂得到了秦国，会发生多少事情！”

“不管发生什么事情，只要能在夫人身边，我就不怕！”嫪大也很坚决，说什么不肯离开赵姬。

“那好吧！”赵姬其实也舍不得嫪大。毕竟，嫪大这样的男人，天下不是说找就能找到的。“我给你一大笔钱，你明天一早就动身，先一步赶到咸阳去，在那里找个地方先住下来。记住，永远不要透露和我的关系，也不要去找吕相国。等我要找你的时候，自然有办法找到你。”

和嫪大商定之后，这个夜晚就成为二人在邯郸的最后一夜，直到天亮二人才分开。

“夫人，保重！”嫪大穿好衣服，在床榻之前，跪在地上给赵姬磕了三个响头，“嫪大此心，只属夫人。从今以后，嫪大再不敢亲近别的女人，只等夫人召唤！”

他如此信誓旦旦，令赵姬感动不已。虽然她也知道，自己不能再相信任何男人的话，可嫪大还是令她感动。

“去吧！”她全身慵懒无力，只能将嘴唇动了动，吐出来一句话，“我一定会让你再回到我身边的！”

“是！”

有了她的这句承诺，嫪大似乎才放了心，答应一声，又磕了三个头，然后背起行囊，悄然出门而去。

天光大亮以后，赵姬不得不起身了。她匆忙梳洗装扮后，又把政儿叫到跟前，给他穿上新装。

“娘，为什么今天要穿新衣服？”政儿并不知道，他和母亲的命运即将发生天翻地覆的变化。

“政儿，还记得那天来咱们家的那位老丈么？”

“记得。”

“那么，你有没有认出他是谁？”

“他是谁？我怎么会认得他？”

“再仔细想一想，你认得他，不但认得他，小时候还常常在他身上撒尿呢……”

“啊？是吕叔叔？”

政儿惊呼一声，似乎回忆起了小时候若干场景，但随即又摇了摇头，“不可能，他哪有这么老？”

“傻孩子，他是化装的。”赵姬道：“他是受你爹指派，秘密来接咱们去秦国的。”

“怎么，爹终于想起我们来了吗？”政儿对父亲的形象已经非常模糊，“他终于又肯要咱们了吗？”

“不要这么说，你爹以前离开我们，是有苦衷的。他回秦国，这么久不来接我们，也是有原因的。”

“你们大人，总有理由和借口。”

“现在，你爹当上了国君，成为秦国高高在上的君主，他这不立即派你吕叔叔来接咱们了？”

“啊？爹当国君了？”政儿听了这话，吃惊得不知道怎么办才好，“那么娘……娘你就是王后了？”

“还有你，”赵姬的脸上不由地淌下两行热泪来，“你也当上太子了，政儿，你再也不会受人欺负、侮辱了！”

“这么说，爹果然没有骗我们！”政儿对父亲的看法立即来了个一百八十度大拐弯。不过，他毕竟年龄还小，很多东西还不能理解，于是又问道：“娘，你说我当太子了，什么是太子？”

“太子，就是未来的国君。”赵姬给他解释道：“一个君主可能有很多儿子，可太子只有一个。”

“太好了！”政儿高兴得简直要跳起来，“我是太子，是未来的国君了！哼，等我有一天正式成为国君，我要把那些所有欺负、侮辱、轻视过我的家伙，全部杀光，一个都不留！”

说这话的时候，他的目光里有一种狂热，更有一种坚定，这狂热和坚定在多年之后将令整个天下不寒而栗。

一切收拾完毕之后，吕不韦已经大张旗鼓，带着一支浩浩荡荡的队伍来迎接他们母子了。不但朝中的大小官员都来了，而且赵姬的父亲赵富也亲自来了，并给女儿带来数十车嫁妆。

吕不韦就是有这个本领，能将一件再普通不过的事情，弄得个惊天动地，何况迎接秦王后和太子这么大的事情！

“大秦相国吕不韦，奉秦王之命，特来迎接王后及太子！”

二十个嗓门洪亮的大汉，敲锣打鼓，将这句话从赵国的宫廷门口一路喊到赵姬母子的门外。

一路之上，闻讯聚集来的百姓，简直可以用成千上万来形容。路的两边站不下了，墙头上，甚至屋顶上，都站满了人。人人都争着一睹被封为大秦王后的赵姬和太子政儿是什么模样。

当赵姬镇定自若地从院子里走出来，站定门外的台阶上，吕不韦早已等候在那里，当即上前叩头：

“臣吕不韦，恭迎王后！”

他这么一下跪，那是给足了赵姬面子。赵姬期盼中万众瞩目的一刻终于到来，她也真沉得住气，不慌不忙，上前几步，柔声细语地道：

“起来吧！”

“谢王后！”

吕不韦煞有介事，叩首谢恩，这才起来，引着赵姬来到装饰华丽的车子前，为赵姬掀开帘子。

“王后请！”

赵姬搭着吕不韦的手，却并不急于上车，而是将目光在人群中缓慢地扫了一眼。忽然，她似乎发现了什么，又转过身来，来到父亲赵富面前。

“王后！”

赵富在这几年中，恨死了赵姬，埋怨她给赵家带来多少的灾难和惶恐。可今天，女儿忽然成了秦国的王后，成为天下最强国的一国之母，赵富忽然又为女儿感到自豪和骄傲。当女儿来到他面前，他竟然忘记了这是在赵国的土地上，不由地双膝一软，就要给女儿跪下。

“父亲！”幸而赵姬立即搀扶住了父亲，又以女儿之礼，给父亲下拜：“父亲，女儿要去了！”

“孩子，去吧，一路走好！”毕竟是骨肉连心，一想到此去秦国，从此路途迢迢，与生离死别没有什么两样，赵富眼圈一红，忍不住落下泪来。

“父亲，保重！”赵姬也颇为动情，不过，她不能和父亲过多地叙话，只能将政儿叫过来：

“政儿，给外公磕头！”

“外公！”

政儿乖巧地过来，跪在赵富面前，一连磕了三个响头，赵富将他搀起来，摸着他的头，泪落如雨。

“王后，殿下，该动身了！”吕不韦看看时候已经不早，过来小声催促道。

赵姬点了点头，又和父亲说了几句话，便拉着政儿的手，母子二人在吕不韦引导下，一道上了车子。

吕不韦放下帘子，在车前坐定，赵国前来送行的大小官员，一齐躬身行礼，高声道：“恭送大秦国王后、太子、相国大人，一路保重！”

“各位保重！”吕不韦也知道秦、赵自长平之战后，恩怨颇深，不敢在这里久留，一声令下，浩浩荡荡的队伍，顿时起程。

就这样，一路上，在赵国的官员、军队沿途护送下，吕不韦等人顺利地出了赵境，进入秦境。

一入秦境，秦王早派了军队，在边境上等着迎接。吕不韦和赵姬、政儿母子，立即换上秦人衣服，方才从容而行。

等这支队伍进了咸阳城以后，更是引起极大的轰动，万众齐聚，人头攒动。

“快来看，那个就是吕不韦吕相国吗？”

“听说他从赵国接回了王后和太子？那坐在车子里的应该就是她们母子二人吧？不知道什么模样？”

“大王还真是个顾念旧情的人啊！听说吕相国、王后都是他在赵国为质子的时候认识的呢！”

一片嘈杂声中，车子驶过熙熙攘攘的人流，最终来到宫门前。这里，早已修饰一新，红毯铺地。

入宫之后，吕不韦引着赵姬、政儿，径直来见秦庄襄王。

一来到秦庄襄王面前，吕不韦立即跪地叩头，“大王，臣幸不辱命，已经将王后和太子殿下接来了！”

“快请！”秦庄襄王迫不及待，竟然顾不得那许多礼仪，从座位上起身下来，一迭连声催促道。

“是！”吕不韦答应一声，退下来到门外，让赵姬先进去见秦王，他则和政儿在外面等候。

当下，赵姬裙摆飘飘，莲步轻移，来到里面，在秦王的面前盈盈下拜，道：“妾身参见大王！”

虽然经过了六年的时光，但她的声音却没有一点改变。这声音对子楚来说实在是再熟悉不过了。

“免礼，免礼！”子楚迫不及待地将她扶起，将热切的目光在她的脸上逡视着。这张脸，不正是自己在梦里一次次捧起的那张脸孔吗？还是那么妩媚娇艳，还是那么风情万种，还是那么令人怜惜。

“蹙儿，这些年……苦了你了……”子楚捧着她的脸，忍不住两行泪水滚滚而下，哽咽不禁。

“只要大王没有忘了妾身母子，妾身就是吃再多的苦，也是甜的。”赵姬乖巧得令子楚难以置信。

“对了，政儿呢？为什么不叫他一起进来，让我看看他。几年不见，一定长高了许多。”

“是！”

赵姬答应一声，开门将政儿叫进去。政儿早已经过吕不韦细心嘱咐，一进来立即跪倒在子楚面前：

“政儿叩见父王！祝父王千秋万代，江山永固！”

“哈哈，好一个千秋万代，江山永固！”子楚听得受用不已，笑着将政儿扶起来，上上下下，仔细打量一番。

“嗯，不错，个子长这么高了，就是瘦了一些。不过不要紧，以后我会专门派人给你做好吃的。”

“多谢父王！”

政儿又行了一礼，这才不那么拘谨了，轻松地对子楚说道：“对了，父王，您当年临别之时，曾经对我说，我是家里唯一的男人了，让我替您照顾娘。现在，我可是完成任务，将娘还给您了！”

“好孩子，真是个好孩子！”子楚高兴地抚摸着他的头，“看到你们娘儿俩平安归来，爹欢喜得紧哪！”

一家人阔别六年，历尽了重重的磨难之后，重又团圆在一起，自然有说不完的话儿。不过，子楚还惦记着一件事情，令赵姬母子沐浴更衣之后，他又亲自带着他们母子，分别去拜见了华阳太后、生母夏太后。尤其在华阳太后面前，赵姬以其乖巧玲珑很快便讨得华阳太后欢心，政儿按照吕不韦的一套说辞，也说得华阳太后芳心大悦，直埋怨子楚为什么不早把这对母子接来。

得到华阳太后的首肯，子楚才算是彻底放了心。这天晚上，子楚心情大畅，仿佛又穿梭岁月，回到了二人初遇的晚上……

第十章

深宫疑云

吕不韦以一介布衣而封侯拜相，位极人臣。作为他当初经营布局的利润回报，这利润的确“无数”。

但在品尝到“权力”这杯美酒最初的滋味后，吕不韦开始不满足了：他不再将单纯的“利润”作为自己的追求，和金钱的回报比起来，权力的诱惑更加令人难以抗拒。他已经贵为相国，但在他之上，毕竟还有一个名义上的秦庄襄王。这是横亘在他和赵姬、嬴政母子之间最后的障碍。

吕不韦终于对秦庄襄王动手了。也有人说是秦庄襄王太过沉湎酒色，淘空了身子。但很有可能，秦庄襄王的另一个儿子成蟜已经长成，并且对嬴政的太子地位构成了威胁，才是逼迫吕不韦动手的最主要原因。

吕不韦又一次成功了。嬴政即位，赵姬成为太后，吕不韦则被尊为“仲父”。一个新的时代开始了……

吕不韦终于如愿以偿，将子楚扶上了秦国的国君位子，而自己则成了这个天下最强国的相国。他曾经在少年时代立志要效仿范雎布衣而取相，如今这个看起来不可能实现的梦想终于变成了现实。由“富”而“贵”，继承父祖的遗愿，他终于使得吕氏家族可以在世人面前扬眉吐气了。

但吕不韦的志向又不止于此。当他真的坐到相国这个位子上，一览群峰之小，他才发现，自己过去所期望和追寻的一切，是多么微不足道。而在更高的山峰上，那风光又是如何的飘渺神秘，引人向往。

立主定国的战略策划已经完成，接下来，吕不韦要做一个更为宏大的梦。

他不但要将秦国握在手中，还要将整个天下握在手中。

为此，吕不韦出任相国之后，所做的第一件事情就是将目光瞄向了东周公。

东周公，前面说过，随着西周的周赧王死去后，东周公已经是周天子王室最后的一线血脉。

也是这个东周公不自量力，当他听说秦国在数日之内，连丧两王，以为这是上天对秦国的惩罚，也是给周室复兴的机会，竟然产生了一个荒诞不经的想法：派使者去联络各国诸侯，希望可以联合起来，讨伐秦国。

但令东周公没想到的是，不但他的提议没有人响应，这一举动反而为自己招来了灾祸。消息传到秦国，吕不韦正在为自己登上大位后，建立第一桩功业的目标指向哪里犹豫未定。闻此消息，顿时大喜，道："此乃天赐良机啊！"

于是，他立即在朝堂之上，装模作样地给秦庄襄王建议："大王，臣有一事启奏。"

"相国请讲。"秦庄襄王名义上是秦国国君，其实也知道自己不过是受吕不韦摆弄的一枚棋子。再说，他这个人本身，的确胸无大志，除了对酒、色有所癖好，其他的都无法令他提起兴趣。因此，什么事情都是吕不韦深思熟虑以后提出来，他加以附和，在形式上走一个程序而已。

"是这样的。"吕不韦道："当今之势，天下皆弱，而我秦国独强，天下以秦为尊，这是事实上的情形。可如今各国并不来秦国朝觐，秦国发出的命令，各国也并不肯遵守。为什么会出现这样的情形？是因为在各国的心目中，还有一个周天子。这个周天子，就是当今的东周公。东周公自以为文、武二王之子，是天下正宗，因此自以为大，竟然要鼓动天下的诸侯，联合起来一起对付我秦国。所以，我觉得，这正好给了我们一个机会。不如借此机会，一举发兵，将东周给灭了。东周一灭，则普天之下，再无王者。各国除了以我王为尊，还能有其他的选择吗？"

"好！"秦庄襄王立即答应，道："就以相国为大将军，率兵十万，进击东周！"

"是！"

就这样，吕不韦领了君令，立即点齐十万兵马，浩浩荡荡出了秦国，直扑东周。

这是吕不韦出任相国后，首次为秦国谋取利益，也是他平生第一次，以大将军的身份统领军队。十万雄武之师，按照整齐的队形排列，大举出征，那种旌旗蔽日的阵势，足够令人震撼。而更令人震撼的是秦国军队的素养：这么多的军队，同时行军，却没有一丝的慌乱和喧哗，除了马蹄声、车轮声，连一声马嘶都不闻，更别提有军士的嘈杂声了。

当时，秦国是天下关注的重心，秦国军队的一举一动，无不牵动天下人的目光。

吕不韦亲自率领十万大军踏出秦国，向东周而来。其前锋部队尚未至，东周公已经吓破了胆，早战战兢兢，捧着舆图，率领文武群臣，出来投降。

吕不韦不费吹灰之力，灭了东周，将东周的属地巩城等七邑收入秦国版图。

在对待东周公的归宿处置上，吕不韦也自有考虑。他并没有将东周公简单地一杀了之。他以一个商人的敏锐眼光，意识到东周公有着巨大的利用价值：东周公毕竟是周室宗祀，天下所望，如果在自己手里，将东周公杀了，那么秦国就会进一步成为天下的公敌；反之，如果妥善处置东周公，将东周公牢牢地控制在手上，那么，用以号令天下，诸侯莫敢不遵！秦国也将一改先前虎狼之国的负面形象，而成为“兴灭国，继绝世”的典范。

正由于有此考虑，所以，吕不韦最后给东周公的安排是，将其迁往阳人（今河南临汝西北）。在那里，东周公继续延续着周室宗祀，不过已是有名无实了。

吕不韦一举灭周，成为他出任相国以来最大的一件功劳。秦王为了褒扬他，将他原来的食邑改为河南雒阳十万户，正是当日周室所在。

之后，秦国又一次露出虎狼之国的本色：以蒙骜为大将军，对韩国发动军事打击，夺取了成皋和荥阳（均在今河南荥阳境内），建立三川郡。

为了报复秦王当年在赵国所受屈辱，吕不韦又再遣蒙骜攻赵，取得榆次等三十七城，设太原郡。

秦国一连串的军事行动，引起了各国的恐慌。其中最遭受威胁的就是魏国。

这天，魏安釐王从朝中议事回到后宫，哀声叹气。如姬近前问道："大王有何心事？"

"唉！"魏安釐王叹息一声，"秦国虎狼之师，屡屡来犯，连下我高都、汲，逼近大梁。形势如此危急，我朝中上下，却无一人可以为将，岂能不忧？"

"大王难道忘了一件事情？"如姬提醒道："秦国为什么敢这么轻视魏国，是因为魏国少了一个信陵君的缘故啊！如果信陵君尚在，一定可以用他的名义来号召天下诸侯，天下诸侯都来帮助魏国，秦国还敢轻易来犯吗？"

"你不提醒，我倒忘记了。"魏安釐王恍然大悟，但立即又懊悔地道："可惜信陵君已经去赵国十年，不复回魏。我看是指望他不上了。"

"不然。"如姬道："信陵君平生以一个'义'字为重，他虽然在魏国受了点委屈，但魏国毕竟是他的父母之邦。父母有难，做儿子的岂能袖手旁观？因此，只要大王肯卑辞厚币，派使者去召请，信陵君一定会回来的！"

"好！"魏安釐王也是被逼无奈，只好答应道："那我就派人去试一试。"

他立即亲自修书一封，又派了一个与信陵君相熟的使者颜泄去赵国送给信陵君。

再说信陵君，自从到了赵国以后，依然不改其访贤爱才的作风。听说赵国有两个著名的隐士，一个叫做毛公的，每天在赌坊里度日；一个叫做薛公的，每天在街市上卖浆。信陵君几次派朱亥去拜访，二人都避而不见。

一次，信陵君闻知毛公正在薛公家里做客，于是立即微服出访，来到薛公家里，果然正撞上二人。信陵君当面倾诉思慕之情，与二人结交。

从此，信陵君便常和毛公、薛公在一起游玩，俨然成了亲密无间的朋友。

当时，平原君得知消息，对夫人道："我素来以为，令弟是天下豪杰。如今却天天和博戏之徒，卖浆之辈，混迹在一起，只怕对他的名声不好！"

夫人择日将这番话告诉了信陵君，信陵君一听，立即准备收拾东西离开，并且说："我在魏国的时候，就早听说赵国毛公、薛公的大名，恨不得能为他们执鞭牵马。如今终于得以结交他们，这是我莫大的荣誉啊！平原君却以为耻辱，这说明他根本不懂得人才啊！我要离开了。"

平原君得知缘由，不禁叹道："赵有贤士，信陵君尚且知道，我却不知道。可见我比他实在差远了！"于是亲自登门致歉挽留。虽然留下了信陵君，不过门下的门客听说此事，倒有一大半跑去了信陵君门下。

如今，信陵君在赵国，得知魏国情势危急，日夜关心魏国局势。当闻得魏国已经派出使者，向赵而来，知道必定是请自己回国，乃对左右说道："魏弃我与赵，已经十年。十年而不闻不问，可见已经彻底地把我忘记了。如今被秦国逼迫得没有办法，才来召我，并非出于本心啊！"

于是下了一道命令：有敢为魏国使者通风报信者，一律处死！

结果，等魏国使者颜泄来到赵国，在信陵君府外徘徊半月，竟然不得进入。

这天，颜泄正在愁肠百结，在信陵君府外死等，忽然遇到了来访的毛公和薛公二人。二人听了颜泄的哭诉，对他说道："君且稍候，我二人当力劝。"

二公进来见信陵君，信陵君以上宾之礼对待。二公道："我二人听说公子要返回魏国父母之邦，特地来送行。"

"哪有此事？"信陵君惊讶地问。

"怎么会没有此事呢？秦国围攻魏国甚急，公子难道不曾听说吗？"

"听说是听说了，但无忌已经离魏十年，今为赵人，与魏国已经没有关系了。"

"公子这说的是什么话？公子之所以重于赵，而闻名于天下，只是因为有魏国在啊！公子能够养士，天下宾客望风来投，也是因为有魏国的原因啊！如今秦国攻魏国，魏国危在旦夕。如果秦国一旦攻破大梁，魏国先室宗庙皆被毁坏，公子难道能坐视祖宗的祭祀由此而终吗？到时候，公子又有何面目，再寄身于赵？"

二人这一番话，将信陵君说得汗水涔涔而下，谢罪道："二位先生责无忌甚是！如果不是二位先生一言点醒，我无忌就要成为天下的罪人了！"

于是信陵君立即入朝，来向赵王告辞。赵王不舍其去，拉着手哭泣道：“寡人已经失去了平原君，如今信陵君又要离去，寡人以后和谁商量大事呢？”

信陵君道：“无忌不忍见先王宗庙毁于秦人之手，不得不归；倘若能借君侯之福，保我社稷不灭，将来你我还有相见之期，否则，请以死别！”

赵王道：“昔日公子以魏师存赵，今魏有难，赵不敢不竭尽全力，以报恩德。”

于是，赵王将上将军印给了信陵君，使将军庞煖为副将，率师十万援魏。

信陵君得了赵国之助，先派颜恩回魏国报信，又派出门下宾客，去各国求救。各国诸侯一听是信陵君为将军，无不伸出援手。燕国派出大将军将渠，韩国派出大将军公孙婴，楚国派出大将军景阳，一齐发兵来救。

再说魏国，被秦国的两员大将蒙骜、王龁一攻郏州，一攻华州，几乎支持不住。闻听信陵君率领各国军队来救，大喜，奋起国中之师，以卫庆为大将军，来接应信陵君。

信陵君打听到军情后，知道蒙骜和王龁相比，王龁要好对付一些，于是先派出军队，佯攻蒙骜，而自己则暗中率领兵马，闪电般袭击华州王龁。

与王龁展开对垒后，信陵君道：“如此如此。”于是，赵将庞煖引一军先去劫粮。王龁大惊，亲自去截击庞煖。刚走到半途，便杀出来一军，上书“燕相国将渠”。刚一交战，又杀出来一支伏军“韩大将军公孙婴”。王龁只得分兵应战。不料，这边厮杀，那边已经传来消息：渭营粮草大寨，被庞煖所劫。王龁正在慌乱，又听一声炮响，杀来一军，为首一人一声大喝：“信陵君亲自领兵在此！”王龁肝胆俱裂，折兵五万，大败而去。

信陵君救了华州，又率领得胜之师，来救郏州。郏州蒙骜，听说信陵君去袭华州，星夜引人马来救，结果途中正好与信陵君遇上，双方展开一场激战。正在对垒，魏将卫庆、楚将景阳，已经攻破郏州，抄了蒙骜的后路。蒙骜虽然是秦之名将，然而一生中，实在没有打过这么凶险的仗，知道敌不住五路大军，只好率军败退。信陵君一直追到函谷关下。

在函谷关外，信陵君率领五国联军，扎开阵营，日日叫骂，秦军坚守不出。

信陵君大胜，班师而回。魏安釐王出城三十里，隆重地迎接信陵君。论功行赏，拜为上相。

再说秦国，兵锋被信陵君所挫，可以说是多少年来从未有过的大败，举国上下，无不震动。

作为国家实际上的负责人，吕不韦自然不能容忍有这么严重的事情发生。不过，吕不韦毕竟是吕不韦，他只对事态略作分析，就得出了一个结论：信陵君虽然借此大胜而回到魏国，威望无以复加。然而，他却在不知不觉中犯了一个大忌：功高震主。他和魏安釐王之间的矛盾，不但没有化解，反而由此而升级到了一个新的高度。因此，秦国并不需要再发大兵，只要派几个人去魏国，行使离间之计，就可以轻而易举地将信陵君从相国的位子上拉下来！

于是，吕不韦一方面派出使者，捧着书信去与魏安釐王求和，一方面又暗中派人去信陵君府上，以示恭贺。

信陵君忽然闻得秦国来使，知道必有阴谋。将那书信原封不动拿着，来见魏安釐王，详述原委。

"臣知秦人多诈，此中必有阴谋。不敢启封，特来请大王过目！"

"哦？"魏安釐王刚刚接见了秦国使者，并没有从对方的话语里听出来有什么特别之处。当下，他接过书信，打开来一看，原来是秦国相国吕不韦亲笔，上面所写文字不多，然而触目惊心：

"公子在外十年，交结诸侯，威名播于天下，诸侯之将相，莫不敬且惮之，不韦在赵，已倾心于公子多时。今公子为魏国大将军，天下诸侯，兵马皆为属焉！以公子之大才，指日当正位南面，为诸侯领袖，但不知魏王让位在何时？引领望之，不腆之赋，预布贺忱，惟公子勿罪！"

魏安釐王将信看完，面部肌肉抽搐不已，冷哼一声，将此信交给信陵君看。信陵君看后，立即跪伏在地："大王，此书乃秦人特来离间我君臣。我早料到有此，所以才不敢拆开书信，请大王明鉴！"

“哼！”魏安釐王其实一直对信陵君心存猜忌，因此道：“既然如此，请相国当寡人的面，回复此信。”

“是！”

信陵君答应一声，也不思索，立即铺开纸笔，回书一封：

“无忌受寡君不世之恩，糜首莫酬。南面之语，非所以训人臣也。蒙君辱祝，昧死以辞！”

秦国的使者带书信走后，魏安釐王终究不信任信陵君。信陵君也知道自己功劳太大，难以去除魏王心中猜忌，无奈只好交出相印、兵符，每日里与宾客饮酒为乐，将家国大事，尽付脑后。

吕不韦轻而易举将信陵君这枚眼中钉、肉中刺给拔除了，但也知道秦国吞并天下的时机未到，因此，并不强求，只在国内筑修政务，抓紧时间兴修水利，发展农业，储备粮食；开发矿山，冶铁炼铜，大规模制造兵器。不但如此，还特地对秦国的商业发展制定了特别的鼓励政策：例如易关市、来商旅、入货贿……等。一时间，天下各国的珠宝美玉、太阿之剑、纤离之马……纷纷涌入秦国。

不但如此，吕不韦耻于以秦国之强之尊，竟然没有一个可以与四公子媲美的养士招贤制度，大为不满，因此就以自己的相国府作为基地，开展大规模的人才招揽，凡有一技之长者，一律收纳。

然而，正当吕不韦雄心勃勃，日夜忙碌于国事之时，身为一国之君的秦庄襄王却因为沉湎酒色太过，以至于一病不起。

这天，吕不韦入宫来问病，近到秦庄襄王榻前。秦庄襄王正躺在那里，一个人暗暗落泪。

“大王感觉可好些了？”

吕不韦恭恭敬敬，按照君臣之礼参拜。秦庄襄王无力地挥了一下手，虚弱地吐出来两个字：

“免礼。”

等左右给吕不韦拿来凳子，退下去后，秦庄襄王从病榻上勉强探起身子，将颤抖的手伸给吕不韦握住。

“贤弟，你说我……是不是要死了？”

“大王……”

“不要叫我大王，叫我子楚。”

“是！”吕不韦答应道：“子楚兄，你不要胡思乱想。你的病没有什么大碍，很快会好起来的。”

“不要骗我，我的病我自己知道。”子楚苦笑一声，道：“我早知道自己是没救的了。能够撑到今天，那些个太医什么的，已经尽了力。我的病，我比谁都清楚。”

“子楚兄，想开一些。”吕不韦不知道说什么好，安慰他道：“也许没有你想的那么严重。”

“算了，不说这些了。”子楚叹了口气，沉默一会儿，喘息一阵，又开口说道：“贤弟，你来得正好。有一件事情，我一直放心不下。”

“什么事情？”

“就是关于蹙儿的。”子楚诚恳地对吕不韦说道：“虽然这些年来，蹙儿一直对我很好，我作为丈夫和父亲，对她们母子也尽到了我作为一个男人的责任。但我知道，她心里其实始终只有你一个……”

“子楚兄，不要这么说！”

“我说得是真的。”子楚道：“我是个快死的人了，难道贤弟不能听我讲几句真心话么？我其实一直知道，蹙儿是贤弟让给我的，对不对？每个女人都不能忘怀自己生命里的第一个男人，蹙儿也不例外。我知道，她和我在一起，最欢悦、最忘情的时候，心里也只有贤弟你一个人。可以这么说，这么多年，我一直在得到她的身体，但她的心却一直是专属于贤弟的。”

“大哥……”

“贤弟，让我把话说完！”子楚道：“尽管蹙儿对我只有一半的爱，但我已经很满足。真的，当我在邯郸街头上潦倒愁苦，当我在丛台别馆的门外徘徊空叹，我真的没有敢痴心妄想，有朝一日能够抱得美人归。是贤弟你的出现，改变了我的命运，不但给了我美人，还给了我江山。这一切都是拜你所赐，我知道，即使封侯拜相，都不足以抵得上贤弟你的功劳。如果可能，我真的想把整座江山都让给你……”说到这里，他苍白的脸上泛起红晕，剧烈地咳嗽起来。

“大哥，不要太过激动！”吕不韦动情地握紧他的手，“大哥，我和你萍水相逢，能够相契相知，一起走到今天，你我兄弟之情，已经感天动地。人生一世，有情如此，夫复何求？”

“咳”“咳”，子楚又咳嗽一阵，情绪渐渐平静下来。“贤弟，还有一件事情，我要拜托你……”

“可是关于政儿的？”

“正是。”子楚点了点头，道：“政儿这个孩子，自从他回到我身边来，我就觉得他有点和从前不一样了。他和我不再那么亲近，有什么话也不肯和我说。我总觉得他心里藏着什么心事。”

“一个小孩子，才不过十三岁，能有什么心事？”吕不韦其实比谁都清楚，困扰小政儿的是什么。无非是那个叫嫪大的男人，在小政儿的心上投射了太多的阴影，而他又不敢公开此事。

“我一直在想，是不是我把他们母子丢在邯郸，一弃六年，这件事情使得他一直埋怨我？”子楚猜测道。

“应该不会。因为那并非是子楚兄你绝情，而是形势所迫，不得不如此，政儿应该能理解的。”

“但愿如此，但我只怕没有时间给他解释，也没有机会和他和解了。唉！”子楚叹息一声，摇了摇头，“不管怎样，我这个做父亲的，总算没有亏待他，给他留下了偌大一座江山，算是对亏欠他们母子的补偿。贤弟，我希望在我死后，你能像我照顾他们母子一样，担负起这个责任。照顾好蘧儿和政儿，帮助政儿将这个江山治理好，一直等到他正式成人，再还政于他。好吗？”

“大哥，你放心，你我是兄弟，政儿是你的孩子，也是我的孩子，我会像亲儿子一样对他的。”

子楚又咳嗽一阵，还要说什么，却被吕不韦劝住了：“大哥，不要再费心伤神了，好好休息，养好身体。一切有小弟我在呢！”

于是，子楚安静下来，很快沉沉睡过去了。吕不韦一直等到他睡熟了，才蹑手蹑脚退出来。

来到外面，吕不韦犹在心中感慨：子楚和自己今天这一番谈话，竟然有托孤之意。他这个年纪，正是一个人人生中最好的年华，体力智力，人生阅历，情感成熟程度，无不达到了最佳。男人在这个年龄，可以建功立业；女人在这个年龄，可以相夫教子。人生的花朵在这个季节恰如盛夏，全然地绽开，可是却在突然之间，又要无情地凋零了。

在自己身边的朋友里，以这么正当壮年而黯然离去的，不是没有，可是尤其以子楚的即将死去，对吕不韦刺激最大。

不是吗？他曾经亲眼看见，子楚在邯郸的时候，是如何的落魄，如何的穷困潦倒，可是在那样的日子里，子楚也并没有被击垮，生命的顽强和坚韧在他身上得到了极大的证明。可偏偏从邯郸来到咸阳，苦尽甘来，从那个被人人鄙视嘲笑的秦王孙一跃而成为秦国的君王，一夜之间，就达到了人生的顶峰，拥有了曾经做梦都不敢梦到的一切。然而，却又来不及享受，就要眼睁睁地失去这一切，去另外一个未知的世界去展开一段漫长而又未知的新旅程了。

正当吕不韦一边慨叹生命无常，一边准备出宫，忽然，一个宫女从后面追上来，叫住了他：

“相国，王后有请！”

“王后？”吕不韦颇感意外。自从子楚登基，赵姬成为王后，入主后宫，他们之间就很少见面了。除了在盛大的宴席上，以及一些重要的节日上，吕不韦能见上赵姬一面，其他时间，根本见不到。

不过，这倒正好给了吕不韦时间，让他有充分的心思专于政事，全身心替大秦帝国筹划未来。

“知道了。走吧！”

虽然不知道赵姬突然叫自己去是为了什么事情。不过，吕不韦已经隐约猜到，是与子楚的病情有关。

于是，在宫女的带领下，吕不韦穿过重重宫门，来到后宫的最深处。这里是咸阳宫中的最隐秘之处，天下只有一个男人可以自由出入，可以自由地选择宠幸这里的每一位妃子和美人。

吕不韦虽然贵为相国，但亦是第一次获准进入这等私密禁地。他尽量昂首挺胸，正襟阔步，装出目不斜视的样子。但他却分明能感觉到，在无数的廊柱和窗子的后面，在一个个阳光照射不到的阴暗房间的角落里，正有不知道多少双眼睛在盯着他，那是在这寂寞深宫里虚度年华的宫女，她们中有的人自从一进入这里，终其一生也没有机会得到君王的恩泽。

当吕不韦来到赵姬所在的宫殿，不知道怎么，他竟然有一种又回到邯郸，初见赵姬那个夜晚的感觉。

如今赵姬所在的地方，自然与“丛台别馆”不可同日而语。不说这里是如何富丽堂皇，透露出一派的奢华和富贵，但说在这里服侍的宫女、阉人，一个个无不是面色惶恐，低声细语。从她们的神态上可以看出，如果服侍稍有不慎，拂逆了王后的欢心，那立刻就有杀头之祸。

在这么一种唯我独尊的环境里，赵姬呆的日子久了，脾性显然也在随之发生变化。以前和吕不韦见面，她的脸上虽然也是冷若冰霜，但她的目光里，那种对吕不韦的思慕之情是掩盖不住的。可如今，她是高高在上的王后，她华贵的服饰和居高临下的优越感，都在提醒着吕不韦。

“参见王后！”

吕不韦以臣子之礼，参见赵姬。本来只是一个象征性的礼节，随便跪一下，赵姬就会让自己起来。不料，赵姬却任凭吕不韦在地上恭恭敬敬地磕了三个头，才淡淡地吐出来三个字：

“起来吧！”

“谢王后。”

吕不韦在心里老大不痛快，不过，这个局面是他一手安排的，他除了接受眼前的现实，别无他法。

“赐坐！”

赵姬并没有让吕不韦难堪太久。她让人赐了座，又吩咐左右道：“你们都退下吧！没有我的命令，不准进来！”

“是！”

那些个宫女和阉人，显然平日里被赵姬的淫威压制得服服帖帖，一齐答应一声，退了下去。

现在，这里只剩下赵姬和吕不韦。然而二人却谁都没有先开口。赵姬不说话，吕不韦自然更不肯先开口。

沉默笼罩着二人，这沉默里有太多的话语，太多的含义，看不见的刀光剑影在二人之间充斥满每一寸空间。

终于，还是赵姬先开了口，问道：“怎么，你不问我为什么叫你来这里吗？”

“你叫我来，我就来了。这还需要问为什么吗？”吕不韦的回答可谓天衣无缝，找不出一点漏洞。

“你还是那样，一点都没变。”赵姬的面部表情松弛下来，“回答我的问题，总那么与众不同。”

“不是我与众不同，而是你问的问题，总那么令人难以回答。”吕不韦道：“真正与众不同的其实是你。”

“算了，我今天叫你来，不是说这个的。”赵姬不愿意浪费时间和他作口舌之争，因此立即扯到正题上，“我叫你来，是商量一下子楚的身后事情。你去看了他的病，应该也知道，他活不了多久了。”

“你有什么打算？”

“我还能有什么打算？将政儿顺利地扶上王位，中途不致有什么变故，就是我最大的心愿。”

“变故？”吕不韦敏锐地意识到了她在指什么，“你是说成蟜那个孩子，他会与政儿展开竞争？”

“难道不会吗？”赵姬反问了一句，又提醒吕不韦，“子楚从政儿回来以后，对他一直很冷淡，反而对成蟜那孩子宠爱得紧。虽然说政儿是太子，可是，如果子楚留下遗命，要成蟜继承王位，到时候，我和政儿孤苦无依，谁来帮我们？还不是只能眼睁睁看着成蟜夺去君王之位？”

"我刚和子楚谈过，他说过，亏欠你们母子太多，要用整座江山补偿你们。还要我照顾你和政儿呢。"

"他的话，你真的相信？"赵姬冷笑一声，道："你难道没有听到流言蜚语，说政儿可能不是子楚亲出，而是你吕不韦的种吗？难道政儿和成蟜两个孩子站在一起，你还看不出来，成蟜更像子楚吗？他们两个哪里有一分半点亲兄弟的影子？你以为这些话，一点都没传进子楚耳朵里吗？"

"那……他有没有当面问过你，或者暗示过此事？"吕不韦这才意识到问题的严重性，紧张起来。

"没有。"

"他也没有当着我的面，有过一星半点的表示。"

"所以呀，这才是我最担心的地方。"赵姬道："子楚这个人，你别看他表面上傻乎乎的，好像什么都不知道，其实他的心里，比谁都清楚。他对我好，这我是知道的；可是他对政儿，总那么不冷不热的，尤其政儿越长大越不像他，他的心里能不猜忌？我只担心他在背地里，早已做好了安排，要用成蟜那孩子来取代政儿。只不过在我们母子面前装得若无其事罢了。"

"应该不会吧！"吕不韦摇了摇头，道："这么大的事情，子楚做不出来，而且他一个人也做不了主。在谁来继承君位这个问题上，除非华阳太后点头，否则谁说了都不算数的。"

"别提那个华阳太后了！"赵姬索性挑明了，说道："华阳太后对成蟜，也一直视为未来的君王接班人。如果不是我们母子突然从赵国回来，打乱了她的部署，也许，成蟜早已被立为太子了，还有我们娘俩什么份儿？"

"真的？华阳太后要立成蟜为太子？"吕不韦眉头一皱，他这两三年来，一直忙于国家大事，将全部精力放在如何对付天下诸侯上，竟然忽略了，在秦国的国内，一场关于王位争夺的风暴正在酝酿。"这件事情，子楚怎么从来没有和我提起过？他知道吗？他是什么态度？"

"他自然知道了。"赵姬冷笑一声，"而且，我很怀疑，他和华阳太后早串通好了，只待时机一到，择机宣布。"

"子楚真的会做出这种事情？"吕不韦简直不敢相信，自己精心策划的一切，即将化为泡影。

“子楚虽然不说，但我暗暗去试探过他的母亲夏太后。那个老人家也对成蟜喜欢得不行，对政儿不怎么放在心上呢。”

赵姬所指的夏太后，就是子楚的生母夏姬。虽然夏姬不见宠于安国君，但她毕竟是子楚的生母。凭着这不可更改的关系，子楚即王位后，还是尊夏姬为太后，与华阳太后并列。虽然夏太后不像华阳太后那样，一言九鼎，但在关于成蟜还是嬴政谁来继位的事情上，毕竟不容忽视。

“如果真是如此，那么这件事情，倒难办了。”吕不韦没想到事态如此严重，一时也束手无策。

“哼，其实也没什么难办。”赵姬却显然早有了打算，冷哼一声，“他们以为联起手来，就可以欺负我们母子，没这么容易！再怎么说，政儿现在还是名义上的太子，一旦子楚突然归天，来不及宣布任何事情，那么根据大秦的法律，太子就是理所当然的新一任君王。只要一登基，生米煮成熟饭，到时候，生杀大权皆操于手上，别人纵然再觊觎王位，也是枉然！”

“你说得对。”吕不韦道：“可是我观子楚的病，虽然难以捱过多长时间，却也非什么旦夕之间，就会突然不治。”

“我找你来，就是要商量这件事情。”赵姬道：“说到底，他最信任的人，还是你。如果你精心为他调制一副汤药，他一定会毫不犹豫地喝下去。”

“什么？你让我……”吕不韦一下子明白了，赵姬是要自己给子楚的汤药里面下毒。

“不错。”赵姬的神情里透露出吕不韦所从未见过的刚毅，“情势所迫，非这么做不可！”

见吕不韦满脸惊愕，赵姬也知道自己的计划太过冒险，于是又换了一副温柔的神色，上前依偎在吕不韦怀里：

“不韦，我知道让你做这样的事情，实在太过凶险。可是，我也是没有办法。你总不忍坐视我和政儿，被人家欺负吧？我已经人老色衰，贵至王后，没有什么可以再值得眷恋的了。可是，你总该为政儿想一想吧？他的人生才刚刚开始，他从小到大受了那么多的委屈，为了你这个当爹的苦心经营这一番事业，他作出了多大的牺牲。可如今，一切的苦难终于要结束了，他就要成为高高在上的君王，成为普天之下的王者了，却又要被人强行夺去！不韦，他是你的亲生骨肉啊，你总不能眼睁睁看他一辈子就这么窝囊，这么屈辱地活下去吧！”

“当然不能！”吕不韦脱口而出，“我答应过你，要你们母子成为天下最幸福、最快乐的人！”

“可现在，你所承诺的幸福和快乐在哪里？我们母子眼看就要沦落到最悲惨、最屈辱的境地了。”

赵姬话一出口，再也忍不住，伏在吕不韦的怀里失声痛哭起来。这一刻，她哪里再是高高在上的王后？分明又成为在邯郸的丛台别馆那个小鸟依人的女子，成为天底下一个再普通不过的母亲。

她这一哭，令吕不韦顿时为之心碎。他为了自己的宏伟梦想，已经给这对母子带来了这么多伤害。而迄今为止，他又并没有为这对母子实际上做过什么。现在，的确是应该出手了。

“好吧！”

他一咬牙，尽管去从事这么冒险的举动，有悖于自己的人生哲学；他也知道，对自己的结拜兄弟子楚下手，将令自己一生都背负骂名，良心上也将永远受到谴责。但他已经做出了决定。

他是研究利害之学的，如果有什么事情，对自己有百害而无一利，那么这样的威胁必须排除。

至于道义上、伦理上的事情，吕不韦就不去考虑了。他能够把自己心爱的女人乃至自己的骨肉至亲，送给其他的男人；何况一个和自己并没有血脉之亲的所谓金兰兄弟！对不起了，子楚！

“这件事情，就交给我去办吧！”吕不韦答应赵姬道：“如果万一失手，我也不会连累你们母子！”

“不韦，谢谢你！”赵姬在吕不韦的怀里仰起头，脸上泪痕犹未干，真个是梨花带雨，我见犹怜，“我就知道，你是在乎我们母子的，为了我们母子，要你做什么事情你都是肯答应的！”

“我答应，我一定会答应。”吕不韦捧着她的脸，无限爱怜地在那娇艳欲滴的嘴唇上吻了下去……

一个月后，子楚一命呜呼。秦国上下，顿时一片大乱。

没有人顾得上去追问原因，拥立新君成为头等大事。

子楚有两个儿子：一个是嬴政，一个是成蟜。虽然此前传出流言，说子楚有意废嬴政而改立成蟜为太子。但因为子楚死得实在太突然，一切都还没有来得及实现就成了梦幻泡影。

只有十三岁的太子嬴政，在以相国吕不韦为首的群臣拥护下，顺利地登上了君王之位，史称秦始皇帝。

秦王嬴政登基，第一件事情就是尊母亲赵姬为太后，又封其弟成蟜为长安君。至于吕不韦，更加位极人臣，在原来的相国、文信侯的基础上，又加上了一个尊荣无比的称号：“仲父。”

关于“仲父”这个称号，取自于齐国桓公时代，曾经尊管仲为“仲父”。此一称号加给吕不韦，显然出自吕不韦本人的授意。他将自己比作管仲，向世人昭示：自己将像管仲辅佐齐桓公一样，建功立业，使得秦国成为天下人人臣服的超级帝国。齐国在管仲的“尊王攘夷”政策指导下，成为春秋首霸，为天下重新制定了秩序和规则，吕不韦也要效仿管仲，做同样的事情。

为秦庄襄王举行的葬礼，远远超过了秦孝文王。葬礼结束以后，经过短暂骚动的秦国，又恢复了平静。

如今，一切都在吕不韦的掌握中了。他那个惊天动地的“立主定国”的宏大策划，只用了十四年的时间，就全部变成了现实，这一切来得如此之快，只怕连吕不韦自己也难以置信。

他从一个被人轻视的商人，一下子成为相国，成为文信侯，如今又成了秦王政的“仲父”，其地位被认为和齐国的管仲，乃至辅佐大周文、武二王的“尚父”姜子牙相提并论，这是何等的荣耀！名、利、富、贵，在普通人眼中绝不可能集于一身的天下最稀缺的资源，如今却全部被吕不韦所拥有。不但如此，他所钟爱的女人，如今成为国之太后，成为秦国继宣太后、华阳太后之后，又一个权倾一时的显赫女人！她所付出的一切终于获得了丰厚回报！

当然，最令吕不韦引以为豪的，还是嬴政这个孩子，本来只能作为一个商人之子，和吕不韦一样满身铜臭。但吕不韦却硬生生改变了他的命运：将他扶持成了一国之君，成为天下最强国的君王！虽然吕不韦和赵姬，到现在还没有和嬴政正式摊牌，但嬴政的身体里流着的，是吕不韦的血液。这是任谁都改变不了的。吕不韦相信，父子连心，不管什么时候，只要自己将这件事情挑明，嬴政都会乖乖地回到自己身边来。对自己的儿子，吕不韦有着充分的自信。

他并不急于挑明这一切。他和赵姬如今又重新燃起了熊熊的炽热情感。在一次云雨过后，二人约定：由吕不韦暂且辅佐嬴政，待嬴政行过“弱冠之礼”，正式成人后，再由吕不韦还政给嬴政。到时候，嬴政要怎样施展自己的才华，一切就由他自行做主了。但在此之前，必须由吕不韦来控制和决策一切，来行使他作为嬴政的实际上的父亲权威！一个由吕不韦主宰一切的时代就这么拉开了帷幕，而属于嬴政的时代，还要等到多年后他弱冠成人的那一天……

【下部】

父子双雄

第十一章

以人为本

吕不韦以一个商人的身份登上秦国的相位，被秦王嬴政尊为“仲父”，对于他个人来说，一生的功业已经达到顶点。但吕不韦却也因此有了更高的追求：他已经不满足于仅仅停留在“立主定国”阶段，他还要和管仲、姜太公那样，成为帝王之师，辅佐秦王嬴政称霸天下。

以当时秦国的力量，自保固然有余，然而要称霸天下，却还做不到。这是因为秦国缺乏称雄图霸的一个内部条件：人才。

人才在任何竞争中从来都是最重要的资源，是决定胜负的关键性因素。一切竞争说到底，都是人才的竞争。秦国的崛起靠的是人才，不但招揽人才，而且能够放手使用人才，人尽其才，使每个人才的能力都得到淋漓尽致的发挥。观之历史，不管是春秋五霸，还是战国七雄，无一不是以人才为本。

确立了人才战略，并且在相当长的时间里，坚定不移地贯彻执行这一战略，最终使得秦国完成了天下一统的霸业。

商人出身的吕不韦，深谙竞争之道：“千军易得，一将难求”，因此始终将人才战略作为第一位……

早在辅佐秦庄襄王时代，吕不韦就已经对秦国的形势进行了深入分析，对于秦国并吞六国，入主中原充满了信心：秦国崛起始于秦穆公时代。秦穆公有称雄图霸之心，但苦于秦国自己人才不足，就从异地借材，从虞国人中得到了百里奚，在齐国人中得到了蹇叔，在晋国人中得到了由余。依靠这三个杰出的人才，秦穆公往东灭掉了芮国（今陕西省大荔县朝邑镇），得到了东进的据点。他尤其做了一件开天辟地的大事：三度扶立晋君，创立了秦国问政中原的先河。往西，他消灭了十二个戎国，扩充了一千里的国土。一方面结束了四百年的戎、秦之间的战争，一方面可以收得西北皮毛、牲畜之利，为秦国跃升为大国奠定了基础。

秦穆公之后，秦国历史上又一位值得一提的人是秦孝公。秦孝公时候，天下已经分为齐、楚、燕、韩、赵、魏六个大国，加上秦，一共是七个大国。秦国因为被六国所轻视，不得参与中原会盟，秦孝公决心发愤图强，重修秦穆公之政，于是向天下发出了“招贤令”。这样一来，就吸引到一个大大的人才：魏国的公孙鞅。公孙鞅就是后来的商鞅。商鞅根据秦国的特点，制定了三大政策：一是增加人口，二是奖励耕战，三是励行法治。从商鞅开始，秦国便有了很好的政治制度，为后来的持续强盛奠定了基础。

秦孝公之后，秦惠文王即位。秦惠文王武功鼎盛，在位二十三年，干了两件大事：一是得到魏国西陲的许多地方，打开了秦国东进的大门；二是得到了巴蜀之地。后者尤其意义重大。因为秦国在得到巴蜀之前，食盐、铜、铁、竹、木材等等，大部分都要依赖六国的供给。例如食盐主要出产地是齐国，铜、铁、弓、箭的主要出产国是韩国。六国平时畏惧秦国，向他提供出口；一旦进入战争状态，所有这些供给就会马上中断，成为秦国的心腹大患。如今，得到巴蜀，素以丰产“铜、铁、竹、木”著称，至于巴蜀所生产的“井盐”，更是独具一格，产量极大。难怪秦国要不顾一切地得到巴蜀。还有一点，就是秦国得到巴蜀后，与楚国形成了直接对峙之势。

秦惠文王之后，就是秦昭王了。这同样是一个极有作为的君主。尤其在得到范雎以后，为秦国制定了“远交近攻”的国际性战略。得到一寸土地，就是一寸土地；得到一尺土地，就是一尺土地。在这一思想指导下，秦国不断地打击楚国、韩国、魏国、赵国，却唯独与齐国交好。虽然只是表面上的尊敬，但齐国却很满足，不再参与六国的抗秦阵营。

秦昭王之后，历史很快进入秦庄襄王时代。秦庄襄王时代实际上也是吕不韦时代。吕不韦辅佐秦庄襄王，一开始也颇有恢复秦穆公、秦孝公之政的味道：灭东周，得到河南等七县之地。攻击韩国，置三川郡。伐赵，得到三十七城，置太原郡。秦国的局面进一步得到开拓。

如今，秦国的历史翻到了秦王嬴政这一页，吕不韦深刻认识到，压在自己肩头上的担子更重了。

经过对秦国的历史回顾，吕不韦得以看清楚：秦国入主中原，只是个时间上的问题。而能够为秦国成就如此千古帝业的一个最根本的保障，就是“异国借材”的传统优势。

吕不韦既然被秦王嬴政尊为“仲父”，自然就不能不研究管仲当年辅佐齐桓公，做的都是什么事情。

关于管仲和齐桓公的故事，在当时列国间可谓耳熟能详。吕不韦更是对其来龙去脉了如指掌：

管仲，本来是和鲍叔牙一起经商。一起分金的时候，管仲总是多拿一倍。鲍叔牙的心中不平，鲍叔牙说：“我知道他不是贪财，是因为他家里贫穷，需要这笔钱啊！”二人又一起领兵出征。结果管仲在战阵中，总是在后面；一到取胜还师的时候，又走在最前面。别人都笑话他胆怯，只有鲍叔牙道：“我知道他不是胆怯，而是因为有老母在堂的缘故啊！”两人在一起商量事情，结果经常出现偏颇。鲍叔牙道：“我知道他是没有遇到时机，因此不能展示其做大事的本领啊！”因此，管仲叹道：“生我者父母，知我者鲍叔牙。”于是二人结为生死之交。

管仲和鲍叔牙，二人一个辅佐齐国的公子纠，一个辅佐公子小白。齐国的襄公去世后，公孙无知即位。只一个月，被群臣所杀。本来齐国的群臣要迎回在鲁国避难的公子纠作国君的，不料，在莒国避难的公子小白得了消息，在鲍叔牙的辅佐下，火速回国，竟然比公子纠快了一步。管仲辅佐公子纠，说道：“让我带三十乘去截住他！”他带人一路急驰，追上了公子小白。管仲上去说明公子纠为长，应该为君的道理，却被鲍叔牙阻拦道：“你我兄弟，各为其主，无须多言！”管仲知道事情不可挽回，竟然假装转身离去，暗暗弯弓搭箭，回身一箭，正中小白。远远望见小白大叫一声，口吐鲜血，倒在了车上。管仲对自己的箭法很有信心，放心地离去了。

不料，公子小白却是诈死。这一箭只射中了他的带钩，他却咬破自己的舌头，装死骗过了管仲。仓促之间，有如此计谋，可知道公子小白的确不同凡响。管仲离去后，公子小白和鲍叔牙疾驰回国，即了君位，即齐桓公。

等管仲和公子纠得知消息，已经太晚。鲁国欲用武力强迫齐桓公让位，结果吃了败仗。公子纠和随从的群臣皆死，只有管仲仰天叹道："自古人君，有死臣必有生臣，我且生入齐国，为公子纠白冤！"

他坐着囚车，来到齐国，鲍叔牙早已亲自来接，并且对他说："成大事的人，不拘小节。贤弟有治理天下的才华，只可惜一直没有遇到明主。如今机会来了，我主志大识高，如果得到贤弟尽心辅佐，一定可以成就霸王之业。"

第二天，鲍叔牙立即去向齐桓公，先吊后贺。齐桓公问是何意？鲍叔牙道："臣来吊君，为君杀公子纠，为国灭亲，情非得已。臣又贺君，为君得管子，此天下奇才，君得如此贤相辅佐，必成霸业。"齐桓公奇怪地道："这个人差一点儿把我射死，我一想起他来就恨得牙根发痒，一心要剥他的皮，吃他的肉。怎么先生却要我重用他，还要拜他为相国呢？"鲍叔牙道："天下做臣子的，无不各为其主。管子射君之时，知有纠而不知有君。如今纠已死，君若用之，管子当为君射天下，孰轻孰重，请大王三思。"于是齐桓公大喜，赦免了管仲的死罪。

齐桓公欲拜鲍叔牙为相，任以国政。鲍叔牙推辞说："大王赐予我恩德，使我不至于有冻馁之忧，我已经很满足了。至于治理国家，的确超出了我的能力，我不敢接受。"齐桓公坚持道："我了解你，知道你一定能行。"鲍叔牙道："大王这么说，其实是只了解我小心谨慎，遵礼守法而已。这些都是做臣子应该做的。然而要治理国家，内安百姓，外抚四夷，勋加于王室，泽布于诸侯，使国有泰山之安，君享无疆之福，这就不是我所能做到的了。"齐桓公听了，神往不已，感叹道："难道天下真有这样的人才吗？"鲍叔牙道："管夷吾就是这样的人才啊！我不如他的地方有五点：宽柔惠民，我不如他，此其一；治理国家，不失权柄，我不如他，此其二；忠信可结于百姓，我不如他，此其三；制礼义可施于四方，我不如他，此其四；执枹鼓立于军门，使百姓敢战无退，我不如他，此其五。"齐桓公听了，还有些怀疑。"不如我先给他一个小官做，看他能力究竟如何？"鲍叔牙道："我听说，'贱不能临贵，贫不能役富，疏不能制亲’。大王如果要用管子，一定要将相位给他，厚其俸禄，以父兄之礼对待！相国，这是仅仅处于君的次一等的位置，如果相国不被看重，那么国君也就不被看重了！”

齐桓公听了，于是戒斋沐浴，过了三天以后，才亲自来到郊外迎接管仲，用车子载着他一起入朝。

入朝之后，齐桓公赐管仲就座，迫不及待地问道：“寡人欲修理国政，立纲陈纪，不知道何者为先？”

管仲道：“礼、义、廉、耻，这是国家的四维。四维如果得不到宣扬，那么国家离亡国也就不远了。所以国君如果要修理国政，一定要从宣扬四维开始。四维确立了，就可以使民了。”

齐桓公问：“如何使民？”

管仲道：“欲使民，必先爱民。”

齐桓公问：“爱民之道如何？”

管仲道：“公修公族，家修家族。相连以事，相及以禄，则民亲。赦旧罪，修旧宗，立无后，则民殖。省刑罚，薄税敛，则民富。尊重贤士，给予崇高的地位，使其在民中宣传礼教，则民礼。出令不改，则民正。以上这些都做到了，就是爱民之道，百姓就真正成为国君的子民了。”

齐桓公又问：“爱民之道实行以后，如何安民？”

管仲道：“士、农、工、商，这叫做四民。士人的儿子经常还是士人，农民的儿子经常还是农民，工人和商人的儿子经常还是工人和商人，为什么出现这种情况，是因为习惯使他们如此啊！只要保持这四种职业，维持稳定，则民心自然就安定了。”

齐桓公又问：“民安之后，然而甲兵不足，如何？”

管仲道：“若要使甲兵富足，当制赎刑。重罪赎以犀甲一戟，轻罪赎以革盾一戟。小罪分别入金。”

齐桓公又问：“甲兵既定，财用不足如何？”

管仲道：“销山为钱，煮海为盐。得盐与铁，利通天下。将天下百物在低价的时候买进，待高价的时候卖出，进行贸易。设立女闾三百，以安商旅。各国的商旅都集中到我们这里来，向他们征收赋税，充入国库。这样一来，不愁财用不足。”

齐桓公又问：“财用既足，然而兵势不振，如何？”

管仲道：“兵贵在精，而不在多。强于心，不强于力。如果国君正卒伍，修甲兵，天下诸侯都将正卒伍，修甲兵，这样我们就没有什么优势了。不如隐其名而修其实。”

于是，管仲又详细地讲了一套“内政之法”。先修内政，后制军令。

齐桓公又问：“兵势既强，可以征天下诸侯了吗？”

管仲道：“还不可以。周室未屏，邻国未附。君王如果要天下诸侯都来听从您，不如尊周而亲邻。”

就这样，在与管仲一连谈了三日三夜以后，齐桓公对管仲的才华有了完全了解，而管仲对齐桓公如何图霸天下也描绘出了一幅清晰的蓝图。君臣和谐，无不大喜，齐桓公立即欲拜管仲为相。

不料，管仲却拒绝了。齐桓公奇怪地问道：“寡人采纳先生的图霸之策，欲成吾志，故而拜先生为相。先生为什么拒绝呢？”

管仲道：“我听说，大厦之成，非一木之材；大海之成，非一流之归。国君如果要成就霸王之业，还必须任用五杰。”

齐桓公问道：“哪五杰？”

管仲道：“升降揖逊，进退闲习，辩辞之刚柔，臣不如隰朋，请立为大司行；垦草莱，辟土地，聚粟众多，尽地之利，臣不如宁越，请立为大司田；平原广牧，车不结辙，士不旋踵，鼓之而三军之士视死如归，臣不如王子成父，请立为大司马；决狱执中，不杀无辜，不诬无罪，臣不如宾须无，请立为大司理；犯君颜色，进谏必忠，不避死亡，不挠富贵，臣不如东郭牙，请立为大谏之官。如果君王只是要富国强兵，有这五个人就够了；如果要图霸，则臣勉强可以效力。”

于是，齐桓公对管仲更加信任，拜管仲为相，又将他所推荐的五个人全部委以重任。

吕不韦对管仲与齐桓公的君臣和谐深谙其道，以至于他担任秦国的相国，一上来就模仿管仲：

吕不韦当政以后的第一件事情，就是大赦罪人、奖赏先王功臣以及对百姓施行恩惠之道。

与此同时，吕不韦更对秦国的旧有人才表示出了自己足够的尊敬。例如秦国的大将军蒙骜。从名字里就可以听出，这是一位桀骜不驯的人物。他原本是齐国人，很早来到秦国，建功立业，在秦昭王的时代已经军功显赫。当时，即便是范雎权倾一时，蒙骜也不将他放在眼里。

一次，韩国占领了秦国的汝南。秦昭王大为震怒，找来范雎，商量对策，问他道："汝南丢了，伤心吧？"

不料，范雎却道："臣一点都不伤心。"

"为什么？"

于是，范雎讲了一个故事："梁地有个叫东门英的，儿子死了，他却一点都不伤心。有人问：为什么令郎死了，你却不伤心呢？东门英回答：我以前没有儿子，那时候不伤心，现在儿子死了，和他没有生的时候一样，有什么可以伤心的呢？"接着，他说道："汝南，原来就是韩国的。如今被韩国给取回去了，就如同我们没有得到汝南一样，有什么可伤心的呢？"

范雎的话，传到了蒙骜的耳朵里。蒙骜怒气冲冲地来见范雎，一见面就对他说："请相国杀了我吧！"

"为什么？"

"秦王尊先生为师，天下无人不知。在下有幸，帮助秦王攻打天下。可是一个小小的韩国竟然把大王的汝南夺去了。先生又阻止大王夺取汝南，教训韩国。我不忍见秦国被韩国羞辱，因此请先生赐我一死！"

范雎被蒙骜将了这一军，进也不是，退也不是，只好改变了自己的主意，同意对韩国用兵。

秦昭王去世后，蒙骜在秦国的军事将领中，无论是声望，还是军功，都足以排在第一位。

这么一位将军，自然不会将吕不韦一个商人出身的相国放在眼里。但吕不韦却效仿管仲，深谙用人之道。他在被秦庄襄王拜为相国后，第一件事情，就是推荐蒙骜掌管秦国的最高军事指挥权。

蒙骜也的确名不虚传：取成、皋，攻赵榆次、新城、狼孟，定太原；攻魏拔高都、汲，败五国之师。

秦王嬴政即位以后，吕不韦继续一如既往地信任蒙骜，将最高军事指挥权一直交在他的手上。

他牢牢记得管仲一次对齐桓公说的话。当时在私下里，齐桓公问管仲："寡人不幸而好玩，又好色，这会不会影响到霸业呢？"

管仲道："影响到霸业成败的，不在于这两方面，而在以下几方面：一、不知贤；二、知贤而不用；三、用而不任；四、任而复以小人参之。"也就是说，不但要爱惜人才，而且要用人才，信任人才。对人才来说，最好的奖励办法就是让他放手去干，尽情施展自己的才华。

吕不韦在用蒙骜上是如此，在对待秦国的一些旧臣上面，也是如此。著名的旧臣甘茂，曾经在秦武王时为左丞相。当时的右丞相樗里子，是先秦惠王的骨肉兄弟，素有"智囊"之称。秦武王即位后，有一个心愿，想乘着垂帷挂幔的车子，通过三川之地，去看一看周朝都城，即使死去也心满意足了。

甘茂对秦武王说："请允许我到魏国，与魏国相约去攻打韩国，并请让向寿辅助我一同前往。"

秦武王应许了甘茂的请求。甘茂到魏国后，就对向寿说："您回去报告给武王，就说魏国听从我的主张了，但我希望大王先不要攻打韩国。"秦武王得到回报，觉得奇怪，亲自到息壤迎接甘茂，问他："相国答应为我约魏国攻韩国，如今魏国已经答应，为什么不让寡人攻韩国？"

甘茂回答说："宜阳，是个大县，上党、南阳财赋的积贮已经很久了。名称叫县，其实是个郡。现在大王离开自己所凭据的几处险要关隘，远行千里去攻打它们，取胜有很大困难。从前，曾参住在费邑，鲁国有个与曾参同姓同名的人杀了人，有人告诉曾参的母亲说：'曾参杀了人。'他的母亲正在织布，神情泰然自若。过了一会儿，一个人又来告诉他的母亲说：'曾参杀了人。'他的母亲仍然织布，神情不变。不一会儿，又有一个人告诉他的母亲说：'曾参杀了人。'他的母亲扔下梭子，走下织布机，翻墙逃跑了。凭着曾参的贤德与他母亲对他的深信不疑，仅仅因为有三个人这么传说流言，他母亲就信以为真了。现在，我的贤能比不上曾参，大王对我的信任也不如曾参的母亲信任曾参，可是怀疑我的绝非只是三个人，我唯恐大王也像曾母投杼一样，怀疑我啊。当初，张仪在西边兼并巴蜀的土地，在北面扩大了西河之外的疆域，在南边夺取了上庸，天下人并不因此赞扬张仪，而是认为大王贤能。魏文侯让乐羊带兵去攻打中山国，打了三年才攻下中山。乐羊回到魏国论功请赏，而魏文侯把一箱子告发信拿给他看。吓得乐羊一连两次行跪拜大礼说：'这可不是我的功劳，全靠主上的威力啊。'如今我是个寄居此地的臣僚。樗里子和公孙衍二人会以韩国国力强为理由来同我争议攻韩的得失，大王一定会听从他们的意见。"

秦武王说："我不听他们的，请让我跟您盟誓。"于是君臣歃血为盟，将誓书藏在了息壤的地下。

甘茂带兵攻打宜阳。打了五个月却拿不下宜阳，樗里子和公孙衍果然提出反对意见。武王欲召甘茂回国，打算退兵不攻了。甘茂给秦武王致书一封，秦武王打开一看，里面只有两个字：息壤。于是秦武王恍然大悟，说："寡人险些忘记了和相国有过盟誓啊！"于是，不但不怀疑甘茂，还增兵五万，让乌获率领，去帮助甘茂进攻宜阳，斩敌六万，终于拿下了宜阳。

秦武王终于通过了三川之地，到了周都，最后却因为意外赛鼎风波而死在那里。秦武王的弟弟即位，就是昭王。秦昭王时，甘茂因为遭到陷害，怕有不测，逃出秦国，跑到了齐国，路上恰巧碰上苏代。当时，苏代正替齐国出使秦国。甘茂说："我在秦国获罪，怕遭祸便逃了出来，现在还没有容身之地。我听说贫家女和富家女在一起搓麻线，贫家女说：'我没有钱买蜡烛，而您的烛光幸好有剩余，请您分给我一点剩余的光亮，这无损于您的照明，却能使我同您一样享用烛光的方便。'现在我处于困窘境地，而您正出使秦国，大权在握。我的妻子儿女还在秦国，希望您拿点余光救济他们。"苏代应承下来，于是出使到达秦国。完成任务后，苏代借机劝说秦王道："甘茂是个不平常的士人。他在秦国居住多年，连续三代受到重用，从肴塞至鬼谷，全部地形何处险要，何处平展，他都了如指掌。如果他依靠齐国与韩国、魏国约盟联合，反过来图谋秦国，对秦国可不算有利呀。”秦王说：“既然这样，那么该怎么办呢？”苏代说：“大王不如送他更加贵重的礼物，给他更加丰厚的俸禄，把他迎回来，假使他回来了，就把他安置在鬼谷，终身不准出来。”秦王说：“好。”随即赐给甘茂上卿官位，并派人带着相印到齐国迎接他。甘茂执意不回秦国。苏代对齐闵王说：“那个甘茂，可是个贤人。现在秦国已经赐给上卿官位，带着相印来迎接他了。由于甘茂感激大王的恩赐，喜欢做大王的臣下，因此推辞邀请不去秦国。现在大王您拿什么来礼遇他？”齐王说：“好。”立即安排他上卿官位，把他留在了齐国。甘茂最终也没能够再回到秦。

甘茂离开秦国，他在秦国的妻子儿女，日子过得颇不如意。吕不韦就派人定期送去钱物接济。

除了重用、安抚秦国的旧臣老将，吕不韦在对待外来人才方面，同样是不拘一格，慧眼识人。

前面说过，吕不韦因为秦国是大国，而耻于没有像四大公子：孟尝君、平原君、信陵君、春申君那样的“养士”制度，于是在自己门下，设立了客舍，大举延揽天下人才，以为秦用。

这一招曾经被秦穆公、秦孝公、秦惠文王、秦昭王反复用过，且都得到了各自需要的人才。同样，吕不韦的“招贤养士”举动，也很快为秦国得到了一个影响深远、举足轻重的人物：

李斯。

史载，李斯本是楚国上蔡（今河南上蔡）人。年轻的时候，曾经在郡里当过掌文书的小吏。一次，他在茅厕里，看到那里的老鼠又瘦又小，一见到有人来就惊慌失措地跑开；而当他来到堆满粮食的仓库，看到这里的老鼠又肥又大，即使见到来了人也不跑开，悠然自得。

于是，李斯借此悟出了自己的人生哲学：一个人，不就和这老鼠的命运一样吗？有的人是“厕中鼠”，有的人是“仓中鼠”。所以人有“贤”或者“不肖”之分，不在别的，而只在环境不同。

因此，李斯发誓要改变自己的命运：他要做一只高高在上的“仓中鼠”，而绝不能再做卑贱低下的“厕中鼠”。

为了实现改变自己人生命运的目的，李斯开始去投奔当时的大思想家荀子的门下，当了一名学生。

在荀子门下，李斯主要学习的是“帝王之学”。所谓帝王之学，就是以阴谋诡计为主体的“权术学”。作为他的同学之一，韩国来的贵族韩非，通过对“人性之恶”的哲学命题反复思辨，最终形成了一整套关于如何治理国家的严酷的法家理论体系。韩非注定要以一个思想家的身份而在历史上留名。至于李斯，则以一副纯粹功利主义的目光，环视列国，为自己的“帝王之学”，寻找一个可以兜售出大价钱的买家。而这个大买家，当时只能是财大气粗的秦国。

确定了自己的事业发展方面，有了清晰的目标后，李斯来跟老师荀子告别，说：“老师，弟子要离开了。”

“你准备去哪儿？”

“秦国。”

“你何必如此着急呢？”荀子非常喜爱这个聪明的学生，嘱咐他道：“你在我门下学习‘帝王之学’，时日尚短。我虽然教给了你一些‘权术’，但还有一些‘仁术’没有来得及传授给你。须知，‘权术’必须和‘仁术’放在一起使用，才能产生正面的效果，否则就会有杀身之祸！”

听了老师的话，李斯很不以为然地道：“可是我已经等不及了。我听说秦国有尊重贤士的传统。而现在，秦国以吕不韦为相国，正在大开门庭，广揽人才。我如果不现在赶快去那里，只怕被别人捷足先登，到时候就没有我的机会了。”

“只要你是真正的人才，天下的大门随时都是为你敞开的，在哪里都能建功立业，不必非去秦国不可！”

“我的情况，老师可能不大了解！”李斯感慨地道：“弟子在来之前，就发誓：处在贫贱地位的人，如果不发奋改变自己的地位，那么真是禽兽不如。在这个世间，最大的耻辱莫过于卑贱，最大的悲哀莫过于贫困。卑贱和贫困的滋味，弟子都已经尝过了。我不想再等下去了！”

见他的去意这么坚决，荀子也不好说什么，只能摇了摇头，轻叹了一口气。

从老师那里离开后，李斯直入秦国，来到咸阳，并且很快来到吕不韦的相府上，做了一名“舍人”。

“舍人”，就是一名极其普通的宾客。由于吕不韦求贤心切，对于每个新来的人都要亲自考问一番，因此，李斯得以有机会在吕不韦面前展示自己的才华。他这么对吕不韦说道：“平庸的人，往往失去时机，而成大功业的人，就在于他能利用机会并能下狠心，看准了目标，就全力以赴地去做。从前，秦穆公虽称霸天下，但最终没有东进吞并山东六国，这是什么原因呢？原因在于诸侯的人数还多，周朝的德望也没有衰落，因此五霸交替兴起，相继推尊周朝。自从秦孝公以来，周朝卑弱衰微，诸侯之间互相兼并，函谷关以东地区化为六国，秦国乘胜奴役诸侯已经六代。现如今诸侯服从秦国就如同郡县服从朝廷一样。以秦国的强大，就像扫除灶上的灰尘一样，足以扫平诸侯，成就帝业，使天下统一，这是万世难逢的一个最好时机。倘若现在懈怠而不抓紧此事的话，等到诸侯再强盛起来，又订立合纵的盟约，虽然有黄帝一样的贤明，也不能吞并它们了。这个机会，真可以说是千载难逢啊！”

李斯的这种说法，正与吕不韦内心所想的不谋而合。吕不韦自从实现了“立主定国”的计划后，一直在心里有个朦胧的想法，就是要吞并六国，一统天下。然而他的这个想法太大了，连他自己都觉得害怕。如果说以前“立主定国”的事情，都是他一个人在策划、执行，那么，这个新的“并吞六国”的宏伟目标，就远远超出了他个人的能力，非依赖众多才识之士的辅助不可。

李斯的到来，使得吕不韦眼前一亮，大有相见恨晚之感，立即问他道：“你有什么好的办法吗？”

李斯提出的办法很简单：“我听说，‘人为财死，鸟为食亡’。当今天下，最不缺的就是两种人：一是说客；二是刺客。请将秦国国库中的财物拿出来十分之一，用来招揽天下的说客和刺客，让他们分别带着财物和武器去各个诸侯国，游说可以左右政事的王公贵族，大臣名士。能用财物拉拢的，就用财物将他们拉拢过来；如果不能用财物拉拢的，就用武器杀死他。”

李斯的话一出口，连吕不韦都倒吸了一口凉气。这一招的确简单，也的确够狠，令人不寒而栗。

但吕不韦也知道，欲成非常之事，必须用非常手段。并吞六国，这是以前从来没有人做到过的。为了实现这一前无古人的宏伟计划，任何手段都是可以使用上的，何况收买与暗杀，本来就是在列国间惯用的政治伎俩。只不过，没有人像秦国这么大规模地实施开来罢了。

"好！"

吕不韦其实本质上和李斯一样，都是草根出身，都知道要想实现目标，办法只有一个：

不放过任何机会！

机会，对任何人来说，一生中都有那么几次。但之所以有的人成功，有的人失败，关键就在于能否当机会出现的时候，当机立断地抓住，然后全力以赴去利用。吕不韦当初判定秦王孙"奇货可居"，不惜破家舍妻，以成大功；李斯判断秦国是自己帝王之学的最大买家，立即辞师来秦，都是如此。

唯其如此，吕不韦才和李斯有更多相通之处，李斯的每一句话，都说到了吕不韦的心坎上。

就这样，李斯迅速在吕不韦门下得到了重用，从一名普通的"舍人"，当上了"郎"，后来又被任命为"长史"。在李斯的协助下，吕不韦详细制定了分击六国，蚕食鲸吞的宏大计划。

在这个计划中，韩国首当其冲。韩国和秦国的关系，李斯比喻其为："秦之有韩，譬如一个人肚子里和心里有病。在平常安居的时候，不觉得怎样；如果走路时候脚步太快，病就发作了。韩国虽然在表面上臣服秦国，但如果秦国仓促有事，韩国肯定是靠不住的。"

其实，对于和秦国的关系，没有谁比韩国自己更清楚。早在秦昭王时代，韩国为了避免遭受秦国攻击，减少自己的压力，就想出了一条破天荒的自以为高明的"美女计"：在国中精选了一批青春貌美的女子，每个女子都经过精心的歌舞训练，然后标以三千金的天价出售。韩国君臣以为，如此高的价钱，只有秦国的国君才能买得起。如果秦国的国君把这批美女买去，一来秦国的国库将大为空虚，二来秦君耽于女色，就会没有心思和精力来对付韩国了。

但这只是韩国单方面的如意算盘。秦君的确出了大价钱将这批美女买了去，充入后宫，但这既未耗空秦国的国库，也未牵扯秦君的心思和精力，秦国对韩国的军事打击依然是步步紧逼。

如今，韩国得知吕不韦有意先兼并韩国，举国上下大为恐慌，君臣一合计，居然又想出了一条“妙计”：

疲秦计！

这条计策，出自一个叫做郑国的水利工程大师。他建议说，秦国一贯重视农耕，然而关中地区虽然土地肥沃，沟河纵横，却缺乏一套相应的水利灌溉系统。如果能够从泾河引入，横跨渭北高原，向东三百里，注入洛水，使万亩卤咸之地变为良田，这么利国利民的一件大事情，秦国一定不会拒绝。而要修建这么一个庞大的工程，非要动用数十万、上百万的民夫不可。至于牵扯到的物力、财力更是不可计数，最保守的估计，也需要十年才能完成。

十年，如果韩国能够得到这么长时间苟延残喘的机会，与楚国、赵国等从容研究对付秦国之计，局面一定会出现意想不到的变化。

韩桓惠王一听大喜，立即命令郑国前往秦国，只说韩国愿意将水利工程人才借与秦国，以兴水利。

郑国来到秦国，第一件事情自然是来见吕不韦。因为吕不韦是秦国实际上的统治者，秦王嬴政当时全然有名无实。秦国的一切决策，都在吕不韦手上。只要吕不韦答应，此事必成！

郑国见到吕不韦以后，立即将自己的计划和盘托出：秦国欲并六国，非需要雄厚的大后方来作为支撑不可。关中是秦国的心腹，粮食是军队打仗的根本保障之一。然而现在的情况是，关中之地，真正肥沃的不足三分之一。其他三分之二的土地，因为处在高原地带上，得不到河水的灌溉，只能靠老天爷吃饭。结果经常是十年不遇、五十年不遇乃至百年不遇的大旱，使粮食常常绝收。小的干旱，更是每年都有发生。如果要从根本上解决这个问题，非得修建一条引水渠不可。

他又详细描绘了水渠修成后的作用：可以将四万多顷的不毛之地，改造成肥沃良田，如果按照每亩田的产量能够达到一钟计算，这意味着什么？足够支持一支六十万人的大军越境作战！

这是一笔人人都能算出来的账目，何况吕不韦精于算计，立即点头答应："就由先生来主持吧！"

修建这么大的一条水渠，需要费时数年，而且需要投入超乎想象的人力、物力、财力，即使对秦国来说，也是个不小的负担。可是，对于商人出身的吕不韦，却正好发挥了他的长处：计算、组织。郑国只需要将自己的水利工程技术专长施展出来就可以了，其他一切有吕不韦。

这条后来以郑国命名的"郑国渠"就这么提上日程了。对一个水利工程专家来说，主持一桩注定要在历史上留下声名的大工程，机会可以说一辈子只有一次。

因此，当郑国到处跋涉，经过艰苦的实地考察，终于拿出了切实可行的设计方案，并且开始组织实施，眼看着水渠如同一条蜿蜒的长龙，在辽阔的关中千里大地上展开自己的身姿。他很快全身心沉浸到了工程中去，而忘记了自己来这里的最初的目的。他的心里、眼里，只有工程。

一直到十年以后，差不多郑国渠要建成了，秦国才在亲政不久的亲王嬴政那里，发现了郑国的"疲秦"阴谋。

按照秦国的法律，郑国来秦国行施间谍之计，是一定要被处死的。郑国也做好了就义的打算。但他心里却有一个遗憾，就是自己在有生之年，不能亲眼见到为之付出了毕生心血的工程完工。

当秦王嬴政问他："你为什么要做这件事情？"

他的回答是："我最初的确是为了替韩国实施'疲秦'的阴谋而来，但我这么做，只不过帮助韩国苟延了数年的光阴而已；对于秦国，我认为我做了一件有利于秦国千秋万代的大好事！"

秦王又问："根据秦国的法律，你是一定要被处死的。你在临死之前，还有什么要说的吗？"

郑国回答说："我只想说，没有亲眼看到这件工程在我的手上完成，是我这一辈子唯一的遗憾。如果大王开恩的话，我想请大王再给我一点时间，等我将这桩工程完成，再回来大王面前领死！"

他的话令秦王嬴政长时间陷入了沉思。最后，秦王嬴政以自己独特的方式处理了这件事情：

赦郑国之罪，令其继续主持工程！

又过了几年，这项规模浩大的工程最终完成了，从泾河引来的含有泥沙的水，果然将关中北部四万多顷的盐碱地变成了良田，据说每亩可以收获粮食六石四斗，而且再也不怕天气干旱，再无荒年凶灾。于是关中之地，成为千里沃野，成为秦国后方的一个天然大“粮仓”。有了这一保证，秦国的军队得以以六十万以上的规模一次次出征，终于将各个诸侯国都吞并了。

当然，这是后话。

第十二章

雄风乍起

秦国称雄图霸有两个时期：第一个是商鞅时期。商鞅通过对秦国的实际情况考察，制定了一套崭新的“以人头取军功”的残酷制度：不管你是什么人，只要你在战场上杀的人足够多，你都可以获得功勋、爵位，可能在战前还是一介平民，战后就成为将军了。这大大地激发了人的杀戮贪婪之心。秦国的军队以席卷一切的虎狼姿态，横扫六国……

第二个就是吕不韦时期。吕不韦从一个商人的利害角度分析，认为每个人都有天然的趋利冲动。因此，吕不韦采纳了李斯的建议，制定了“收买+刺杀”，也即“黄金+匕首”的策略，分击六国。这一战略的制定以及实施，彻底将绵延百年的“合纵”之势土崩瓦解。六国从此再没有站在一条战线上，各自的实力本来就不如秦国，如今如一盘散沙，只能任由秦国予取予夺了……

其实，商鞅也好，吕不韦也好，利用的都是人性中的弱点：贪婪，对利益的本能的向往和冲动。因此，可以说秦国最后的成功，是建立在对人性的弱点利用的基础上。不把人当做人，而只当做赤裸裸的利益动物。这一招兴起也速，灭亡也速。因为人毕竟是人，生命总归是有尊严的……

被尊为“仲父”的吕不韦，一方面广揽人才，勤修内政；一方面虎视眈眈，将剑锋指向六国。

军事行动方面：

秦王政元年，秦全部攻占了韩国的上党郡，吕不韦又派大将军蒙骜平定晋阳，重建太原郡。

秦王政二年，秦军占领了魏国的卷（今河南原武）。次年，又攻占了韩国的十三座城，以及魏国的畅、有诡等。

秦王政五年，秦国兵分两路攻魏，下魏酸枣（今河南延津县西南）、燕（今河南延津县东北）、虚（今河南延津县东）、桃人（今河南长垣县西北）、山阳（今河南焦作市东南）和雍丘（今河南杞梁）、长平（今河南西华县东北）等二十城，并且在这里设立了东郡。

外交方面，吕不韦则继续沿用李斯的“收买+刺杀”的策略，顺我者昌，逆我者亡，同时对六国出击。

赵国，作为秦国的死敌，一直不肯降服。赵国有个春平侯在秦国为质子。秦王政三年，秦国质子从赵国返回，秦国理应释放春平侯回赵。吕不韦因为考虑到春平侯深得赵王信任，想扣押他。

一个叫做世钧的门客劝说道：“春平侯是赵王所信任的公子，但赵王不知道，他其实与王后有私情。赵国的宫室早有传言：春平侯入秦，秦必留之。若相国扣押春平侯，正合了赵国一些人的心思。不如放春平侯回国，而扣押另外一个平都侯。春平侯若得回国，一定会感谢秦国，必说服赵王割城以奉秦国，而赎平都侯。”

吕不韦一听，大有道理，就同意了，于是将春平侯放回国去，而扣押了另外一个平都侯。

春平侯回国，果然以亲秦派的姿态，而成为赵国宫廷里的一支中坚力量；其他反对的人都被他打压下去。这无休无止的内耗一直持续到吕不韦死去，甚至到赵国被秦国灭掉，尚未结束。

对于赵国，吕不韦采用的是“黄金”手段，对于楚国，吕不韦则采用了另外一种“匕首”手段。

楚国与秦国结怨，由来已久。作为六国实际上的当家人，楚国一直扮演着与秦国对抗的“总领头羊”的角色。

秦王政六年，以楚国为纵约长，楚国、赵国、魏国、燕国、韩国，五国又一次联合起来，向秦国进攻。

秦国吕不韦得知消息，选派蒙骜、王翦等五人为将，各领五万人马，应战五国。王翦向吕不韦建议道："分击五国，不如集中精锐，专击楚国。楚国一败，其他各国必不战自溃。"

吕不韦遂用其计，集合人马，便要攻击楚军大营。兵马未至，消息走漏，楚军大惊，连夜逃走了。

楚国一撤，其他各国人马也都散去了。楚国害怕此次失利，引来秦军铁骑，于是主动迁都以避。

但吕不韦不肯就此善罢甘休，他知道，楚国的春申君黄歇，是楚国的中流砥柱。只要除去此人，楚国一定会衰弱下去。

正如当年对付信陵君一样，吕不韦有得是手段。他很快就在楚国制造出了一桩天大的疑案。

这时候，楚国在位的是考烈王，已经二十余年。然而不知道怎么回事，尽管后宫嫔妃众多，却未能生育一个儿女。这成为楚考烈王的一大心病，暗里委托春申君多方搜寻身体强壮的年轻女子，来充入后宫，以求子嗣，结果始终是不见动静。再拖延下去，眼看考烈王只能传位于兄弟了。

春申君为了这件事情，一天到晚愁得吃不下饭、睡不好觉。他担心一旦新王拥立，自己的荣华富贵就保不住了。那些嫉妒、憎恨他的人一旦成为新贵，一定会千方百计对他进行打击。

这天，一个从赵国来的宾客李园，忽然提出来要见春申君。春申君不知道他是什么用意，不过还是接见了他。

"有何要紧之事？"

"我想请君侯给我一小段假期，处理一点私人事情。我有个妹妹叫李嫣，已经长大成人。齐国的君王听说她貌美而有才华，想要聘她去作王后。这么大的事情，非得我亲自回邯郸去料理不可。"

"什么？齐王要聘你妹妹作王后？能够引起齐君的注意，这么说你妹妹的姿色和才华一定非比寻常了？"

"也不敢说天下绝色，不过比寻常的女子，可以称得上判若云泥了。"

说完这番话，李园就从春申君这里离开，回邯郸去了。这个春申君，本来也是个喜好女色的，一听李园有这么个姿色绝佳、才华出众的妹妹，日夜思念，渴望与她见上一面。

十天后，李园从邯郸回来了。春申君立即将他叫去问："你和齐国的使者谈得怎么样？聘礼收了么？"

"还没有。"李园回答道："齐使者见过我妹妹后，尚觉得齐君的聘礼太过草率，又另行返回，禀报齐王了！"

"哦？是这样？"春申君大喜，知道自己还有机会，于是有些不好意思地道："既然令妹尚未有主，能不能让我见上一见？"

"君侯言重了。"李园回答道："我在君侯门下，就是君侯的人。我尚且为君侯的仆人，我的妹妹，不就是君侯的妾婢之辈吗？君侯想要见她一面，我立即回去将她带来，请君侯稍等。"

果然，李园又马不停蹄返回邯郸，用车子将妹妹李嫣给接了来。盛装打扮一番，献给春申君。

春申君一见李嫣，叹其惊为天人。而李嫣多次听哥哥提起春申君，对春申君似乎也很倾慕。

一番言谈，二人互相倾心，于是这一夜，李嫣就留宿在春申君的住处，郎情妾意，不必细说。

第二天，春申君春风满面，唤来李园，慷慨地赐以白璧两双，黄金三百镒，且从此将李园倚为心腹。

一转眼，两个月过去，李嫣有了身孕，更加得到春申君的宠爱。一日，只有李园和李嫣兄妹在一起。李园悄悄地对妹妹说道："你是春申君的小妾，和夫人比起来，谁的地位更重一些？"

"当然是夫人。"

"那么，春申君的夫人，和楚王的王后比，谁的地位更重？"

"自然是王后。"

"那好，你现在就有一个可以改变自身命运的选择机会。"李园说道："楚王无子，而你正好有孕。如果将你献给楚王，一旦你为楚王生下儿子，他日儿子作了楚王，你就是太后，岂非远胜今日？"

"可这……行得通吗？"

“事在人为。你只说同意不同意吧？”

“同意。”

于是，这天晚上，李嫣在枕边对春申君说道：“君侯和楚王的关系，可以说不是兄弟胜似兄弟。只可惜，君侯的这种宠遇，很快就要到头了。”

“哦？为什么这么说？”

“楚王无子。一旦楚王归天，身后继承王位的只能是他的兄弟。君侯眼中、心中只有楚王，倘若他兄弟一立，必然恼怒君侯，或许第一个受到迫害的就是君侯。这难道不是很危险吗？”

“你说得对，这些我也都考虑过，可是，这是没有办法的事情。”春申君摇了摇头，长叹一声。

“也不是没有办法。妾身有一计，不但可以帮助君侯免祸，而且可以为君侯带来更大的富贵。”

“真的吗？快讲。”

“这个……妾身不好开口……”

“无妨。”

“是这样的。”李嫣道：“妾身初有身孕，别人不知。如果君侯将我献给楚王，楚王一定会加以宠爱。一旦老天保佑，我生下来的是一个男孩，那么他将来一定可以成为楚国的君王。到时候，我是太后，君侯继续做你的相国，则楚国尽为你我所得。岂非强于像现在这样提心吊胆？”

“果然是好计！”春申君一拍大腿，道：“我怎么就没有想到这一层，这一招实在太高明了！”

第二天，春申君立即召来李园，将李嫣的计划告诉了他。李园先是装作惊诧，继而得到春申君的许诺，欢喜不尽。于是，二人经过一番密谋，立即将李嫣从府上秘密迁出去，另外觅地而居。

春申君立即来见楚王，说道：“大王，我的门下有个叫李园的，他有个妹妹叫李嫣，是天下绝色。所有给她看相的人，都说是王后之命，宜子之相。齐王已经派人求过了，大王不可落于人后！”

“快，快为寡人召见！”

楚王简直一天都等不得，当天就让春申君将李嫣献入宫中。楚王一见大喜，再与李嫣合欢，更是鱼水和谐。

于是，楚王从此日夜宠爱。仅仅过了一个月，就有天大的消息传出：李嫣怀上了楚王的骨血！

得知这一消息后，楚王激动不已，亲自赴宗庙祭祖，将这一消息告诉了列祖列宗。又给李嫣一处宫室，派了很多的人手来侍奉她。

不足十月，李嫣生产，竟然产下来一对双胞胎，而且都是男孩，一个起名叫捍，一个起名叫犹。

母以子贵，楚王立即将李嫣立为王后，将长子捍立为太子。又将李园封为国舅，春申君亦有重赏。

过了数年，楚王病重，眼看不治，楚国即将面临王位更迭。最紧张的人当属李园和春申君，尤其是李园。因为这件事情除了李嫣，只有他和春申君知道，于是李园就产生了除掉春申君，独揽大权的想法。

表面上，李园对春申君非常恭敬，暗地里，他却四处招募死士，收养了一大批心腹杀手。

李园的做法走漏了风声，传到春申君的耳朵里，春申君的门下都劝他："李园对君侯不怀好意！"

春申君却笑道："李园对我忠心耿耿，他就是吃了虎心豹子胆，也没有胆量做对我不利的事情！"

春申君如此自负，浑然不知李园已经暗中部署，做好了一切准备。

不久，楚王去世，李园一得到消息，立即在宫中埋伏了杀手。等春申君匆忙驾车赶到，刚进宫门，就被两下里杀出来的杀手一拥而上，口中大呼："奉王后密旨，春申君谋反，格杀勿论！"

不等春申君反应过来，他已经被剁成了肉泥。四大公子中最后这一位，也不复存世了。

杀掉春申君后，李园为相国，立捍为王，是为楚幽王。李嫣被尊为太后。从此李氏兄妹垄断了楚国朝政。一直到后来楚国被秦国攻灭，楚国再也没有涌现过像春申君这样的砥柱之才。

再说吕不韦。

吕不韦在当时，真可以说是秦国上下第一忙碌之人。除了对内处理政事，对外分击六国，以及半公开的与太后赵姬的情事，他还肩负着另外一项重任：教育尚未成年的秦王嬴政。

当时，按照秦国的制度，本来凡作为太子、储君，国家都有专门的教育制度和教育人才，特设师傅之官，以尽教导、辅弼之职。吕不韦名义上被嬴政尊为“仲父”，实际上则是嬴政的生身父亲。尤其有后面这么一层关系在内，他更不能不像天下的父亲一样对儿子进行悉心教育。

而吕不韦的雄心壮志还不在此。他看到秦国吞并天下的趋势不可阻挡，也希望自己的儿子将来能够成为天子，成为全天下的帝王。这种事情，除了伊尹辅佐成汤，姜尚辅佐文、武二王，其他人还没有谁做过。而关于如何将一个普通人培育成“天子”，这样的教材也未有过。

于是，吕不韦意识到，秦国原来的制度和原来培育太子使用的教材、方法都不可行了。必须另外准备一套教材，切实从各个方面来教育嬴政，为他将来成为天下的帝王而做好准备。

为了这个想法，吕不韦决心做一件没有人做过的事情：自己编写一套“天子”教材，以教嬴政。

为此，他将自己门下的门客都聚集在一起，告诉他们说：“我要你们做一件从来没有人做过的事情。我要你们编写一部专门为培训、教育天子而用的教材，不要拘泥于形式，但一定要实用。”

他的命令一传达，立即在宾客中引起了轰动。有本事的宾客摩拳擦掌，跃跃欲试；没有本事的宾客，立即就悄悄从吕府上溜掉了。

从第二天开始，吕府上就仿佛展开了一场思想的大碰撞、大交锋，人们有的侃侃而谈，有的凝神思索。

“一个人如何当好天子”，这是一个崭新的命题，也是此前从没人系统阐述过的大课题。

每天，关于这一课题的研究成果，都被汇总到吕不韦手上。吕不韦择要观览，将其消化为自己的思想。

而这些思想，很快就纳入他教育嬴政的绝佳教材之中。

例如，他这么教导嬴政说道：

“天子最应该重视的第一件事情是什么？就是贵生，就是要珍视自己的生命。因为这个生命是高高在上的宇宙之神所赐予的。保养好这个生命，使这个生命尽可能不受到伤害，从而达到长存世间的目的，就是天子应该做的第一件事情。不为了满足自己各种各样的欲望而去伤害身体，尽可能保持生命的本来面目，这样就会始终和天地、宇宙的和谐保持一致的韵律。当天子做到这一点，天下的百姓也会效仿。每个人的生命都得到保养，德行自满，那么人的灵犀就会通贯天地，精神充满宇宙。

“反之，如果不懂得保养生命，就像一个人富贵了就为自己招来祸患一样。出门乘车，进门坐辇，非要这么做来使自己安逸，这些车辇便可以叫做‘引发脚病的器械’；肥肉醇酒，非要用这些满足自己的口腹之欲，这种酒肉便可以叫做‘烂肠子的毒药’。女人的美貌姿色和郑、卫的靡靡之音，非要用这些来寻欢作乐，这种声色便可以叫做‘砍伤生命的斧子’。这都是愚蠢啊！”

“多谢仲父训导！”

听吕不韦讲完功课以后，嬴政照例行以尊师之礼，而吕不韦也不客气地接受了。

过了一段时间，吕不韦给嬴政讲道：“做天子的人，一定要做到‘无私’！天子是天下的帝王，全天下都归他所有。可是如果他从自己的私欲出发，就错了。

“天的覆盖没有偏私，地的承载没有偏私，日月照耀四方没有偏私，四季的运行也没有偏私。

“尧有十个儿子，可是他却把天下让给了舜；舜有九个儿子，可是却把天下传给了禹。

“有这么一个小故事：晋平公向祁黄羊询问说：‘南阳没有县令，谁可以担任此职呢？’祁黄羊回答说：‘解狐可以。’晋平公奇怪地问：‘解狐不是你的仇人吗？’祁黄羊回答：‘您又没问我的仇人。’过了一段时间，晋平公又问：‘国家没有尉官，谁可以担任此职呢？’祁黄羊回答：‘祁午可以。’晋平公奇怪地问：‘祁午不是你的儿子吗？’祁黄羊回答：‘您又不是在问我的儿子。’

“果然，晋平公用的解狐和祁午二人，都使得国人非常满意，称颂其贤。孔子听说后，叹道：‘祁黄羊的德行，真是达到了至善的程度啊！推荐外人不避开仇人，推荐家里人不避开儿子！’”

“多谢仲父训导！”

又过了一段时间，吕不韦给嬴政讲的题目是“尊师”。

“用师者王，这在中国历史上是非常古老的一个传统，叫做‘师道’，也可以叫做‘王道’。

“神农拜悉诸为师，黄帝拜大挠为师，帝颛顼拜伯夷父为师，帝喾拜伯招为师，帝尧拜子州支父为师，帝舜拜许由为师，禹拜大成贽为师，汤拜小臣为师，文王、武王拜吕望、周公旦为师，齐桓公拜管夷吾为师，晋文公拜咎犯、随会为师，秦穆公拜百里奚、公孙枝为师，楚庄王拜孙叔敖、沈尹巫为师，吴王阖闾拜伍子胥、文之仪为师，越王勾践拜范蠡、大夫文种为师。这十个圣人、六个贤人，没有不尊重老师的。现在的人，尊贵没有达到帝的地位，智慧没有达到圣人的水平，却要不尊重老师，怎么能达到帝、圣的境界呢？这正是五帝绝迹、三代不再现的原因。

“天，创造人类，使人类有耳朵可以听，如果不听老师的话，不肯学习，不如听不见的聋子；使人类有眼睛可以看，如果不学习，不如看不见的瞎子；使人类有嘴巴可以说话，如果不学习，不如不会说话的哑巴；使人类有心可以认知，如果不学习，不如癫狂无知的傻子。因此说，学习除了增加能力，最主要的是通达天性，保全天所赋予的人性，这就叫善于学习。”

“多谢仲父！”

又一次，吕不韦给嬴政讲“论威”。

“义，是万事的约束，是君臣、长幼、亲疏树立的基础，是治乱、安危、胜利的关键。取胜不要到其他地方去寻找，一定要回到自身上来找原因。

“凡是军队想要它的人数众多，心就要一致。三军一心，那么就可以使命令没有阻碍了。命令能够没有阻碍的人，他的军队也就天下无敌了。古代最好的军队是尊重号令的人民，号令对他们来说比天下还重要，比天子还尊贵。号令潜藏在心里，贯穿在肌肉、皮肤中，深刻牢固，不可动摇，任何东西没有能改变它的。如果像这样，那么敌人哪里还值得一战呢？所以说它的号令坚定的军队，它的敌人必然软弱；它的号令信达的军队，它的敌人就屈服了。在内部战胜了敌人，那么在战场上也必然会战胜他们。

“凡是兵器，都是天下凶险的器械；勇武，都是天下凶险的品德。举着凶险的兵器，运用凶险的品德，也是不得已的。举着凶险的兵器必定会杀人，杀人是用来使人民生存的；运用凶险的品德必然会显示威力，威力是用来震慑敌人的。敌人畏惧了，人民就得以生存了。这是仁义的军队所以昌隆的根源。所以，古代最好的军队，士兵还没有交战，而威力已经发挥作用了，敌人就已经降服了，何必用战鼓干戈呢？所以，善于发挥威力的人，是在它没有发放出来的时候，是在它没有通达的时候，让人不能了解它的真实情况。这就是最高威力的真实状态。”

“多谢仲父！”嬴政道。

又一次，吕不韦给嬴政讲的是“爱士”。

“给人衣服，是因为他寒冷；给人食物，是因为他饥饿。饥饿、寒冷是人的重大危害，救济受冷挨饿的人就是仁义。人的困厄窘迫比饥饿、寒冷更加厉害，所以贤明的君主一定同情人的困厄，一定怜悯人的窘迫。像这样，那么名声就显耀了，国内的有才之士自然就归附而来了。

“昔日，秦穆公乘车时车子坏了，右边驾辕的马走失了。农民抓到了它，秦穆公亲自去寻找。等他看见那些农民在岐山的南坡正要吃掉这匹马，秦穆公感叹地说：‘吃骏马的肉不马上喝酒，我担心这会伤害你们的身体啊！’于是给他们所有人都喝了酒才离开。等过了一年，发生韩原之战，晋国人已经包围了秦穆公的车子了，晋国大夫梁由靡已经抓住秦穆公车子左边的马了，晋惠公的车右侍卫路石的兵器已经穿透了秦穆公的六层铠甲，但曾经在岐山吃马肉喝酒的三百多农民赶到了，竭尽全力帮助秦穆公作战，于是大败晋君，反而擒获了晋惠公回去。这就是《诗》中所说的：‘作君子的君主，就要公正，以使他们以德报德；做贱民的君主，就要宽容，以使他们尽可能效力。’君主怎么不可以不努力施行仁德，爱抚人民呢？

“赵简子有两匹白骡马而又特别喜欢它们，阳城胥渠在广门任小官，夜晚叩门求见，说：‘主君的家臣胥渠得了病，医生告诉他说，得到白骡马的肝脏，就可以治好，得不到，人就死了。’门人进去通报，董安于正在旁边侍候，气愤地道：‘嘿，胥渠啊，竟然想得到我们君主的白骡！让我去杀了他！’赵简子却道：‘杀人是为了保全牲畜，这也太不仁义了吧？杀了牲畜可以救活人，不是非常仁义的吗？’于是召来厨师杀死白骡，取出肝脏，拿去送给胥渠。过了没多长时间，赵简子发兵攻打狄人，广门的小官左边带七百人，右边带七百人，都是最先登上城头，并获取敌人带甲武士的首级。君主怎么可以不爱护人民呢？

“多谢仲父训导！”

又一次，吕不韦给嬴政讲“顺民”。

“商汤灭夏桀，五年大旱，商汤亲自向上天请罪，说：‘如果我有错的话，请不要降罪于我的百姓；如果我的百姓有罪的话，请降罪于我。’于是断发、枥指，惩罚自己，向上天祈福。人们听说后非常高兴，之后天降大雨。商汤从此之后深得人心。

“周文王受到商纣的统治，依然恭敬上朝，准时纳贡。商纣王封文王为西伯，赐予千里土地。文王推辞说：‘我宁愿用这爵位和土地请求大王废除炮烙之刑。‘周文王难道不喜欢爵位与土地？他把民心看得比这些都重要。文王非常明智，失去了土地换来了民心。

“越王勾践卧薪尝胆，把好吃的酒食、华丽的衣服分给百姓，深得民心，之后在五湖决战时打败吴王夫差，消灭吴国，第二年便称霸。

“齐庄子请求攻打越国，和子说：‘先王说过，越国是猛虎，不可以打。’庄子说：‘虽然是猛虎，但是已经死了。’鸮子听说后，说：‘虽然猛虎死了，但是人民还活着。’

“所以说，一个国家要做事情，首先要弄清楚民心，顺应民心的事可以做，违背民心的事一定不能做。”

“多谢仲父！”

……

就这样，吕不韦自己本来只是一个商人，没有读过多少书。但因为有了众多门客的智慧和思想，汇集在一起，他再将这些思想用来教育嬴政，居然不亚于古往今来任何一位帝王之师。

一方面，吕不韦全心全意教导嬴政，为他将来作天下的帝王做准备；另一方面，吕不韦瞪着一双警惕的眼睛，任何威胁到嬴政将来王位的因素，都必须排除掉。而最大的威胁就是成蟜。

这一年，长安君成蟜已经十七岁。十七岁的成蟜，长相俊美，才华出众，很得到一些人的拥护。

更要命的一点，是众人都知这个成蟜虽然和秦王嬴政同出一个父亲，但兄弟二人样貌却一点都不像：成蟜身材高大，面目潇洒；而秦王嬴政，身材瘦小，面目也稍显得丑陋些。很难让人相信，他们是兄弟。

这就不免让原来就猜忌嬴政是吕不韦的种的流言，一时又漫天飞舞。吕不韦自然不能坐视不管！

好在吕不韦有得是办法。正好五国联军刚刚败去，于是吕不韦派出蒙骜和张唐，率兵五万，去攻打赵国的庞煖。又令长安君成蟜和大将军樊於期，率领五万军队作为后援，一同出发。

对于长安君为将，率军出征，很多人都不理解，来问吕不韦：“长安君如此年轻，恐不堪大用！”

“非尔等所知！”吕不韦这么回答。

蒙骜和张唐，出函谷关之后，很快与赵国的庞煖交战在一起。这个庞煖也不是个无能之辈，与蒙骜等对抗，令秦军不能前进一步。

前军被阻，后军的长安君成蟜便欲亲自前往增援。不料，却被樊於期给拦住了，问道：“君侯真欲去和赵人作战？”

“那当然了。”成蟜初次带兵，跃跃欲试道：“我正要让赵人知道我的厉害。难道有什么不对吗？”

“君侯自以为比蒙骜将军如何？”

“那肯定不如。”

“连蒙骜将军都不能取胜，君侯又可有把握？”

“没有。”

成蟜一下子泄了气。经过樊於期这么一提醒，他才知道打仗的事情，原来不是这么好玩的。

“君侯，可知道相国为什么派你出征？”

“不知。”

于是樊於期说道：“这是吕相国借刀杀人之计。他的实在目的，是要借此机会，除去君侯你呢！”

“啊？”

“君侯请想：如果此次出兵战败，两军交战，箭矢无眼，君侯说不定就会死于赵人之手；即使不死，一旦战败，君侯回去也免不了以败军之罪，而受到惩罚，这些都是吕相国所愿意看到的。”

“真的吗？”成蟜不相信地道：“他为什么这么恨我？我自问并没有得罪他的地方啊？”

“君侯无罪。但君侯与今秦王是兄弟，仅仅这一条，就是不得不死的罪名！”

“何出此言？”

“君侯难道没有听说过，今王并非先王的血脉，而是吕不韦的骨肉吗？今王与君侯，既为兄弟，自然就应该有兄弟的相貌。可是君侯与今王在一起，有谁能看出来，你们是一对兄弟呢？”

“那倒不一定。”成蟜道：“我和他虽是兄弟，却不是一母所生。男孩肖母，我二人有所差别，也是正常的。”

“话虽如此，可君侯注意过没有。今王和吕相国在一起，总给人一种父子相亲的感觉，这怎么说？”

“这个……”

“不仅此事。吕相国与太后之事，君侯总应该知道吧？”

“有所耳闻。”

“太后曾经为吕相国之妻，不过那是过去之事，本不应该再提。可太后如今是一国之太后，高高在上。吕相国怎么可以出入宫禁，与太后鱼水合欢呢！这本来就是大逆不道的死罪！这件事情，今王是知道的，就在他眼皮底下，可是他却不管不问，仿佛没有这事一样，为什么？”

“为什么？”

“就因为他是吕相国的骨肉，父子一家，在他看来是自然而然的事情。倒是君侯，在这件事情中成了外人，因此吕相国才会一心要除去君侯，拔除眼中钉、肉中刺。毕竟当今天下，能够对他们一家人构成威胁的，唯有君侯一人而已！君侯一去，他们从此安享太平矣！”

樊於期这一番话，彻底打动了成蟜。他本来也听过一些传言，只在信与不信之间。如今听樊於期这么一说，头头是道，不由他不信。于是他向樊於期请教道：“那么我现在应该怎么做？”

“自然是以先王嫡子身份，传檄文于天下，讨伐吕不韦淫人之罪，宫帷之诈。国人谁不知道，吕不韦名为相国，实为国贼！其纳妾盗国，偷天换日，欲将嬴氏之国，化为吕氏之国，其用心之险之恶，古今少有！君侯檄文一出，国人必无不拥护，迎嗣君而主社稷。而此时，蒙骜为赵所困，动弹不得，君侯又重兵在手，正天以吕贼赐君侯，君侯难道不应该顺天应人吗？”

“好！”成蟜听了，热血沸腾，激动地道：“大丈夫生于人世，正要做一番惊天动地的事情！我以先王嗣子身份，自然不能坐看吕贼窃国，嬴氏祭祀，为吕氏所替！请将军助我一臂之力！”

“遵命！”

于是，樊於期和成蟜一方面假意援助，稳住蒙骜；一方面连夜制定檄文，讨伐吕不韦，其文如下：

“长安君成蟜布告中外臣民知悉：传国之义，嫡统为尊；覆宗之恶，阴谋为甚。文信侯吕不韦者，以阳翟之贾人，窃咸阳之主器。今王政，实非先王之嗣，乃不韦之子也！始以怀娠之妾，巧惑先君；继以奸生之儿，遂蒙血胤。恃行金为奇策，邀反国为上功。两君之不寿有疑，是可忍也？三世之大权在握，孰能御之？朝岂真王，阴已易嬴而为吕，尊居假父，终当以臣而篡君！社稷将危，神人胥怒。某叨为嫡嗣，欲替天诛！甲胄干戈，载义声而生色；子孙臣庶，念先德以同驱！檄文到日，磨砺以须；车马临时，市肆勿变！……”

可以想象，这么一张檄文，一旦传布于天下，将会引起多么大的震动。又将有多少人闻风而起，加入讨伐吕不韦的队伍！

成蟜和樊於期的这一举动，很快传入咸阳宫中。吕不韦大怒："成蟜年少，此事必为樊於期主谋！樊於期有勇无谋，必为我所擒！"于是，立即命令王翦为大将，率军十万，去讨伐成蟜和樊於期。

当檄文传到蒙骜军中，蒙骜大惊："我和长安君一道奉命攻赵，今攻赵无功，而长安君反，我难逃连坐之罪！"于是，立即准备回师平反。但赵将庞煖也得到了消息，预计蒙骜将回师，提前做了埋伏。双方在一处险要地点进行了殊死搏斗，庞煖重伤，蒙骜则被乱箭射死。

至于成蟜和樊於期，在屯留未及有进一步的举动，王翦的大军已到，再加上从赵国败回的张唐军队，形成夹击之势，成蟜大为恐慌，不知道下一步应该如何行动。樊於期道："事已至此，势成骑虎！君侯不必担心，请以屯留、长子、壶关，三城之兵马尽数付给我，决一死战！"

于是，樊於期纠集兵马，列阵以待。王翦大军来到城外，两军对峙，王翦责备樊於期，无故造反。樊於期还想劝王翦，一同讨伐吕不韦。二人言语不和，旋即展开一场大战。

樊於期勇猛无敌，然而王翦却是一代名将，不在蒙骜之下，自然有办法对付樊於期。一方面，王翦佯装不敌樊於期，退出十里，安营扎寨；一方面，王翦派成蟜门下旧日门客，去做说客。果然，成蟜只是一时热血冲上脑门，答应了樊於期的请求。如今一见两军对峙，大战在即，不由心生惧意。现在，见了王翦派来的说客，并且献上书信一封，上面这么写道：

"君亲则介弟，贵则封侯。奈何听无稽之言，行不测之事？自取丧灭，岂不惜哉？首难者樊於期，君能斩其首，献于军前，束手归罪，某当保奏，王必恕君！若迟疑不决，悔之晚矣！”

成蟜本来对樊於期就没有信心，如今见了王翦的信，不觉内心大为动摇，于是将来使端和秘密留在身边。

第二天，樊於期来劝成蟜：“城外已经被团团包围，敌众我寡，请君侯跟我立即前往燕、赵避难。”

成蟜犹豫道：“可是我的妻子老小，一家都在咸阳。如今孤身去他国避难，只恐不被接纳。”

樊於期道：“诸国皆恨秦国暴虐，如何不纳君侯？”

二人正在说话，忽然外面来报：“王翦在城外挑战！”

樊於期对成蟜道：“我去抵挡一阵，请君侯速做决定，晚了只怕来不及了！”说完就披挂出城。

等樊於期一走，端和立即秘密作了安排，然后对成蟜道：“请君侯临城观战！”

成蟜不知道其中有何玄机，遂听端和的话，跟着他一道来到城头上。城下，樊於期和秦将大战，许久不分胜负。后来秦将用车轮战，樊於期不敌，筋疲力尽，欲返回城中修整再战。

不料，来到城门下，城门却紧闭。城头上，端和自怀中扯出来一面白旗，迎风抖开，上书一个大字：

“降！”

“长安君已经率全城归降，樊将军请自便！如有敢开城门者，斩！”随着端和厉喝一声，城头上乱箭射下。

樊於期不知真假，以为成蟜果真如此不堪，只能长叹一声：“孺子不可辅也！”转身掉头而去。

端和开了城门，迎接秦军入城。成蟜见了王翦，只是低头垂泪，一句话说不出来。王翦吩咐道：“且押下去！”于是一面将成蟜囚于公馆，一面派遣辛胜向咸阳报捷，请求对成蟜的处置。

消息传到咸阳宫中，吕不韦正和太后赵姬在一起。听了消息，吕不韦大喜，立即要赐死成蟜。

“不可。”赵太后劝道：“成蟜虽然不小心铸成大错，然而却是为樊於期所误。他自己并无必死之罪！”

其实，赵姬之所以为成蟜开脱，还有一层意思在内：再怎么说，成蟜毕竟是子楚的一线血脉。如果杀了成蟜，那么嬴氏一族的祭祀，只怕要真的从此中断。而她对子楚，毕竟还有些许情分。

“好吧！”吕不韦也觉得，自己谋人国，淫人妻，又杀人子，做得委实有些过分，便也答应了。

然而，命令正要传出去，嬴政却从外面径直而来，面见太后，道：“谋反之罪，必当诛之！”

“政儿，成蟜虽然谋逆，可毕竟是你弟弟！”赵太后道：“你真的这么忍心眼睁睁看着他死？”

“不是我要他死，是他自己将自己杀死的。”嬴政本来就对这个弟弟不怎么喜爱，再加上看了檄文，知道天下人都会猜疑自己和吕不韦的关系，不论真假，反正这桩疑案是要成为千古趣谈了，不由生出必杀之心。因此，他丝毫没有通融的意思，道：“请母后论法处置，勿讲人情！”

他是秦王，这么冷酷无情，赵太后和吕不韦都不好再说什么，只能点头道：“那就依法而行吧！”

于是，秦王一道手书，送到了王翦的军营，命令很简单：即将成蟜处死于屯留，军吏从者一律处死！

这一来，令成蟜最后的一丝幻想也落了空，只能哭泣着叹息：“唉！我本来过得好好的，何苦自招大祸！”到了这一步，后悔也来不及了，只能自己取了一根绳子，在馆舍里上吊自尽了。

成蟜一死，所有跟随他的军吏全部被杀，足有几万人之多。整座屯留城血流成河，几乎为之一空。

至此，吕不韦长长地出了一口气。也许他早预料到，成蟜带兵出征，会有如此结局。

第十三章

庶子甘罗

小甘罗十二岁当相国，这在多少年后的今天仍被世人津津乐道。可见我们的中华民族，是一个崇拜成功的民族。至于小甘罗以什么手段取得相国之位，他后来又是一个怎样的结局，则无人去认真思考。

小甘罗的成功，是以恐吓、欺骗和出卖一系列手段获取的：一个只有十二岁的小孩子，居然如此精通这些成人才用的手段，这只能说明：要么小甘罗是天纵奇才，要么就是从小耳濡目染。而他是在什么人的身边长大的？吕不韦。

小甘罗被吕不韦收为庶子，他无疑是吕不韦最得意的作品之一，小甘罗聪明过人，继承乃祖之风。又加上有吕不韦这么一个“老师”，他会有后来那一系列的举动，也就不足为奇了。

对吕不韦来说，小甘罗的成功是预料之中的。如果说有什么意外，就是小甘罗的死。传说中小甘罗是被上天召走的，其实，很多人都猜测，他是死于宫廷斗争。是吕不韦和太后之间明争暗斗的一个牺牲品。从小甘罗的死开始，吕不韦在秦国的命运由鼎盛一下子开始急转直下……

平定成蟜之乱，吕不韦复谋为蒙骜报仇，准备进攻赵国。刚成君蔡泽献上一计，道：“赵国和燕国是世仇。如果要攻打赵国，就要得到燕国的帮助。我愿意去说服燕国，向秦国称臣。然后燕国和秦国联合，一起攻打赵国，将赵国的土地瓜分。”

“好。”吕不韦答应道。

于是，蔡泽从容来到燕国，对燕王说道：“燕国和赵国，都是大国。可是燕国屡次为赵国所败。如今燕国不思报仇，反而和赵国在一起合作，一同抵抗秦国。请问这是什么道理呢？”

燕王叹息道：“只是迫不得已罢了！”

蔡泽道：“那好。我如今为大王有个计划，请大王遣太子到秦国为质，然后秦国派一大臣到燕国来作相国。这样一来，秦国和燕国就交好了。合两国之力，攻打赵国，再没有不胜的道理！”

“好！”

燕王大喜，于是派遣了太子丹到秦国去当人质，又请求秦国派一人到燕国来当丞相。吕不韦想要派张唐去，太史占卜了，认为很合适，可是张唐却说什么也不从，推辞说：“我到燕国去，一定要经过赵国。我数次率领军队攻打赵国，赵人恨我恨得要死。他们不会放我过去的！”

张唐坚辞不去，令吕不韦也无可奈何。回到府上之后，吕不韦怒气未息，一个人闷坐在堂上，正巧甘茂的孙子甘罗，一个十二岁的聪慧少年，从堂下经过，见吕不韦面有忧愁之色，上来问道：“我刚从外面经过，见君侯面有忧色，似是心中有事，不知道君侯有什么为难？”

“唉，你一个小孩子，能知道些什么？我就是和你说了，也没有办法。还是不说为好。”吕不韦道。

“不然。”甘罗道：“君侯为什么在门下养了这么多的食客，不单是为了供给大家吃喝而已，而是因为这些人可以帮助君侯分忧解难。我作为君侯的庶子，自然义不容辞要为君侯效劳。然而，君侯不肯说出心中烦恼，纵然门下有三千人，又怎么能够为君侯贡献一丝一毫的力量呢？”

“此话不错。”吕不韦素来就很喜欢甘罗，知道这个小家伙虽然年纪不大，却是聪明伶俐，非寻常人可比。或许自己的心事，说与他听，能得不错的建议。于是他将自己的忧虑讲了出来：“我采用刚成君的建议，使刚成君到燕国去，燕国已经派了太子丹到秦国来为质子。然而，我秦国欲要派出一人去燕国为相，我想让张唐去，张唐却害怕被赵国人报复，说什么不肯往。”

“原来是这么一件小事情。”甘罗不以为然地道：“这也值得君侯担心？我去说服张唐就行了。”

“你……？”吕不韦难以置信地看了他一眼，“连我都没有办法的事情，你黄口孺子，能有办法？”

“君侯不要小看人。昔日项橐七岁，就作了孔子的老师。如今，我已经满十二岁了，您何不让我试一试？”

“好吧！”

吕不韦知道甘罗辩才过人，或许他能说服张唐也不一定，于是抱着试试看的态度，答应了。

于是，甘罗立即换了衣服，乘坐一辆车子去拜见张唐。张唐听说是相国府上来的说客，本欲不见，可是听说是一个十二岁的小孩子，心里想：一个小孩子能说些什么呢？便让甘罗进来。

甘罗一进来，见了张唐，不但不行磕头之礼，反而一见面即号啕大哭。张唐还以为他害怕呢，问他：“你哭什么？”

“我不为自己而哭，乃是为张君而哭。”

“哦？”

“张君已经死到临头了，却还在这里不自知，我哭的就是如此啊！”甘罗先拿话震住张唐，然后问：“张君的功劳，与武安君白起相比，如何？”

张唐摇了摇头，说道：“我哪里敢跟武安君相比？武安君在南面挫败强大的楚国，在北面威震燕、赵两国，战而能胜，攻而必克，夺城取邑，不计其数，我的功劳和他实在没有办法比。”

“那么，”甘罗又问，“昔日应侯范雎在秦国任丞相时，与现在的文信侯相比，谁的权力大？”

“应侯不如文信侯的权力大。”

“您确定吗？”

“当然。”

“那好。”甘罗接着说：“应侯打算攻打赵国，武安君故意让他为难，结果武安君刚离开咸阳七里，就死在杜邮。如今文信侯亲自请您去燕国任相，而您执意不肯，这和当初武安君不应允应侯是一样的啊！应侯尚且不能容武安君，我不知道文信侯怎么会容忍您，所以我说您死到临头了！”

“啊？”张唐大惊，起身向甘罗行礼道：“多亏你这个童子来提醒我，否则我真不知道要死在什么地方了！与其死在文信侯手里，不如冒险前往燕国一趟，我这就立即动身出发吧！”

张唐在家里收拾行装，准备上路，甘罗返回相国府上，对吕不韦说道：“张唐已经准备动身了。”

“真的吗？”吕不韦简直不敢相信，“你这么轻而易举就把他说服了？”

“说服一个小小的张唐，算什么本领？”甘罗道：“张唐虽然答应去燕国，不过他在内心里，还是畏惧赵国的。请君侯借给我五辆马车，允许我为张唐赴燕先到赵国，和赵王打个招呼。”

吕不韦至此对甘罗的话已经深信不疑，于是进宫，告诉秦王嬴政说：“甘茂有个孙子甘罗，年纪很轻，然而是名门之孙，所以诸侯们都有所闻。最近，张唐想要推托有病不愿意去燕国，甘罗说服了他，使他毅然前往。现在甘罗愿意先到赵国把张唐的事通报一声，请答应派他去。”

“是吗？”秦王嬴政听了，也大感兴趣，“请仲父将甘罗召进宫来，我想见他一见，看他是何等人才！”

“是！”

吕不韦回来，将嬴政之意一说，甘罗便身着盛装，跟随吕不韦进宫来见嬴政。嬴政一见甘罗，虽然年少，却一表人才，风流倜傥，更兼口才了得，一出口便舌绽莲花，不由欢喜不已。

甘罗作为秦国的特使，驾良车十乘，带仆从百人，出使赵国。赵王正在害怕燕国和秦国联合，听说秦使者来到，亲自到郊外来迎接。然而一见甘罗这么年少，大出意外，问道：“昔日为秦通三川的甘茂，是先生什么人？”

“是我祖父。”

“先生今年多大了？”

“十二岁。”

“难道秦国没有年长一些的使者吗？”

“大王有所不知。秦国派使者，有一个依据：年龄大的办大事，年龄小的办小事。我年龄最小，所以被派来赵国。”

他的话令赵王暗暗称奇，于是谈到正事，问道："请问先生到敝国来，有什么赐教？"

甘罗问道："大王听说燕太子丹到秦国作人质吗？"

"听说了。"

"听说张唐要到燕国任相吗？"

"听说了。"

甘罗接着说："燕太子丹到秦国，说明燕国不欺骗秦国。张唐到燕国任相，表明秦国不欺骗燕国。燕、秦两国互不相欺，显然是要共同攻打赵国，赵国就危险了。燕、秦两国互不相欺，没有别的缘故，就是要攻打赵国来扩大自己在河间一带的领地。大王不如先送给我五座城邑来扩大秦国在河间的领地，我请求秦王，不让张唐到燕国，以此断绝燕、秦之交。这样，以强大的赵国，再去问弱小的燕国的背叛之罪，而秦国不加干涉。到时候，大王就会得到燕国的大片领土，所得到的土地将远远超过送给秦国的这五座城，大王以为如何？"

"真妙计也！"

赵王一听，此绝妙好计，正合自己的心意，于是立即亲自捧出五座城邑的地图，交给甘罗。又赏赐给他黄金、白璧，请他回去在秦王面前多为赵国美言。

甘罗从容返回咸阳，将出使经过向秦王一说，嬴政大为欢喜，对甘罗之智，更加称赞不已。

秦国不派张唐赴燕，赵国得知，立即派庞煖、李牧出兵攻打燕国，轻而易举得到了上谷三十城。赵国自己占了十九城，将十一城送给了秦国。秦王为嘉奖甘罗之功，将其封为上卿。又将甘茂留下来的房宅、田地，全部重新赐给甘罗。很快，甘罗又恢复了祖父时代的盛况。

然而，甘罗毕竟又是以计谋权术，以欺骗和背叛燕国为代价，换来了这一连串的胜利。他这么做，却只苦了一个人：

燕太子丹。

这个燕太子丹，曾经在少年时期，住在赵国的邯郸，正巧与当时的赵姬母子是邻居，是政儿唯一的朋友。

燕太子丹被送到秦国来为人质，秦王嬴政念在旧时的交情上，对他还算不错。可是，太子丹毕竟心念故国，听说秦国竟然背叛了盟约，纵容赵国对燕国进行攻击，掠夺了燕国的大片土地，太子丹忧心如焚，恨不得插上翅膀，一夜之间飞出函谷关，回到燕国的故土上去。

可是，太子丹想来想去，却想不出一条脱身之计。直到有人提醒他："何不去求借甘罗之谋？"

太子丹恍然醒悟，正所谓"解铃还须系铃人"，于是千方百计，来结交甘罗，与其结为好友。

着力笼络甘罗的，除了太子丹，还有一个人，便是赵太后，这却是很多人没有想到的。

当时，赵太后虽然深处宫中，然而却掌握大权。一来，她以太后之尊，辅佐儿子嬴政，天经地义。在嬴政没有行"冠礼"亲政之前，赵太后必须替他行使权力。无论大小政事，除了皇帝的玉玺，都必须再加上赵太后的后印。二来，秦国自宣太后以来，国家大权一直掌握在女性手中。宣太后、华阳太后、赵太后，始终有这么一个强悍的女性主宰着秦国的政局。

这时候的赵太后，多年干政，早已历练得炉火纯青，不再是邯郸时期的那个任人摆布的赵姬了。

自信满满，自认为智慧和手腕已经不在任何人之下的赵太后，却还有一桩心事，始终不为人知。

这件事情，就是关于嫪大的。

当初，在来秦国的时候，赵姬就已经作了安排，给了嫪大一笔钱，让他先行一步到咸阳，找个地方安顿下来。

等赵姬到了咸阳，成为王后，深处宫中，日夜和秦庄襄王在一起，即使想见嫪大一面，也不可能。

后来，秦庄襄王去世，赵姬升格为太后，一人独处后宫，时间倒是有了，可是因为身份尊崇，和嫪大不啻一个天上，一个地下，这样悬殊的身份，两个人想要重新聚首在一起，谈何容易？

赵姬以太后之尊，想自由出入宫门，自然不可能；而后宫这个地方，除了嬴政，就只有吕不韦可以自由出入，其他任何健全的男人，想进入到这戒备森严之地，也不可能，除非自动阉割，成为阉人。

可是赵太后急于找嫪大来，需要的就是他那件“宝贝”。如果将其废弃，令嫪大成为一个阉人，那么他进宫来也就没有必要了。

这桩心思，赵太后当然不便于和吕不韦吐露，可是，除了吕不韦，她又实在没有可以秘密商量的人。

正在左右为难之际，赵太后听说了小甘罗的事迹。她开始只是出于好奇，将小甘罗召入后宫，和他谈了一会儿话。小甘罗不但口才出众，而且长相俊美，加上是吕不韦的“庶子”，自然分外得到赵太后的恩宠。因此，第一次见面，赵太后就问小甘罗：“我想认你作义子，你高兴不高兴？”

“太后喜爱我，这是我的荣幸，我自然再高兴不过了。”小甘罗立即磕头谢恩，“多谢母后！”

有了这么一层干系，母子二人之间，自然无话不谈。而小甘罗虽然是个男子之身，却未长成人，因此，其自由出入宫中，也就不会被别人说闲话。这正是赵太后要用他的最主要原因。

一次，甘罗来到宫中看望赵太后，正看到赵太后一个人在那里垂泪，不由奇怪地问道：“母后何故伤心？”

“唉，还不是想起了在邯郸时候的一位故人。”赵太后抹干眼泪道。

“既然是故人，为什么不请来相见一面？”

“如果此人是女子，倒也好办，可是他偏偏是个男子，不得入宫。我也是实在没有办法啊！”

“哦？母后是要他偶尔入宫一次，还是要他长伴在身边？”甘罗是何等聪明，立即问道。

“故人情重，自然是常伴身边的好。”赵太后道：“不过我也知道这是没有办法的事，只能想想而已。”

“母后放心，这件事情，交给我去做就好了。”甘罗道。

以甘罗的计谋和手腕，要办这件事情还不是轻而易举。他很快在市井街巷之中找到了嫪大。

其时，嫪大已经将赵姬所赠之金，挥霍一空，仍旧在市井中操持旧业，哄得那些风流女子团团乱转。

秦国方言，将人之无行无德的，叫做“毐”。因此，嫪大在当地又有了一个新的名字：嫪毐。

甘罗找到嫪毐时，嫪毐正陷到一桩麻烦里：他和一个官家妻子的事发，被以淫邪之罪论处，押入囚牢。

按照秦国的法律，嫪毐所犯之罪，必须处以“腐刑”，也就是说，他的“宝贝”无论如何也保不住了。

而嫪毐自己呢，也觉得自己这一生过得实在无趣，本来还想等赵姬真的当上了王后，自己会有一番施展。结果，赵姬不但做了王后，还做了太后。可是那和自己有什么关系呢？他等了这么多年，始终没有一丝一毫的音讯。原来女人的话在什么时候都是靠不住的，他只能死了心。

没有赵姬，没有人真正赏识他的“宝贝”，他只能自暴自弃，而越是如此，越觉得人生无趣。

正在万念俱灰、一心等死的时候，却有一个人到牢房里来看他了。来人是一个风度翩翩的少年公子，一看就知道出身名门，那种傲视一切的派头，令嫪毐一见之下，首先自觉矮了三分。

“喂，你就是嫪毐？”

“正是。”

“你可是还有一个名字，叫嫪大？”

“是。”

“那么你以前在邯郸的时候，可认识一个与众不同的女人？”

“认识……不……不认识……”

嫪大本来想说自己认识赵姬，可是仔细一想，赵姬现在是太后，自己如果随便说认识她，还和她有那么一层关系，那不是自寻死路？如果不说，或许尚有一线生机，因此连忙撒谎道：

“真的不认识……”

他这么欲盖弥彰，令来这里寻访他的甘罗感觉到相当荒唐可笑。不过，他毕竟是赵太后要寻的“故人”，因此，甘罗也不能太过怠慢，因此立即打断他道：“你不用再多说什么了。来人！”

立即，有人为嫪大提来一桶热水，侍奉他沐浴更衣，换上了一身干净的衣服，又送进来一桌丰厚的酒菜。

嫪大还以为这是要送自己上刑场的最后一顿饭呢，一边流着眼泪，一边狠狠地吃了个痛快。

等他吃罢，被狱卒带到外面，开了手铐脚镣，便进了一间密不透风、黑漆阴暗的“蚕室”。

“蚕室”，就是专门为犯人行“宫刑”的地方，因此古代受“宫刑”一般又被称为“下蚕室”。

到了这里，里面早有另外一个犯人在秘密接受此刑。嫪毐一进来，立即听到里面响起撕心裂肺的一声惨嚎：

“啊！”

那声音仿佛不是从人的嗓子里发出来的，紧接着，黑暗中一个人迅速来到嫪大身边，对他小声说道：

“太后要见你，特地令我来演这一出戏！跟我来！”

那人正是甘罗。干净利落地导演了一出好戏以后，他还命人将一根粗大无比的驴阳具传到“宫室”外面去看。

在众人的咋舌声中，嫪毐已经和甘罗离开了这里，一辆车子载着嫪毐径直奔向某处隐秘的所在。

就这样，嫪毐以一个“阉人”的身份入宫，终于成功地与赵太后聚首。一见面，嫪毐顿时泪落如雨：

“参见太后……”

他故意捏着嗓子，装出一副女人的模样。脸上的胡须也都拔去了，干干净净，看不出一点男人的明显特征。

“起来吧！”

赵太后多年之后，重新见到嫪大，不由得心里生出感慨。不过白天人多眼杂，也不好多说什么。

当天晚上，以内侍身份留下来服侍太后的嫪毐，终于趁着四寂无人，得以重又躺在了太后身边。

这对阔别数年的旧情人，一经重逢，那份火一样炽热的情感是无论如何都压抑不住的……

第二天，太后即唤甘罗入宫，给予重赏。从此太后便和嫪毐在一起，日夜欢娱作乐，纵欲无度。

这么过了一段时间，连吕不韦都觉得奇怪：一来赵太后不再纠缠着他，二来连他要见赵太后一面也难了。

直到有一次，他很偶然地在宫中的阉人行列里，见到了那张熟悉的面孔：嫪大，这才恍然大悟。

可是，是谁帮助嫪大入宫的呢？待吕不韦查清楚，负责实行此事的是甘罗，不由地为甘罗捏了一把汗。

他倒不是怕太后会杀人灭口，此时太后正沉浸在男欢女爱里，不会有工夫动起这个心思。

真正值得提防的是那个嫪大。此人隐忍多年，好不容易得以有机会进入宫中，侍奉太后，自然不想留下后患。而他只需在太后的耳边轻轻地吹一吹风，小甘罗的这条命就算被吹没了。

果然，不出吕不韦所料。这天，嫪毐照例侍奉太后，却在太后刚刚沐浴出来的时候，不及交欢，嫪毐先开口道："我有一件事情，一直放心不下。"

"什么事情？"太后瞪了他一眼，"非要在这个时候说？"

"说晚了，我怕会坏大事。"嫪毐道："我进宫之事，除了那个甘罗，还有其他什么人知道吗？"

"绝对没有。"

"这个甘罗怎么样，可靠吗？"

"我已经收了他作义子，应该可靠。"

"可是我却怕他年少轻狂，万一和别人炫耀起来，不小心走漏了风声，将来麻烦就大了。"

“也是。”赵太后一听，明白了嫪毐的意思。的确，甘罗在这件事情上，是最令人不安的一个环节。

虽然是结为了母子，可是毕竟不是血缘相亲的那种，太后知道，此事实在非同小可，绝不能马虎！

“你放心吧！我知道该怎么做！”

赵太后在处理这件事情上，表现得异常坚决果断。第二天一早，就派人去见甘罗，问道：

“一个聪慧过人的年轻人，如果突然死去，有什么借口？”

甘罗是何等样人，一听就知道大事不好。不过，他也知道自己必然有这个结果，因此道：“就说天帝见召好了！”

“那好，如今天帝来召你回天上了！”

来人说着，捧出来太后所赐的一壶毒酒。甘罗知道自己没有选择，只能叩谢太后，喝下毒酒。

甘罗的死讯当天就在咸阳城中传开来，而且传得神乎其神：两个紫衣人腾云驾雾，从天而降，对甘罗宣旨：

“天帝降诏，速返天上！”

这传闻是如此活灵活现，以至于人们都相信：这是真的了！何况甘罗那样的人物，也只有天帝身边才有！

听得甘罗死讯，每个人都有痛惜之感，而最感到痛惜的还是秦王嬴政。本来，他希望可以笼络甘罗，让他作为自己的心腹，将来可以用来对抗吕不韦。没想到，甘罗这么快就死了。

而嬴政很快也明白了甘罗之死的真正原因：他和吕不韦一样，在宫中见到那张熟悉面孔，立刻就猜到了！

不过，不论嬴政还是吕不韦，都没有想到一件事情：太后已经独居多年，忽然有孕，这可是惊天动地的大新闻。

于是，赵太后一不做，二不休，先是接二连三地杀了几名看出端倪的宫女，然后传来卜者，要他按照她的意思去宣布一件事情：宫中有祟，必须向西二百里以避，否则必有大难！

这倒是个掩藏行迹的绝好办法。而秦王嬴政和吕不韦，二人居然都没有起疑心。他们只是以为：太后和嫪毐旧情复燃，二人要寻找一处清静地方，避开众人耳目，尽情地去欢娱。

对此，嬴政和吕不韦倒是求之不得。吕不韦为太后所纠缠，一直苦于没有办法脱身。加上嬴政日益长成，自己却又没有和他当面说破内情。当着他的面，自己公然与太后双宿双飞，实在不妥。

至于嬴政，早恨死了嫪毐。只是苦于太后全力回护，他也没有办法。既然如此，不如眼不见为净。

就这样，赵太后和嫪毐收拾行李，离开咸阳宫二百里，去了一个叫雍城的地方。那里有旧日宫殿，略一打扫，修饰整理，便可以入住。在这个地方，赵太后和嫪毐才真正放心下来。

从此开始，嫪毐正式登上秦国的政治舞台，开始了一连串令人眼花缭乱的表演：两年之中，他和太后两生二子，藏匿深宫。太后以其侍奉之功，代向秦王嬴政禀请，将其赐封为长信侯，予以山阳之地。太后又赏赐给嫪毐珠宝钱货无数，甚至自己的玉玺，也任意由嫪毐使用。许多朝政大事，由嫪毐一手决断。嫪毐又效仿吕不韦，门下养客上千人，声势大盛。

第十四章

一字千金

吕不韦以商人而拜相，襄理秦国，正式弃商从政。然而他很快发现，政治这东西并不好玩，远不如自己在做商人时候，呼风唤雨，想怎样就怎样。商业需要卓越的个人才华，而政治则需要各个利益集团之间的平衡，是一种绞肉机一般的残酷的博弈，政治是要流血的，要死人的。政治场上的争斗，比起商场上的利益争夺，要激烈得多，人性在这里已经不是善恶之分，而是完全被扭曲的，失去了人性的本来面目，是一种变形到无法辨认的疯狂与贪婪。

吕不韦曾经那么急不可待地跨上了秦国的政坛。然而一经进入，他才知道这是怎样的一潭浑水。表面的平静下，隐藏着那么多险恶无边的漩涡，随时随地都会把人吞噬进去。

吕不韦在商业上是成功的，在帮助秦国发展经济、文化建设上，也有着自己的独特之举。可是唯独对秦国的政治，他没有一点办法。他曾经以为自己可以成为像姜子牙、管仲一般的人物，可到头来，他发现，不要说比古人，即使比商鞅、范雎等人，自己都差得很远。

政治，和商业一样，是需要天赋的。吕不韦很久才意识到这一点，只可惜太晚了。而另外一个比他更加渴望权力，更加渴望在秦国的政坛上呼风唤雨的嫪毐，则根本意识不到这一点……

所以，吕不韦和嫪毐的战争，从一开始就成败已定：吕不韦进退自如，而嫪毐则一步步走上死路……

小甘罗的意外死亡，是吕不韦自从来到秦国以后，感到遭遇的第一次沉重打击，而这打击又是来自太后。

这是不是一个信号，太后要借助嫪毐之手，展开对吕不韦的全面反击呢？她心里一直藏着对吕不韦的报复之念，只是身为一介女性，又是在后宫之中，没有办法直接打压吕不韦罢了。

现在，她有了一个嫪毐，等于将自己的耳目和手臂伸出了宫外，嫪毐又在门下聚集宾客，等于将耳目、手臂又延伸了一层，遍及朝野上下、咸阳内外。而这曾经都是吕不韦一手遮天的地方。

威胁，对吕不韦是不言而喻的，只是他仍然不能肯定：太后对自己的敌意到底有多深？她只是为了给自己一个警告，还是真的要培植势力，跟吕不韦大干一场？这是必须要摸清的。

对此，吕不韦自有手段：最厉害的一着，就是立即促成秦王嬴政行冠礼！

这一年，秦王嬴政已经二十岁。按照普通的士人加冠的年龄，这也已经算是成年了。天子和诸侯之子，加冠的年龄还要提前一年，即十九岁加冠。

但作为秦王，另有规定：秦国规定秦王何时加冠，并不根据年龄，而是根据身高，达到六尺五寸的成人标准，才能算数。例如秦惠文王、秦昭襄王，都是十九而立，到了二十二岁才加冠。

秦王嬴政从小身体多病，身材比寻常孩子矮了一头。到了二十岁，也只和寻常孩子十八九岁相似。因此，以此为借口，他的加冠礼一再被推迟，到了二十岁这一年，不过刚足六尺身高。

秦王嬴政不能加冠，也就不能亲政，国家的大权便只能落在吕不韦和太后二人手上，其中太后的权力还要大一些。任何国家大事，如果上面只有天子玉玺，而没有太后玺印，是不能决断的。

从这方面来说，太后的权力又在吕不韦之上。难怪她一旦开始扶持嫪毐，嫪毐马上就能与吕不韦分庭抗礼了。

然而，只要秦王嬴政一上台亲政，那么太后的权力就必须完全移交，不再参与国家政事。吕不韦虽然也移交一部分权力，不过他是相国，是名正言顺的朝廷大臣，自然不会被逐出权力核心。

从这个角度来说，吕不韦如果着力促成秦王嬴政行冠礼，而后亲政，就是逼退太后的最厉害的一着棋！

要促成此事，说简单也简单，只要拿“天子诸侯子十九而冠”这一条就足够了，其他借口根本用不着。

不过，吕不韦还不想走这一步棋，因为这就意味着公开与太后决裂，到时候，局面如何收拾，吕不韦心里并没有底。他和太后毕竟没有公开撕破脸皮，既然没有公开宣战，吕不韦也不至于铤而走险。他现在需要做的一件事情，就是暗暗试探，摸清太后对自己的真实想法。

很快，吕不韦想出了一条妙计：正巧这时候，他门下的宾客穷数年之力，编撰完成了一部巨著：

《吕氏春秋》。

整部书的内容，分为“十二纪”、“八览”、“六论”，洋洋洒洒，二十万字，囊括了儒家、道家、法家、兵家、阴阳家、墨家等诸子百家在内的所有有影响力的思想精华，虽杂取百家，而又自成一体，围绕着“一个人如何做好天子”详细地作了阐述，将一个“大一统”的天下和“普天之下，莫非王土；率土之滨，莫非王臣”的“王天下”思想展示得淋漓尽致。

这部书编撰过程中，其包含的重要思想，吕不韦几年来差不多全部灌输给了秦王嬴政。

如今，为了试探太后一派的态度，也为了测验一下自己在秦国的实际影响力，吕不韦决心做出一个大胆的举动：千金悬赏，如果有人能从书中挑出来一个字的错误，就给予千金之赏！

这一招对秦国人来说，并不新鲜。早在商鞅变法的时代，商鞅就做出过同样的举动，在城门处树立一根数丈高的木杆，然后在旁边贴出告示：有人能从南门将其扛到北门的，奖励十金。

“有这么便宜的事情？”

“会不会是哄骗我们？”

因为好处太过显而易见，所以人们反而不相信，议论纷纷，却没有一个人当真去扛那根木杆。

后来，商鞅看无人出来，于是吩咐：重新张贴告示，将赏金从十金一下子提高到了五十金。

“这次看来像是真的了！”

于是，有人抱着试试看的态度，在众人的注视下，将那根木杆从南城门扛到了北城门。商鞅亲自等候在北城门，将光亮闪闪的五十金交到了那人手上，一时引得众人羡慕不已，后悔不迭。

这就是有名的“徙木立信”。用了这一招之后，商鞅立即宣布变法改革，颁布了一系列新政策。

吕不韦自然熟知商鞅的这一段故事，也知道不管时空如何转换，能够撬动人心的，依旧是一个“利”字。

他不愧是大手笔。商鞅时代，五十金已经足以震动咸阳。而吕不韦的做法更是骇人听闻：

一字千金！

能够改动一处错误，增删修改一个字的，就给予一千金！一千金，足够使一个穷光蛋一夜暴富！

而吕不韦所张贴出来的这一整部书的内容，足足二十万字。如何将这么规模浩大的一部书的内容全部张贴出来，令吕不韦颇费了一番脑筋。最后，他想出来一个简单易行的办法：令门客将书的内容，按照“十二纪”、“八览”、“六论”三大部分，分别密密麻麻地写在巨幅绢帛上。每一幅绢帛，在城门边的墙上张贴十天。十天中如果有一人指出一处错误，即予奖励！

可想而知，吕不韦的这一举动在咸阳城中不啻引爆了一个惊天霹雳。消息一传出来，顿时街巷为之一空。

城门两旁，不但街道上，甚至树枝上，墙头上，屋顶上，凡是能够上去人的地方，都被挤满了。

人人都翘首以往。当然了，那贪婪的目光并不是去关注那些文字，而是投向城门楼上的黄金。

在刺眼的阳光照射下，一块块的金砖被堆积成一座小山似的，仿佛有一团火在那里熊熊燃烧。

“喂，你们说，如果挑出来一处错误，真的可以得到一千金吗？”

“那肯定啊！否则吕相国敢这么公开悬赏，他既然敢说，就一定敢做！一千金对他来说算什么？”

人群中也有明白人，小声说道：“当年商鞅徙木立信，而今吕相国千金悬赏，看来朝廷又有大动作了！”

不说人群议论纷纷，这天，吕不韦为了证明自己的诚心，亲自率领门客来到城门楼上压阵。

他一身华丽的服饰，一派从容而自信的风度，一出现，立即在人群中引起了骚动：“看，吕相国亲自来了！”

“他就是吕相国？不愧是一国之相，瞧他那种优雅自信的风度，哪里看得出以前是个商贾出身？”

……

整整一天，吕不韦和众门客就坐在城楼上，一边悠闲地喝着酒，一边等待有人来挑出错误，领走千金。

然而，不知道是吕不韦的名头实在太大，还是他手下的门客著述水平实在太高。从早到晚，竟无一人能够指出一处错误。

不但是第一天，一连十天，都没有人能够指出一处错误。消息从咸阳传遍全国，更加轰动了。

于是，天下的读书人开始向咸阳奔来，有的人甚至就住在了城门之下，点起灯火，白天黑夜在那里研究这些文字，希望可以从里面看出来哪怕一处小小的纰漏，领取那千金重赏。

吕不韦的这一举动，自然也引起了太后和嫪毐的注意。嫪毐这时候也已经养了上千门客。他正愁没有机会直接对吕不韦发动攻击，如今，看吕不韦自己露出了破绽，兴奋不已，对他的门客道：

“一字千金算什么？你们中不管任何人，有人能去挑出来一处错误，羞辱吕不韦的，我给他五千金！”

这时的嫪毐，真可以说是财大气粗了！背后有太后这棵大树，简直整个秦国都仿佛攥在他手心里。

他满以为“重赏之下必有勇夫”，可是偏偏这件事情，有钱也不行。他的门客差不多全出动了，去将吕不韦公布出来的文字，从头到尾看了个仔细，可是就是找不出来一点破绽！

整整三十天，吕不韦和他的《吕氏春秋》一直是咸阳宫廷内外、朝野上下议论的焦点，嫪毐骤然新贵，本来正要和吕不韦展开一场全方位竞争，可是吕不韦却用这件事情告诉他：我这里汇集了全天下最优秀的人才，你要和我吕某人争，先撒泡尿照照自己是什么东西再说吧！

不说秦国内部开始出现吕不韦、嫪毐之争，但说在秦国之外，其他的国家中，例如魏国，也都知道，秦国现在是吕不韦和嫪毐争风吃醋，不相上下。各个国家听到这个消息，都拍手称快。

例如魏国，连续多年，一直承受着秦国的军事打击，眼看秦国的铁骑步步紧逼，已经距离国都不远。

魏国上下，都被秦人吓破了胆，魏王一天到晚，只能唉声叹气，借酒浇愁，根本没有破解的办法。

可是，魏国有一个叫做孔顺的儒生，是大圣人孔子的后裔。他听说吕不韦千金悬赏的事情，去秦国转了一圈，不是去看吕不韦的著作，也不是为了领取那一千金的奖赏，而是为了打听消息。

从秦国回到魏国后，他立即来对魏王说："我有办法了。不用流血牺牲，只需要一点土地，就可以令秦军撤兵。"

"哦？"

"大王可知，魏国连连失地、丢城，而国难不解，问题出在什么地方吗？"

"不知。"魏王一听，连忙道："请先生指教。"

"就是因为不了解秦国的内部情况，不懂得从秦国的内部去做文章，因此才会始终这么被动。"孔顺道："我这次去了一次秦国，才知道秦国原来内部的斗争也这么复杂。吕不韦和嫪毐，是目前秦国最有权力的两个人。连秦国的百姓都在议论，'某人是吕氏的人，某人是嫪氏的人'，不是吕派，就是嫪派。两边的对立，已经如同冰和火一样分明。所以说，这正是魏国的机会啊！"

“请先生说得详细一点。”

“根据我的观察，目前是支持吕不韦的人多一点，嫪毐因为刚刚得到太后宠爱，掌权未久，地位还不那么巩固。所以，我的意思是说，我们不如乘这个机会，来帮助嫪毐，送给他一些土地和城池。这样一来，嫪毐在秦国的地位势必扶摇直上，很快就会超过吕不韦。等到嫪毐得了势，他必然会感激我们，就会改变原来由吕不韦制定的攻魏计划，我们的威胁就消除了！”

“太好了！”魏王一听，这一着棋果然高明。反正魏国是连连丢地丧城，如果主动献出去一点土地，能够换来从根本上扭转局面，实在再好不过！于是立即答应，按照孔顺的办法去做。

不久，从魏国来的神秘使者，就出现在嫪毐的门客队伍中。在和他们密谈过后，嫪毐非常满意。

很快，嫪毐放出消息，开始攻击吕不韦：“吕相国对魏国用兵很久了，却始终进展缓慢，不知道是不是得到了魏国的好处？”

吕不韦不知是计，听说是嫪毐的口风，于是赌气地道：“长信侯既然有本领，让他去打魏国好了！”

嫪毐正等着他这句话，立即一口允诺，带领兵马去攻击魏国。事实上，根本不用他出兵，魏国一听秦国改派了长信侯为大将军，要来攻打，“吓”得不得了，立即提出割让数座城池求和。

这样一来，嫪毐不费一兵一卒，就取得了魏国的大片土地，在秦国的威信果然大为提高，超过了吕不韦。

这件事情，嫪毐和魏国使者做得隐秘，吕不韦也没有看出破绽，只是觉得奇怪，不过并未放在心上。

倒是嫪毐自己，中了魏国的计还不知道，还以为自己真的在吕不韦之上了。一次，他在和几位宦官喝酒赌博的时候，输得红了眼，非要推翻牌局，重新来过，对方中有一个叫做颜泄的不依，二人便扭打起来。

扭打中，嫪毐不敌，被扯散冠带，一通狂打，他真是急了，脱口而出道：“住手！我是今王的‘假父’，你们敢这么无礼？”

“笑话！”颜泄冷笑道：“大家都是一样下过‘蚕室’的，何以你独例外，还能行人事？”

“哼？你们不信，我就让你们看看！”嫪毐也是太过托大，竟然当众解开了自己的裤子……

众人大惊，只觉得匪夷所思，但嫪毐和太后的关系，其自称为秦王嬴政的“假父”，无疑是真的了！

于是颜泄和几位宦官对视一下，立即跪倒在嫪毐面前：

“是我等有眼无珠，该打，该打！”

当着嫪毐的面，每个人都狠狠地自批面颊，一直打到两面脸都肿胀得老高，嫪毐才饶了他们。

然而，正当吕不韦和嫪毐为了争夺最高权力而明争暗斗，不可开交时候，他们却不约而同，忽略了一个人：

秦王嬴政。

已经二十岁的秦王嬴政，也许在吕不韦和嫪毐眼里，仍然只是一个孩子。可秦王嬴政却实实在在长大了！

虽然尚未举行“冠礼”，可这并不代表嬴政在生理上和心理上没有成年。实际上，嬴政少年时代的特殊生活经历，只能促使他比一般的孩子更为早熟。二十岁，他已经是一个真正的男人了。

这不仅仅表现在他已经开始宠幸后宫的嫔妃，更表现在处于吕不韦和嫪毐的权力斗争夹缝中，他居然能无动于衷，仿佛对所有发生在眼皮底下的这一切视而不见、听而不闻。

如果说，这个二十岁的“孩子”有什么特殊的嗜好，那就只有一个：他特别关注自己的陵墓修建。

在此之前，秦国历代的君王，对于陵墓的修建，都非常重视。要在深山里选择墓穴，在墓地的周围种植高大的树木，修建豪华的宫殿，死后在入葬的墓穴里也要埋葬大量的珍珠美玉，有的甚至要杀活人来殉葬。

嬴政即位的时候，只有十三岁，在这个年龄来修筑自己的坟墓显然太早了一些。但因为在此之前，秦孝文王、秦庄襄王一连两任帝王，都因为在位的时间太短，而没有来得及大筑坟墓，以至于连个像样的安魂之地都没有。有此为鉴，嬴政对自己的坟墓自然就格外上心了。

作为天下最强国的秦国的一国之君，嬴政实际上对朝中任何大小事情都不用操心，一切都有“仲父”吕不韦在决策和执行。嬴政所做的不过是点头、应和而已。事实上，他对那些所谓的国家大事也不怎么感兴趣。因为君王的权柄不在自己手上，他也体会不到权力的魔杖的滋味。唯一的一件令他长久提起兴趣的事情，就是关于自己的陵墓如何设计、如何施工的问题。

这是嬴政在当政的头几年中，唯一能自作主张的一件事情。而就是在这件事情上，他展示了自己非凡的才华和气魄：

为了证明自己的与众不同，他决心修建一个超过以前历代秦王的大坟墓，要么不做，要做就要空前绝后！

这是嬴政第一次独立展示自己的做事风格。他的关于陵墓的修建规划一拿出来，连吕不韦都大吃一惊：按照嬴政的设想，他需要选择一大片辽阔的原野，将厚厚的土层下面全部掏空。在一个巨大的空间里，按照一比一的规模，完全复制出咸阳宫的模样来。不但宫阙房屋一应俱全，而且包括文武百官、军队、市民……所有咸阳宫内外的情形，都要如实展现出来。

这个工程，初一听就令人咋舌：仅仅陵墓的土方工程量，就是一个天文数字，不知道需要动用秦国多少民夫，不知道需要多少年才能完成！嬴政的疯狂设想，简直如同小孩子做游戏一般！

吕不韦是商人出身，一看到嬴政的陵墓工程规划，立即算出来一个大概数字：即使征用秦国全部的劳动力，耗费掉秦国一半以上的财力，也不一定能够完成这么一项规模浩大的工程。

但吕不韦又是喜欢做大事情的，对嬴政这孩子的冲天魄力和宏大构思，很是欣赏，而且一下子看出实行这么一项工程的好处所在：可以牵制嬴政的精力，让他将全部的心思都放在工程之上，每天沉浸在虚幻的梦想里，他就不会再有兴趣去关注国家大事，不会与吕不韦争夺权力。

至于这项工程需要耗费秦国大量的人力和物力，吕不韦并不担心。他是商人，自然知道如何来为这项工程寻找后勤保障，这一保障的根基就是除去秦国之外的六个大国。等秦国一一扫灭了各国，集合六国的人力和物力，修建这个工程，就不在话下了。反过来，以这么巨大的工程，耗费六国的实力，六国疲于应付，就再也没有力量来和秦国展开对抗了！

因此之故，对于嬴政的这一近乎疯狂的构思，吕不韦竟然一口答应，并且立即组织人手，实施工程的第一阶段。

只不过，吕不韦和嬴政，当初设计、规划这个空前绝后的陵墓工程时，一定没有想到，事情会发展成后来的样子：

开始的时候，工程虽然规模宏大，可是毕竟还在掌控之内。

但渐渐地，伴随着嬴政日益成长，对工程的设计、规划也在不断修改，也越来越令人惶恐不安！

后来，当嬴政亲政以后，他不但没有被处理各种事务分去精力，反而比从前更加关注自己的陵墓！

扫灭六国，嬴政的欲望空前膨胀，六国的人力和物力也为他那疯狂的梦想提供了实现的可能性！

原来仅仅要在陵墓里表现出一个“古今第一帝王”的概念，现在，嬴政又在里面加上了“人神合一”的概念。为此，他要将地上的山川河流，天上的日月星辰，都在陵墓里表现出来。

他甚至设计了用成百上千吨的水银，模拟成江、河、湖、海，川流不息；又用各种珠宝，装饰成日、月、星、辰，分布天上。作为陵墓的主人，他不但要做人间的帝王，还要做天上的帝王。

这一疯狂的想法，在别人只能想想而已，但在嬴政，就必须作为一个切实可行的计划去付诸实施。

为此，他一再扩大工程的规模，从第一阶段到第二阶段再到第三阶段，参与施工的人数从数万到数十万，再到数百万。甚至在他死后，已经入住进他亲自设计监造的这个幽暗世界中，工程却还没有最后完成，直到他的疯狂和残暴再也不能被百姓所忍受，激发了反秦大起义。

那数十万人葬身在秦陵修建工地上的累累白骨，那些背井离乡，不得回归，只能永远徘徊在秦陵周围的幽灵，日夜用怨恨和悲泣，诉说着对这个后来自称秦始皇帝的嬴政的愤懑和不满：

运石甘泉口，

渭水不敢流。

千人唱，

万人讴，

金陵余石大如斗。

秦始皇，夺俺粮。

开吾户，据吾床。

饮吾酒，喝吾浆。

食吾饭，以为粮。

张吾弓，射东墙。

至沙丘，当灭亡。

数年之中，嬴政忙忙碌碌，似乎只在专心做这一件事情，对于其他的一切则提不起任何兴趣。

直到这一天，秦王嬴政按照惯例，来到雍城祭祀天帝。大典完毕，朝见太后，晚上就住在祈年宫。

恰巧这天在祈年宫中当值的宦官，正是颜泄。颜泄早已有心揭露嫪毐的“罪行”，只是苦于没有机会。这天，好容易有这么一个可以接近秦王的机会，他怎肯放过？自然抱了必死之心。

灯下，嬴政还在翻阅从咸阳送来的当天公文。他有这么一个习惯：虽然他尚未亲政，未有决断之权，但他对自己的职责，从来没有马虎的时候，只要是呈送他的公文，一定亲自过目。

不知不觉，夜色已深。嬴政办完公事，忽然觉得肚子有些饿了，于是叫来当值的宦官，问道：“可有吃的？”

“有，有。”颜泄早已预备了精美的点心和一壶美酒，端上来侍奉嬴政。嬴政每样吃了一点，喝了半壶酒。

“够了。”

他一挥手，示意颜泄下去，自己要预备就寝了。他从小就有这么一个习惯：睡觉的时候，身边不能有任何人。如果有一点陌生的气息或者响动，他就会睡不着，就会产生出不安的感觉。

可是，颜泄收拾了盘盏，却没有退下去的意思。他犹豫着，不知道该不该向秦王当面揭发嫪毐。对于这个年轻的君主，他并不了解。如果知道了事情真相，他会采取如何的应对措施？是立即派兵捉拿嫪毐，问他的罪；还是慑于太后的淫威，不但不敢动嫪毐，反而杀人灭口？

嬴政是何等样人，察言观色，已经看出颜泄必然有重大隐情要向自己禀报。他不动声色，吩咐左右道：

“你们都退下去！”

“是！”

众人都退去后，嬴政重新坐下来，将颜泄唤到自己的跟前，问道：“说吧，你有什么事要告诉寡人？”

“这个……小人不敢讲……”

“但讲无妨！”

“那好。”颜泄终还是不放心，想了想，又跪着恳求道：“请大王先赦免我的死罪，否则我不敢讲！”

“寡人赦你无罪！”

“谢大王！”于是颜泄鼓起勇气道：“小人也是刚刚得知，嫪毐其实不是阉人，而是诈骗进宫。”

“哦？”嬴政听了这个消息，面色平静如水，一点表示都没有。颜泄还以为他没有听清楚呢！

“嫪毐诈为腐朽，秘密进宫，实为与太后私通。”他一狠心，将自己打听到的消息全讲了出来。“太后所以由咸阳而到此，名为避祟，实为太后怀有身孕，不得不遮人耳目。如今，太后与嫪毐已经产有二子！”

“啊？”这一次，嬴政才真的吃惊了。他虽然知道太后与嫪毐的事情，却没想到二人竟然这么明目张胆，肆意妄为到了这等地步。

“还有呢！”颜泄干脆将道听途说的一些消息也讲了出来。“听说太后与嫪毐，在枕席之间，曾有密约：将来一旦大王驾崩归天，即立二人所生之子为新君，嫪氏之后，永为秦主！”

“呸，无耻，大胆！”嬴政素来城府深沉，喜怒不形于色，但听了颜泄最后这几句话，却实在忍不住了。只见他一下子站起身来，脸上的肌肉不住地抽搐着，似乎马上要发作的样子。

嬴政毕竟是嬴政，顷刻之间，他已经将这件事情前前后后想了一遍，知道在雍城，太后和嫪毐已经牢牢地巩固了自己的势力。以秦王随行而来的兵马，自保尚且不够，要想在这里动嫪毐，无疑是以卵击石，自取其辱。因此，嬴政立即冷静下来，追问颜泄道：“这件事情，还有谁知道？”

他这么一问，颜泄自然意识到，如果自己回答稍有不慎，顷刻就有杀身之祸，因此毫不犹豫地道：“雍城之人，谁人不知，谁人不晓？只不过上上下下都在瞒着大王一人而已。”

“原来如此。”嬴政点了点头，既然这是公开的秘密，那么自己也没有必要为难颜泄。“寡人知道了。”

刚刚在一瞬间前，他还仿佛一头暴怒的狮子，仿佛要立即扑噬向敌人一样。但顷刻之间，他又变得如此静若止水，他的这种态度转化之快，连侍奉了几代君主的颜泄也捉摸不透。

屋子里的空气，凝滞得仿佛要令人窒息，但嬴政终于对颜泄开了口，说道：“没你的事了，下去吧！”

“是！”

颜泄如遇大赦，内心的一块大石头终于落了地。他恭恭敬敬地跪下磕头，然后悄无声息地退了出去。

他已经完成了自己的使命，虽然不知道嬴政是什么意思，不过总算冒死捅破了这层“窗户纸”。

颜泄走后，嬴政一个人和衣躺在床上，陷入了久久的思索。他知道，这是他人生中第一次面临真正的危机。

在此之前，嬴政的人生尽管称得上经历坎坷，颠沛流离，但在不幸中也有幸运，那就是始终有一个人在为他默默地遮风挡雨。这个人就是母亲。

母亲赵姬在嬴政的心目中，始终是一个说不清的形象。她的形象时而高尚，时而卑下；面目时而清晰，时而模糊。然而不管怎样，她从来没有在嬴政的身边消失过片刻。她有时候可能为了自己个人的情感归宿而苦恼不已，但在给予嬴政的母爱上，始终是独一无二的，不可替代的。

赵姬从来没有想过要抛弃嬴政，正如嬴政尽管也时常违逆母亲，却从来没有想到过要离开一样。

母子连心。他们之间那份血脉相连的情感，是任何人都不可能拆散的，嫪毐也罢，吕不韦也罢，都不能够。

惟其如此，嬴政在十三岁登上王位以后，尽管并无实权，却从来都不担心。因为他知道，母亲一定会维护自己的利益。即使不是全部，在关键的时刻，母亲也会毫不犹豫地站在他这一方。

关于吕不韦和母亲私通，嬴政是知道的。不过他从来没有在母亲面前提起此事，他尊重母亲的个人选择。

即使嫪毐进宫，那个曾经令嬴政刻骨痛恨的卑鄙男人，又一次强行闯入自己的生命中，而他早已不再是邯郸那个无力而自卑的孩子，他已经是高高在上的秦王，但他还是没有对嫪毐动手。

在他看来，吕不韦也好，嫪毐也罢，都纯粹是母亲的个人情感选择。母亲也是人，尤其在父亲去世后，母亲一个人过日子，孤零零的，实在太痛苦了。她在邯郸已经忍受了太多的苦难，太多的凄苦，现在身为太后，她应该有自己选择的自由，应该享受一下生命的欢娱了！

不管别人如何看，反正嬴政就是这么理解母亲的。他对母亲的这份尊敬和热爱，始终未变。

但现在，一切却又不同了：母亲和嫪毐竟然又生育了两个孩子，使嬴政又稀里糊涂地多出来两个同母异父的弟弟！

那曾经独自霸占的母爱，如今被两个来历可耻的弟弟分占，而母亲为了那两个尚未长成的小生命，一定会全力维护，甚至不惜伤害到嬴政，这是天底下每个母亲都会毫不犹豫做出来的。

换句话说：尽管嬴政对母亲的情感依然如旧，母亲却因为两个新生命的诞生，无情地抛弃了嬴政！

颜泄的话尽管是听了传言，但也应该是可信的：母亲一定在枕席间答应过嫪毐，让他们的儿子将来当秦王。

兄死弟继，这样的事情在秦国是很普遍的，嬴政也没有什么不能接受。但他不能接受的是，母亲这么做太过自以为是，丝毫没有考虑到已经成为秦王的嬴政的感受，这是最令人寒心的。

母亲的抚育之恩，当然永世难报！但如果任由母亲一味任性乱来，他这个做儿子的，可就难以忍受了！

……

整整一夜，嬴政都在胡思乱想，却始终没有想出来一个办法。第二天，他照常去给母亲请了安，然后平静地离开了雍城。从母亲的脸上，看不出来和往常有任何差别；从嬴政的脸上，也看不出来他已经知道了全部的内情。这对母子各自怀着心思，但却都没有流露一星半点。

在返回咸阳的路上，嬴政还在苦苦思索着。本来能解决这件事情的，最应该请教的人就是"仲父"吕不韦。但因为吕不韦和太后错综复杂的关系，嬴政知道自己不能去找他。那么，还有谁呢？还有谁能在这关键的时候，帮自己出个主意，拉自己一把呢？他忽然想到了一个人：

华阳祖母！

是的，如果说还有一个人，能给他以强有力的帮助，还有一个人，能够在这场吕不韦、嫪毐、太后的三角关系中置身事外，而又对局面的发展有着百分之百的操控能力，就只有华阳太后！

嬴政一想到华阳祖母，那个虽然年老却智慧过人的老祖母，他知道，自己的危机有了化解之法……

第十五章

生死冠礼

正当吕不韦和嫪毐为了争夺秦国的最高控制权而斗得不可开交之时，他们却不约而同地忽略了一个最不应该忽略的人物：嬴政。

不管在吕不韦的眼中，还是嫪毐的眼中，嬴政都始终只是一个孩子，一个长不大的孩子。

但事实上，嬴政的确已经成年了。其在邯郸独特的人生经历，使他比同龄的孩子要早熟许多。而嬴政对危机四伏的环境也的确有一套自己的应对之道：他选择了另外一种办法，选择了吕不韦和嫪毐之外的一股势力，就是在秦国政坛上曾经叱咤风云如今早被忘记的华阳太后。

嬴政和华阳太后的联盟，突然而有力，一举将嫪毐置于死地。不但嫪毐大败，吕不韦也阵脚大乱。等他终于明白过来，嬴政已经牢牢地控制了局面，第一次出手，嬴政就大获全胜……

嬴政已经许久没有来看望华阳祖母了。自从他父亲秦庄襄王去世后，嬴政便和这位华阳祖母日渐疏远。连他自己也说不清楚为什么，华阳祖母对他也的确不如对待成蟜那么疼爱有加。

成蟜的叛乱和死去，对华阳太后来说是一次沉重的打击。没有证据可以证明，以华阳太后为首的楚系集团有用成蟜取代嬴政更换秦国国君的打算。毕竟，嬴政是秦庄襄王的长子，当年立嬴政为太子，也是经过华阳太后点头认可的。如果嬴政没有任何重大过失，要将他从王位上无缘无故地撤换下来，是说不过去的，华阳太后纵然有这个能力，也要顾忌国人的议论。

至于成蟜的突然叛乱，在没有任何预兆的情况下，举起了讨伐秦王嬴政的大旗，更是大大出乎华阳太后的意料。如果成蟜真有此心，他无疑第一个就应该来找华阳太后商量，华阳太后一旦参与其事，则事情就会向着完全相反的结局发展，也许秦国真的就更换君王了。

可惜成蟜从小在一个被宠爱、被娇惯的环境里长大，过于自以为是，也过于容易依赖和轻信别人。很多事情他自己都没有弄清楚，当听了大将军樊於期那么一说，竟然就相信了。

直到檄文发出，如泥牛入海，成蟜才知道大事不好。第一步已经走错了，如果他真是个有才华的，将错就错，利用自己的影响，内联华阳太后，楚系一脉；外依六国，联合六国之力，则里应外合，或许还有一线希望。可是成蟜却接着又犯了第二个错误：又轻率地抛弃了生死与共的盟友樊於期，选择了与秦军的合作。这一反复，也很快将他的一条小命给葬送了。

成蟜的意外之死，给华阳太后为首的楚系集团带来了强烈的打击。华阳太后本来就要避开赵太后的风头，韬光养晦。如今出了成蟜的事情，华阳太后虽然没有直接的干连，可是成蟜是在她的庇护之下成长起来的，她自然负有教导不当之责。况且华阳太后已经是风烛残年的老人了，她对成蟜这样的俊美健壮的少年的喜爱，是发自内心的，是倾注了真情感的。

成蟜的事情出了以后，华阳太后这一支政治势力，在秦国的舞台上更加暗淡下去。不过，华阳太后也一直在等待新的机会，这个机会，就是嫪毐和吕不韦一定会有一番两虎相争的恶斗。两者较量的结果，必然是两败俱伤。到时候，华阳太后的楚系势力，就可以东山再起。

这个机会，华阳太后以她敏锐的政治眼光和多年的从政经验，是看准了的，只是没想到会这么快。

这天，华阳太后一早就接到了消息：秦王嬴政派人送来一大批礼物，而且要亲自来给她老人家请安。

“哦？”

华阳太后一听，眼下非年非节，而且在出了成蟜的事情以后，嬴政这孩子再没有登过门，如今忽然来访，一定有深意藏焉。看来，嫪毐和吕不韦的争斗，到了最后出结果的时候了！

这么想着，华阳太后立即作了精心的安排。等秦王嬴政来到的时候，楚系集团的重要人物，差不多都在场了。

这些人中，有两个重量级的人物：一个叫做昌平君，一个叫做昌文君。这两个人，都有着纯正的楚国血缘。他们的父亲，是大名鼎鼎的楚考烈王。当年楚考烈王曾经在秦国作为质子，生活了十多年。按照当时的风俗，质子在异国他乡，都会和当地的女子结婚生子。楚质子当时在秦国，因为有宣太后这一层关系，因此得以娶了秦昭王的女儿，并且生下了两个儿子。

楚质子回国，被立为楚考烈王后，这两个儿子就一直留在秦国，受到宣太后的教导和呵护。宣太后去世后，楚系集团的首领换成了华阳夫人，这两个有着楚国血统的青年贵族，继续追随华阳夫人。后来，随着华阳夫人升为王后、太后，这二人也得以进入秦国政坛，步步高升。最终，一个被封为昌平君，一个被封为昌文君，其在朝中的地位，仅仅在吕不韦之下。

这天，当嬴政来到以后，先以大礼参拜了华阳祖母。接着昌平君等人以臣子之礼，见过嬴政。

嬴政本来有机密之事要请教华阳祖母，可是看到现场有这么多人，一时有些犹豫不定。

华阳太后是何等样人，立即意识到嬴政有话要单独对自己说，于是借口支开众人，与嬴政进入内室。

“祖母救我！”

嬴政一进入内室，立即重新跪下，给华阳祖母磕头。他拉着华阳祖母的裤管，竟然哭了起来。

“政儿，出了什么事？快起来说话！”

华阳太后本来就有所预料，等听了嬴政一席话，才知道原来形势如此严峻，嫪毐竟然有对嬴政下手之意。

“那么，政儿，你打算怎么办？”她不愧是在政治的腥风血雨里打拼过来的，先探询嬴政的意思。

“回祖母，我恨不得立即发兵数万，去将嫪毐那个假阉人抓起来，将他的孽子当场扑杀，可是，我又担心……”

“担心什么？你母亲？”

“是！”嬴政如实回答道：“这件事情，毕竟牵扯到我母亲在内。我身为人子，而发兵攻伐，实在不该！”

“这倒也是。”华阳祖母点了点头，“你所虑不错。这件事情在没有调查清楚之前，的确不宜妄动干戈。唯一的办法，是你自己暗中做好准备，等他们先一动手，你再进行反击。可那样一来，你又不得不承担风险，的确令人好生为难。”

“我的想法和祖母一样。我也想等他们先动手，可是我害怕到时候我这边一旦陷入被动，控制不了局面。因此来求教祖母。”

“这件事情实在非同小可。”华阳祖母道：“多做几手准备也是应该的。那么，你估计他们会什么时候动手？”

“大概是在我行冠礼的时候吧！”嬴政猜测道：“我下个月就要去雍城太庙祭告祖宗，行礼佩剑。我猜嫪毐会在那个时候动手。”

“那你就多带人手去。”华阳祖母道：“今年以来，不是天象异常，屡有征兆吗？你就以此为借口，令王翦、桓齮各带一支人马，随行护驾。谅嫪毐也不敢公然出兵对抗王者之师。”

“我也这么想。”嬴政道：“可是我害怕大队人马，都去了雍城，咸阳空虚，又不知道嫪毐在朝中收买了多少官员，一旦在咸阳乘虚而入，率众起事，到时候我再从雍城回师就来不及了！”

“咸阳这边，你放心，我可以埋伏一支奇兵。”华阳祖母这才将自己的计划和盘托出，“而且这支人马不须动用秦军一兵一卒，即使嫪毐买通了咸阳内外的所有官员，也无济于事。”

“哦？”嬴政听了，惊奇不已，“祖母此话怎讲？”

“我来问你。”华阳太后却转变了话题，“你既然已经定于下个月就要行冠礼了，那么婚姻大事可有着落？”

“尚未有定。”

“那好，我这里正有一门现成的亲事。”华阳祖母的话题似乎和嬴政担心的事情没有一点关系。“我有个孙女叫玉儿，是当今楚君的妹妹，青春年少，美貌无比。如果大王不嫌弃，我想玉成此事。”

“可是，祖母……”

“政儿，你别急，听我说。”华阳祖母道：“我这么做的目的，主要是为了替你安排一支伏兵。你应了这门亲事，我就立即派人去楚国，请那边派人将玉儿送过来。这支护送玉儿的精兵来到咸阳以后，就在我这里住下来，只等政儿你从雍城回来，就为你们完婚。如果在此期间，嫪毐真敢举事，则他再算计精密，也料想不到我们会有此一着。这支奇兵足以控制咸阳局面。”

“妙啊！”嬴政万万没有想到，华阳祖母的策划如此周密，出人意料而又在情理之中，不会引起任何猜疑。“这一招实在高明，嫪毐再怎么机关算尽，也不会想到会有这么一着后手！”

“政儿，你只管放心去雍城行冠礼，这边的事情，我来安排。”华阳祖母见他同意了自己的方案，也很高兴。

其实，她这么做，固然有替嬴政分忧解难的意思；而更深一层的安排，还是要巩固自宣太后以来的楚国外戚集团掌权的局面。她年纪已经大了，要为自己寻找一个接班人，这个接班人就是嬴政未来的王后。有了这层关系，楚系集团就会在秦国政坛上重新夺回绝对控制地位。

二人各有所需，一拍即合。嬴政与华阳祖母达成了秘密协议以后，高兴地回去准备“冠礼”事宜了。

再说嫪毐，自那日酒醒以后，深知自己走漏了消息，必然带来祸患，大为不安，越想越不踏实。

晚上，在和太后照例云雨一番过后，嫪毐并未沉沉睡去，而是对着墙壁唉声叹气，辗转难眠。

“怎么了？”

赵太后从未见他有过如此烦躁不安的时候，将他的肩头扳过来，体贴地问：“有什么不开心的？”

“没有……”

“你和我之间，还有什么不能说的？”

“真要我说？”

“说吧！”

“那我可就说了。”嫪毐道：“不过，我先问你一句：你和我一再说，要让咱们的儿子当王，可还算数？”

“当然算。”

“那就好！”于是，嫪毐一咬牙，将自己喝醉了酒，泄露了机密的经过，讲了一遍。又将自己的打算说出来：“听说嬴政下个月就要来雍城举行冠礼，我准备在那时将他杀死，立咱们的儿子为王！”

“什么？！”赵太后一听，真正吓了一跳，失声道：“你这么快就准备动手？我答应你立咱们的儿子为王，可没说过要你杀死政儿！”

“先下手为强。嬴政一定得知了消息。如果再不动手，失去了眼前的机会，我恐怕死无葬身之地。”

“有我在这里，你怕什么？”赵太后道：“政儿那孩子是个孝顺孩子，不敢到我这里动手的。”

“哼，你真以为他像表面上那么温顺？”嫪毐不知道怎么，眼前总晃动着当年嬴政手举斧子，目露凶光的一幕，“我看那个孩子没那么简单，他要动手，一定不会让我们有所防范。”

“可是他在位这几年，并无过错，你就是要废长立幼，有什么理由？”赵太后还不能接受这个计划。

“你忘记了，他是怎么对待自己的手足兄弟成蟜的？”嫪毐提醒道：“你还亲自给成蟜求情，可是他根本不听你的，非把成蟜逼死不可！残害手足，违逆母命，难道还不足以废弃他？”

“可是……”

“趁着他现在还没有亲政，咱们手中握有权力，正好可以废弃他！一旦他掌了权，到时候，羽翼丰满，再想对付他，就不可能了。”嫪毐急切地道：“我也知道你下不了手。这样吧，你躲起来，不用露面，一切由我来安排。反正不管哪个儿子当王，你还是做你的太后！”

“那，好吧……”赵太后本来就不是一个意志坚定的人。被嫪毐这么一鼓动，竟然答应了他的请求。

“不过，你要特别注意一个人，就是吕不韦。”赵太后提醒道：“他早在注意你，不可被他阻挠了计划。”

“放心，我早已作了安排。这一次的行动，有两个人一定要死：一个是嬴政，一个就是吕不韦。”

嫪毐谋划已久，对此次行动的把握性，没有十分，也有八分，因此完全是一副胸有成竹的口吻。

也许是想到自己马上就要由“假父”而成为“真父”，憧憬着除掉嬴政、吕不韦之后，自己的风光无限，他一下子又迸发了蓬勃的欲望，狠狠地将赵太后搂在怀里，黑暗里又是一阵暴风骤雨……

秦王嬴政的“冠礼”在一个月以后如期举行。雍城这座古老的秦都，因此而焕发出新的生机。

正是万物生发的季节，雍城内外的原野上披上了绿装，街道洒扫一新，两侧的房屋也都经过了整修。

到了这天，人们都早早起来，恭恭敬敬地等候在街道两侧，只待一睹加冠后的秦王嬴政的风采。

这也是秦王嬴政的名字第一次这么郑重其事地引起秦国百姓的注意。以前，人们谈论的话题焦点，不是集中在吕不韦身上，就是嫪毐身上。尤其在雍城，人们谈论最多的，便是嫪毐和太后。至于秦王嬴政，在人人眼里都只是一个没有长大的孩子，他的存在似乎只是一个影子。

但如今秦王嬴政终于要加冠礼，要亲政了。一个崭新的时代即将到来，难怪人们按捺不住心头的兴奋。

伴随着一支支的仪仗队伍过去，后面跟随的装饰华丽的车子，就是秦王嬴政的车子了。但在车子的前后，却又有一千个全副武装的甲士，神情严肃，警惕地注视着周围的异常动静。

这一幕，显然和秦王嬴政的加冠礼不怎么和谐，也让每个人的心陡然揪紧：只怕今天会出事！

也有眼尖的人注意到：在今天的队伍中，有秦王嬴政，有相国吕不韦，有朝中的一班文武重臣。咸阳宫中差不多够级别的官员都来了，然而人群中唯独少了一个人：长信侯嫪毐。

当众人都奔赴雍城，参加秦王嬴政的冠礼时候，嫪毐却忽然生了病，请假留在了咸阳宫中。

这是一个微妙的信号：嫪毐显然早已策划停当，只等嬴政率领百官一离开咸阳，立即发动兵变！

能够察觉到嫪毐这一举动的潜在含义的，吕不韦是其中一个。因此，一听说嫪毐抱病在身，不能同行，吕不韦立即向秦王嬴政提出警告："我担心嫪毐那家伙有什么阴谋，请让我留下来，镇守咸阳。"

"可是寡人要加冠礼，没有仲父在场怎么行？"嬴政的理由也无可反驳，令吕不韦一时束手无策。

"这样吧……"吕不韦最后做出了决定，"让王翦和桓齮将军，各带一支人马，在岐山驻扎，以防不测。"

"就依仲父所言！"

嬴政却似乎一点都不担心嫪毐，反而更看重自己的冠礼。吕不韦以为他是急于亲政的缘故，无暇多想。

于是，秦国政坛里最重要的人物都来到了雍城。在太庙门前，秦王嬴政被众人簇拥着步入大殿。

太庙，是供奉秦国的历代君王的地方，包括宣公、成公、穆公……都在这里占据了一方牌位。孝文王、庄襄王，也都在这里安然地接受后代君王的供奉。每一代新王行冠礼，都要来到这里，接受祖宗神灵的庇护。

像行冠礼这样的大事，太后不可能装作不闻不知。于是，少有在众人面前露面的赵太后，也来到了宗庙。

因为连续哺育了两个孩子的缘故，赵太后的身材明显地臃肿了许多。她故意穿了身肥大的裙装，但仍然难以掩饰作为两个新生儿的母亲那种丰满和健硕。幸而，知道内情的人并不多，众人都还以为她是在雍城大郑宫这两年精心保养得好呢！那缀满珠宝的凤冠下，赵太后一张依旧俏丽的脸上，一脸的威仪，连吕不韦都没有看出来她在隐瞒重大的心事。

“吉时到！”

伴随着大司仪的一声长喝，隆重而繁复的加冠仪式开始了。天子的冠礼，比寻常士人更加不同。普通士人冠礼，分为三个步骤：第一个步骤加“缁布冠”，象征加冠者将涉入治理人事的事务，即拥有人治权。缁布冠为太古之制，冠礼首先加缁布冠，表示不忘本初；再加皮弁，象征将介入兵事，拥有兵权，所以加皮弁的同时往往配剑；三加爵弁，拥有祭祀权，即为社会地位的最高层次。

至于诸侯、天子，冠礼又多出来一个步骤。据《大戴礼》记载：“公冠四加，三同士，后加玄冕。天子亦四加，后加衮冕。”

冕，就是王冠。上有一长方板，称为“綖”。前后各有十二串小圆玉石，称为“旒”。下方有两根丝带，称为“紘”。“綖”的下方有一类似簪状物，称为“衡”。“衡”的下方拴一块玉，称为“瑱”。

行冠礼，主人一般为受冠者之父，秦王嬴政因为父亲早丧，就由吕不韦这个仲父来作为主人。

每一个步骤，都由大司仪献上贺词：

在这美好吉祥的日子，
给你加上成年的服饰。
请你放弃少年的顽稚，
精心培养成年的德操。
记得保持君王的威仪，
培养关怀百姓的美德。
祖宗会保佑你的健康，
天帝会赐给福禄无边。

最后，加上了王冠，佩上了象征成年的宝剑，秦王嬴政第一次以主人的身份，祭祀太庙中的列祖列宗：

秦之先祖，

在天之灵，

咸集于此，

听我祷告：

嬴姓子孙，

后继有人。

小子嬴政，

今已成年。

冠冕已加，

佩剑已带。

即日主政，

泽被四方。

德加百姓，

恩及万物。

日夜操劳，

不敢有怠。

小心谨慎，

不敢有失。

祭祀完毕，嬴政又来到母亲赵太后面前，叩谢母亲这么多年来的养育之恩。再来到吕不韦面前，叩谢仲父的教诲之德。这同时也宣布，赵太后和吕不韦的辅佐国政的任务正式结束了。

赵太后和吕不韦，此时二人的心情大不相同：赵太后又是欣喜，又是担心。欣喜的是，自己从邯郸与吕不韦珠胎暗结，到移花接木，嫁给秦王孙，使得肚子里的孩子名正言顺有了王室血统。再到孩子生下来，与秦王孙度过一段快乐时光，接着是母子相依为命，无尽的恐惧与羞耻……那段岁月仿佛就在昨天，可是一转眼，这个曾经弱不禁风的小孩子，已经成长为一个男子汉，成长为一个国家的君王了。逝者如斯，多少青春，多少年华，就这么一晃而过！

然而，欣喜的同时，深深的忧虑又浮上脑海：除了眼前的这个儿子，自己与嫪毐又生下两个孩子。同样出自一个母亲，孩子们的命运却大相径庭。嬴政经由吕不韦策划，费尽心机，终于成为秦王室的正统。可是与嫪毐生的这两个孩子，是什么名分呢？又如何昭告天下呢？

在与嫪毐恣意纵欲的时候，她从来没有考虑过这两个问题：孩子真的生下来了，要为他们安排前途和未来了，她才发现这一切远非如想象中那么轻而易举。她只能把虚无缥缈的希望寄托在嫪毐的身上。可是，嫪毐能有像吕不韦那样通天彻地的本领，能像吕不韦做的那样成功吗？

算了，不去想那么多的事情，那是男人们之间的竞争，她赵姬一个普通的女子，命运根本不操控在自己手上！

她这么想着，决心一如吕不韦将自己送给秦王孙一样，做一个被动的接受者：在这场即将到来的巨变中，她只要耐心地等待就好了，等待一个结局，而不管那结局对她是怎样的。

与赵太后一样，此刻吕不韦也是思绪万千。当然了，他内心是欣喜更多一些。看到嬴政这孩子终于成为秦国真正的君王，就仿佛看到自己精心策划的一切，终于开花结果。从得知赵姬肚子里有了自己的骨肉开始，到产生将她送给秦王孙的冲动，一步一个脚印走到了今天。连他自己都不敢想象，自己真的能够抵达这趟冒险之旅的目的地。一切都宛如梦中。

但他的确做到了，他有足够的理由为自己骄傲。一个男人在这个世界上存在的唯一价值，就是看自己创造了怎样的事业。而吕不韦的事业，就是将一个空前绝后的大战略构想，一个纯粹属于商人眼光的投机战略，一步步执行完成。他是一个伟大的策划者，更是一个卓越的执行者。

如果说，眼前的秦王嬴政是一个完美无缺的艺术品，那么吕不韦就是创造这件艺术品的最伟大的艺术家。

当然了，欣喜之余，吕不韦的内心还有着一丝隐忧。这丝隐忧就是关于自己如何向嬴政亲口证实他的身份。关于他是自己的骨肉问题，关于自己从头到尾谋划这件事情的经过，他一直在犹豫，要不要亲口告诉嬴政；而他听了之后，又会有怎样的反应。

是告诉嬴政，让他认祖归宗；还是永远隐瞒下去，让他以秦王室的正统血脉而引以为豪？

吕不韦一生中雄心勃勃，从来没有什么为难之事。但在这件事情上，他却始终举棋不定……

不说赵太后和吕不韦各怀心思，但说嬴政加冠完毕，虽然仅仅举行了一个仪式，却忽然觉得自己已经有了足够的力量，那种雄视天下的感觉，真的是此前从来没有过的。因此在大宴群臣的酒筵上，不由地多喝了几杯。

入夜，嬴政摆驾回到祈年宫，晚上就要在这里安歇。然而刚刚沐浴更衣，尚未就寝，忽然外面一阵大乱。

“不好，起火了！”

“有刺客！”

黑暗中，外面一团骚乱，也不知道来了多少人。嬴政立刻意识到：嫪毐终于按捺不住，动手了！

从窗棂里望出去，只见火光汹涌，数十处地方都起了大火。慌乱中，全副武装的宫骑侍卫，一拥而入。

“奉太后懿旨，特来捉拿刺客，闲杂人等，一律闪开！”

不但是宫骑侍卫这一支人马，另外嫪毐的三千门客，也都武装起来了，手持兵器、火把，高呼而入：

“长信侯宾客舍人，特来救驾！”

这两股人马合在一起，足有四五千人，一拥而上，而秦王嬴政的贴身护卫军队不足千人，根本抵挡不住。

顷刻间，外面一连三道门庭都已经失守。形势到了万分危急的关头，若不决断，必受其害。

秦王嬴政对局势的判断只在一瞬间，因为早已对嫪毐作乱有了心理上的准备，所以，他不慌不忙，将王冠戴好，佩剑挂在腰间。也不用任何人护卫，一个人推门而出，站在了众人面前。

“本王在此，何故喧哗？”他厉声喝问冲进院子里来的宫骑，“尔等深夜突袭，莫非意欲犯驾？”

“不敢……”宫骑侍卫长连忙上来，跪下启奏，“实是我等接到太后懿旨，说祈年宫有刺客犯驾，特来护驾！”

“既是护驾，为何放着刺客在此，不立即捉拿？”嬴政厉声道：“长信侯便是刺客，所有长信侯门下的宾客舍人，全都是刺客！立即给我拿下，杀一个刺客的，赏钱十万；杀十个刺客的，赐爵一级！”

“遵命！”

宫骑侍卫其实也是稀里糊涂，被嫪毐所骗，只见了太后玺信，就慌里慌张地赶到了祈年宫。

如今，一听说大王亲口证实，长信侯便是刺客，其宾客舍人，人人都得处死，这正是效力秦王的大好机会，岂能不人人听命？顿时立即返身杀出，将嫪毐的三千门客，杀了个精光。

一场弥天大祸，不足半夜而平。等吕不韦得到消息，带领随行的五百甲士杀到，祈年宫中已经血流漂杵，反叛者无一活口。看了这等阵势，吕不韦也暗暗心惊，连忙跪在嬴政面前：

“微臣救驾来迟，请大王恕罪！”

“哼，现在不是治你罪的时候！”嬴政的口气，和昨天加冠之前截然不同，冷冷地道：“嫪毐图谋已久，寡人岂能不知？倒是相国早知嫪毐蓄势待发，却一点准备都没有，实在令寡人失望得很哪！”

“微臣失职……”吕不韦汗流浃背，自己也知道在这件事情上太过大意，连忙道：“嫪毐既然存心谋叛，就绝对不止这一路兵马！臣唯恐他在咸阳会有更大的举动，请大王马上下令，调动王翦、桓齮二位将军，和微臣一起，立即赶回咸阳，捉拿嫪毐，希望不至于太迟！”

“这是当然。”嬴政道：“不过，只有你和王翦、桓齮还不够，寡人还要再增派两个人手。”

“哦？”

“这两个人，你也认识的，一个是昌平君，一个是昌文君。”嬴政脸上带着不易察觉的笑容，看着吕不韦。

“昌平君和昌文君？”吕不韦大感意外，心想：这两个人早已不理政事，手上又无一兵一卒，如何管用？

“寡人自有安排，相国就不要管那么多了。”嬴政也不多作解释，只是提示道：“嫪毐虽然迟至今日才发动，然而准备非止一日。他在王、桓二位将军的身边，只怕也早安排了人手。相国要多加小心啊！”

“是！”

听了嬴政的提醒，吕不韦又出了一身冷汗。如果王翦、桓齮二人被嫪毐收买的话，那么可真麻烦了！

虽然不及细想，但他忽然意识到，自己犯了一个大错误，天大的错误，就是自己太低估嫪毐了！

本来只因为他一个区区的面首，徒然能取悦太后而已，在其他方面成不了什么气候。可是，没想到，嫪毐竟然十分用心，在朝野上下、宫廷内外，都仔细地作了经营，布下这么多棋子！

向来以精于谋划著称，最能猜透别人心思的吕不韦，现在却被嫪毐步步抢先，占尽了赢面！

反而是被嫪毐和吕不韦都忽视的嬴政，却不声不响地埋伏下了奇兵：昌平君和昌文君，令谁都意想不到。

电光石火之间，吕不韦知道，自己和嫪毐的这场较量，实际上已经画上了句号：他们两个都是大输家。

真正的赢家只有一个，就是嬴政。这个已经加冠佩剑的秦国实际上的君王，就要主宰一切了！

带着满腹的惊惧、忧虑，吕不韦匆忙去和王翦、桓齮二位将军会合，立即回师咸阳，但从咸阳方面已经不断传来消息：

嫪毐在秦王嬴政加冠的同日，已经在咸阳举起叛旗。

负责咸阳宫保卫的卫尉竭叛乱……

负责咸阳城内外安全的最高军事指挥官内史肆叛乱……

负责指挥精锐部队的佐戈竭叛乱……

负责向秦王提供国事咨询的宦官中大夫令齐叛乱……

不出所料，嫪毐在私下里培植了自己的大批势力，每一个叛乱者的名字都令吕不韦心惊肉跳……

客观地评论，嫪毐的准备不可谓不充分：他将控制咸阳宫廷和城内外的所有势力都收买了。

咸阳失守，吕不韦和王翦、桓齮率领六万人马，星夜救援，但还没有走到咸阳，又传来消息：

嫪毐之乱，已经被昌平君、昌文君所平定！

尽管嫪毐将咸阳的政治势力和军事力量都控制在了自己手中，但却不知道昌平君和昌文君从什么地方忽然调集来一支军队。而且这支军队的战斗力相当惊人，一下子就击溃了嫪毐的叛军。

嫪毐机关算尽，却没想到冒出来这么一支人马，慌乱之下，嫪毐只好和余党冒死突围，逃出了咸阳……

第十六章

决绝伤情

嫪毐被“车裂”而死，这是他应得的惩罚。但他说到底，不过是一只被操纵的风筝，操线人就是赵太后。

嬴政当然不能对自己的母亲下手，不管母亲有多么不对，毕竟还是母亲，做儿子的不能忤逆不孝。

但嬴政也自有办法，他将这件事情交给了吕不韦去处理。赵太后和嫪毐所生的两个儿子，是生是死，这个棘手的问题摆在了吕不韦面前。吕不韦和赵太后之间旧情未断，又添新恨……

吕不韦被逼向赵太后摊牌，赵太后知道自己没有选择，只能痛苦而残忍地亲手杀死了自己的两个儿子……

嫪毐之乱既平，秦王嬴政紧随吕不韦从雍城返回，第一件事情，就是封赏在此次平乱中立有大功的昌平君和昌文君：

“凡参加平反有功者，皆按功劳大小拜爵。宫内宦官有参加平乱的，也一律拜爵一级，赏赐无算。”

每个参与平乱的人都得到了封赏，以昌平君的封赏最高，秦王嬴政给他的职位是官拜左相国。

这是和吕不韦平起平坐的职位，秦国素来有设立左、右二相的传统，除非立有重大军功，或者为国家做出巨大贡献的，不能够得到这一职位。当然也有像范雎那样，君臣遇合，像吕不韦这样，与秦庄襄王有非常交情的。总而言之，能够在秦国占据这一高位，绝非侥幸。

以昌平君为相国，一来是报答以他所代表的楚系集团的援手之德，二来也是为了制约吕不韦，在不动声色地剪除了嫪毐集团的同时，秦王嬴政又埋下了一招制约吕不韦的棋子，可谓虑在人先。

第二件事情，自然就是集中全力对付嫪毐。秦王嬴政的命令很简单，也很清楚，透着决心：

“凡能够生擒嫪毐者，不管是什么人，一律赏钱百万；能够击毙嫪毐者，赏钱五十万。擒杀其逆党者，以首级来论功行赏。”

这道诏令一下，可想而知，嫪毐和他的余党就是插了翅膀，也飞不出去多远。要知道秦国自从商鞅时代定下来的法律，可不是闹着玩的，连当年商鞅自己要从咸阳逃出去，都不能得逞，何况如今嫪毐是众矢之的？连老百姓都恨透了这个以献媚太后为己能，小人得志的“面首”。当诏令下达之日，全国的百姓就行动了起来，只用了不到几日，嫪毐就被擒获送官。

接着，嫪毐的余党也陆续落网。一场震惊全国的叛乱风波，宛如风过大地，没留下一点痕迹。

至于对嫪毐及其叛党的审判和惩罚，不需要秦王嬴政亲自过问，自有秦国的严酷刑法在等着他们：

嫪毐，车裂，灭其宗。

秦国的“车裂”之刑非常有名。当年的著名改革家商鞅，就是在咸阳街头被五牛分尸而死。

“车裂”的意义，不仅仅在于杀死犯人，更重要的意义，在于警告那些后来者，不要重蹈覆辙。

行刑这天，咸阳城里真可谓是万人空巷。所有人都簇拥到十字路口，去看激动人心的施刑。

在那里，早已有五匹雄武健壮的烈马，已经在五个方位等候停当。马的眼睛都是被黑布遮盖起来的。每匹马的跟前都有一个人在死死地按着马头，马蹄在地上狠狠地刨着，扬起阵阵灰土。

押解头号犯人嫪毐的囚车，第一个入场。嫪毐像根木头一样呆立在囚车中，也许连他自己也想不清楚：为什么仅仅在数日之间，自己就从威风不可一世的长信侯，突然就成了阶下囚？

谋反之罪，大逆不道，是要诛灭宗族的，这在嫪毐早已知道，他也的确为此做了精心的准备。

整个过程中，他把吕不韦视为唯一的对手。为了不让吕不韦刺探得知自己的行动计划，他可谓煞费苦心。

他一切都算计到了，也的确防备住了吕不韦。可是他却偏偏忽视了一个最不该忽视的人：

嬴政。

嫪毐至今也不清楚，嬴政从什么时候起，知道了自己的谋反计划，竟然早已悄悄地埋下了一支伏兵。而且这支伏兵就在咸阳，在嫪毐的眼皮底下，嫪毐却对此一点都没有发觉。嬴政的心计的确令人恐怖。

那个什么昌平君、昌文君杀出来实在太过突然，而且他们那一支完全来自楚国的武装队伍，战斗力那么强悍，即使嫪毐所召集的护卫咸阳宫禁的最精锐部队，在这支楚国力量的打击下，也是一触即溃。

嫪毐还没有回过神来，他已经在这场根本输不起的斗争中，输得一塌糊涂，连翻身的机会都没有。

他曾经以为自己掌握了太后的玺印，可以力压吕不韦，至于嬴政，在嫪毐眼中，始终只是个孩子！

可就是这个孩子，却不动声色地亲自导演了一场大戏：明明知道嫪毐有谋反之意，却隐忍不发。一直等到嫪毐忍不住抢先发动，他才反戈而击。而他只轻轻一击，就击中了嫪毐的要害。

现在，嫪毐只剩下一条路可以选择了：去刑场上被五马分尸，车裂而死，然后以臭名昭著的失败者永远被钉在历史的耻辱柱上。

连嫪毐自己都觉得吃惊：怎么就这么稀里糊涂，这么快地走到了自己人生的尽头！他曾经所憧憬的一切，仿佛那么近，那么触手可及，可是现在却又那么远，远得自己不知道几生几世，才能抵达。

他在瞬间电光石火一样回忆了自己的一生：从一出生开始，他就是个失败者，到最后，他还是一个失败者！

他曾经多少次暗暗发誓：要改变自己的命运，要拥有一个华美绚丽的人生，为此不惜付出一切代价！

可是那只能是一场梦，一场短暂而又痛苦的梦！为了一个虚无缥缈的梦境，他付出的代价太大了！

现在想想，自己最快意、最享受的人生，竟然是与赵姬在邯郸一起颠沛流离的那一段岁月。

那段岁月，是他生命中最美好的回忆：被人需要，被人依靠。他全心全意地爱着这个高贵而疯狂的女人，而这个女人也将一腔真情，毫无保留地倾注在了他身上。这是他一生里唯一爱过的女人。

只可惜好景不长，她要当王后，要成为天下女人羡慕和嫉妒的对象，她还要对吕不韦展开报复！

她拥有了上天赐给她的一切：美貌、年轻、智慧，但她却还不满足，她想要得到更多……

对于嫪毐深以为珍惜的生活，她却一点留恋之意都没有。她爱他，但她更爱至高无上的权力。

从到秦国开始，嫪毐的一连串的梦魇也开始了：苦苦捱过数年的等待，又忽然一下子平步青云，享受作为一个“成功者”的喜悦，可是喜悦的滋味尚未尝尽，又从云端里一下子跌下来，成为一个“叛国者”……

他就这么呆呆地想着，不知道自己的一生，是值得诅咒，还是值得怜悯。他一直都在为自己的人生，为自己的存在，寻找一个理由，一个意义。但直到生命即将结束的这一刻，他才有所感悟：

原来生命对于我们并没有什么要求，如果非要说有一个要求，那么这要求只有三个字：活下去！

只可惜，嫪毐领悟到这一点，已经太晚太晚了！他已经被从囚车里拉出来，双手、双脚和头，分别被套上了粗大而坚硬的绳套。

“呸，呸！”

“杀死他！”

人群中开始喧哗起来，有人向他身上使劲吐口水，有人向他身上扔石块，更多的人在大声喊着。

也许连那些围观的人也说不清楚，为什么对嫪毐这么憎恨，是他不该得到那么多的尊崇和享受，而他得到了吗？还是因为众人即将看到一个叛国者被处以极刑而莫名兴奋？

毕竟，即使在秦国，能够有资格被处以“车裂”之刑的，也不多见。很多人只听说过这种酷刑，从未亲眼一见。

如今，嫪毐就要被用刑了。眼见那鲜血淋漓的一幕即将在眼前上演，人人都瞪大了眼睛，兴奋到了极点！

“午时三刻到，行——刑——”

伴随着负责监刑的人一声令下，顿时，五个方向的施刑者，同时除下罩在马眼睛上的黑布，鞭子狠命一扬，“啪”，结结实实地抽在马臀上，顿时皮肉绽开，鞭梢带着殷红的血滴掠过风中……

“驾！”

五匹受惊且吃痛的烈马，同时挣开去，嫪毐只觉得全身一紧，然后在达到紧绷的极致后，一下又松弛下来……

鲜血迸溅一地，血肉模糊的场面，刺激着人们的神经，而嫪毐的头还要被吊在木杆上，叫做“枭首”。

“车裂”、“枭首”之后，接着就是“灭族”。所有参与嫪毐之乱的官员，都落了个满门抄斩的悲惨下场。

除此之外，还有嫪毐的宾客和舍人，无一幸免，最轻者被处罚为“鬼薪”，在官府砍柴服役。大部分人则被判“流放”，流放地是蜀地的房陵（今湖北房县）。据说多达四千余家。

嫪毐已死，但嬴政却无论如何高兴不起来。因为他不得不面对这次事件中最大的罪魁祸首：

母亲赵太后。

一个小小的嫪毐，何以能掀起如此规模浩大的叛乱？人人都清楚，因为有赵太后在背后撑腰。

若无赵太后，嫪毐根本不可能由一个假宦官而被封为长信侯，何谈朝野上下，都被他的淫威所震慑？

可赵太后又毕竟是一国之母，是嬴政的母亲。嬴政从一开始就投鼠忌器，不好直接抢在嫪毐之前下手。现在，尽管已经除掉了嫪毐，可是，不解决母亲那里的本源问题，不知道下面又会生出什么祸患。

不过，嬴政也自有办法。他现在已经亲政了，一切的决策都最后出自他手中。因此，他直接给吕不韦下了一道诏令：

由吕不韦负责前往雍城，以清除嫪毐余党为借口，彻底搜查大郑宫，一旦发现太后秽行，立即处理！

这实际上等于将难题推给了吕不韦。嬴政碍于和赵太后的母子关系，不好亲自出面，吕不韦以仲父的身份来处理这件事情，再适合不过。谁让当初就是你安排的献姬给秦王孙呢？

而嬴政还有一个潜在的暗示：在嫪毐之乱中，吕不韦寸功未建，有失相国之职。此次是给予一个将功赎罪的机会。

这个烫手的山芋，吕不韦自然不愿意接。可是，前面已经被嬴政训斥，如今再不出力，只怕以后没有太平日子了！

何况，吕不韦也知道，解铃还须系铃人，赵太后这件事情，还真非得他吕不韦这个始作俑者不可！

就这样，吕不韦接到诏令，二话没说，立即带领甲士，离开咸阳来到了雍城，将大郑宫团团包围。

宫中，赵太后自从当日得知嫪毐事败，就知道大事不好，不过，她也没有任何办法，只能听天由命。

她知道，自己在最没有办法的时候，还是有一个办法，这个办法就是乖乖地等候吕不韦前来。

她知道，来处理这件事情的一定是吕不韦。出了这么大的事情，吕不韦一定不会坐视不理。

她对吕不韦实在是太了解了。这份了解，从她和吕不韦在邯郸邂逅的那个夜晚，就已经开始了。

世界上的男女之事真是说不清，有的男女在一起生活多年，却隔膜得像一对陌生人；有的男女见过一面，甚至只互相看了对方一眼，就已经完全彼此明了，仿佛是多少年的至交故友。

赵姬和吕不韦就是如此。他们在一个纷乱之世，相遇在邯郸一个欲望充斥的夜晚。结果，只一见面，二人就彼此深深地爱上了对方。尤其赵姬，认为吕不韦是自己平生所仅见的奇男子。

吕不韦之奇，不同于普通的男子，或者风流倜傥，才华出众；或者豪情奔放，狂野不羁。吕不韦是敢于梦想而又脚踏实地的那一种，敢想敢做，敢爱敢恨，从来不知道什么叫做“不可能”。

像吕不韦这样的男人，兼有男人与生俱来的野性和人情练达后的修养，懂得放纵，也懂得节制。

最重要的，吕不韦是一个目标感非常强的人。他懂得自己的人生方向在哪里，该做什么，不该做什么。

对女人来说，最欣赏的就是这种有方向感的男人。因为女人限于自己的生理构造特点，从一出生，在这个世界上只能被动地等待和接受，等待成为哪一个男人的猎物，被俘获，然后去替男人传宗接代，生儿育女。

所以，很多女人都是相信命运，相信缘分，相信宿命的。似乎没有男人，女人哪里也去不了。

赵姬在少女时代，就想过要挑战自己的命运。她在邯郸做出那么大胆的举动，也是想告诉世人：女人并不比男人差，一样可以成为这个世界的主宰，可以和男人一样，做任何想做的事情！

但她很快遇到了吕不韦，于是一切就被改变了。她放弃了自己的选择，心甘情愿地做一个女人，像一只小鸟那样精心守护着自己和吕不韦营造的爱情小巢。那种幸福感无与伦比。

然而，一旦她放弃控制自己的命运方向，她才知道这一切有多么可怕。她不知不觉成为吕不韦手上的一枚棋子，她怀上了吕不韦的骨肉，成为和秦王孙的惊天交易里的最关键的一步。

传说，在中国的南方有一种金丝燕，这种华贵的小鸟，它一生里只能用唾液做两个晶莹的燕窝。到了第三个，就会口吐鲜血而亡。

和秦王孙的爱情，成为赵姬一生中的第二个“燕窝”。她对秦王孙的情感从陌生到熟悉，最后在这个由她、秦王孙和政儿组成的小家庭里，找到了真正属于自己的人生欢乐。为人妻、为人母，那种感觉委实再妙不过。她甚至想到就这么永远地过下去，时间就这么永久地停滞不前。

可是她人生的方向又一次发生了转折。秦王孙回国，吕不韦相随而去，在邯郸只剩下了她和政儿。一对孤苦伶仃的母子，在那样险恶的环境里怎么生存，她只能无奈而屈辱地选择了嫪毐。

她和嫪毐之间擦出的情感火花，已经不是爱的火焰，而是燃烧的砒霜。她在一步步走向死亡。

现在，这最后的结局终于摆在面前了：身为一国之母后，自己却只能独自在这里，接受命运的裁决。

就是在这么一种最意想不到、最无可奈何的情形下，吕不韦和赵太后这一对伤痕累累的老情人又见了面。

当吕不韦进入内室，见到独自坐在那里暗暗垂泪的赵太后，一瞬间觉得她真的老了许多。

“太后……”

他本来还想按照臣子的礼仪来给赵太后施礼，没想到，赵太后一下子站起来，冲上前扑入他怀中。

“不韦，你说我该怎么办？你想个法子救救我，我知道你的主意是最多的，快帮我想条挽回之计！”

她这么突然而热烈，一下子搞得吕不韦措手不及，幸而他进来之前，已经吩咐左右人都等在外面了。

“蹙儿，不要这样！”他已经多少年没有叫过这个名字了，从口中叫出来，竟然有生疏之感。

但赵姬一听到这个名字从他口中喊出来，就知道自己的事情有办法了，最起码吕不韦不会不管。

“不韦，我就知道你不会丢下我不管的。”她抹了一把泪水，从吕不韦的怀中抽出身来，但一双手仍然紧紧拽着吕不韦的衣袖。这一刻，她分明还是邯郸那个涉世未深的赵姬，又哪有半分太后的模样？

“瞧你，眼睛都哭肿了。”吕不韦到了这个地步，干脆也不加掩饰，上来替赵姬拭去泪水，扶她坐好。

“不韦，咸阳那边的情况，究竟怎么样？他……还好么？”

赵姬口中的“他”，自然指的是嫪毐。吕不韦对此十分清楚，立即告诉他：“已经被‘车裂’了！”

“啊？！”

赵姬尽管早有思想准备，还是没想到，嬴政对嫪毐的处罚，会如此迅若雷霆，根本没有丝毫犹豫。

“那……政儿他……”

“是他派我来的，他不愿意来见你，也想不出来如何面对你，所以叫我来收拾这个烂摊子。”

“那，不韦，你打算怎么办？”

“怎么办？”吕不韦冷笑一声，“我上次在这里护驾不力，已经被他训斥了。这次，是戴罪立功。”

“训斥？”赵姬吃惊地道：“政儿他怎么可以对你无礼？难道他忘记了，你是他的‘仲父’？”

“哼，你还以为他是那个乖巧听话的孩子？”吕不韦现在一提到嬴政，就不由地脊背发凉，“他早已不是孩子了。来这里之前，谁都不知道，他在咸阳早已埋伏下了奇兵。他早做好了最坏的准备，只是在等着嫪毐先发制人而已。嫪毐、你、我，都成了任他摆布的棋子还不自知。”

“真的吗？”赵姬一时还不敢相信，“这几年不是一直你在处理朝中的事情么？他哪有机会结交重臣？”

“是华阳夫人。”吕不韦一声长叹，“我们都疏忽了。华阳夫人以替他娶亲的名义，从楚国王室借来一支精兵。”

“是她？！”赵姬听了，更加觉得不可思议，嬴政竟然能想到去利用一个早已不问政事的老妇人，足见这孩子是经过了周密考虑的，真可谓用心良苦啊！看来，他的确早在做准备了！

“唉，我只以为他还是那个没长大的孩子，看来，我和你都太低估他了。”她只能这么叹道。

“一个新的时代开始了，一个真正属于他的时代！”吕不韦的声音中，透着从来没有过的失意、萧瑟与沧桑。“他已经不再需要任何人的辅佐了，他羽翼已丰，下一步就要搏击长空，威加四海了！”

“不韦，这不正是当时你所期盼的吗？”赵姬道：“你曾经那么梦想立自己的儿子为王，帮助他创立一个空前绝后的大帝国。现在，这个梦想不是马上要实现了吗？你应该高兴才是啊！”

“高兴？”吕不韦喃喃地道：“可是我为什么一点都高兴不起来？我总觉得，他第一个要对付的人，就是我！”

“那怎么可能？”赵姬更加不相信了，“你是他的生身父亲，难道你还没有告诉他这件事情？”

“我本来想在他加冠那天，找个机会，和你一道当面告诉他，可没想到出了这件事情，唉！”吕不韦叹道：“如今他对你心怀不满，对我也是有所怀疑，我担心没有机会告诉他了。”

“那怎么行？这件事情总要让他知道的，否则你一番心血，岂非白费了？”赵姬着急地道。

“也不一定。其实上次出了成蟜那件事情，他已经有所察觉。只不过这孩子心计很深，一直没表现出来。我想他大概也知道了一些情形，不愿意面对现实而已。也好，让他一直蒙在鼓里，以为是秦王室的正统血脉也好，那样他就能在众人面前抬起头来。如今的他，已经够狼狈、为难的了。我不想在这个节骨眼上，再让他增加心理负担。你说呢？”吕不韦反问赵姬。

“算了。以后有机会再说吧！”赵姬也只能叹气道：“总有一天，他会明白你的良苦用心的！”

“但愿如此！”

吕不韦苦笑一声，接下来，才将话题转到赵姬的身上。“现在，你有没有什么具体的打算？”

“打算？”赵姬冷笑一声，“我能有什么打算？是我自作自受，任剐任杀，还不是由着他？”

“他要肯打你杀你，就不用派我来这里了。”吕不韦也知道她说得是气话，因此又问道：“我说得是真的，你怎么打算？”

“不管怎样，他是我的儿子，这两个也是我的儿子，都是我身上掉下来的骨肉，起码我是一视同仁的。”赵姬这才认真地道：“如果他肯认这两个兄弟，那最好不过；否则，我宁愿带着这两个孩子远走高飞，去找个没人的地方躲起来，总之，无论如何，孩子我是一定要养大的！”

“养大以后呢？”吕不韦逼问道：“如果他们有一天问起来，他们是什么身份？你怎么告诉他们？”

“我就说是普通百姓，他们的父亲无情无义，把他们抛弃了；或者干脆说，他们的父亲是你。”

“我倒无所谓，可是你认为真的能骗过他们？”吕不韦摇了摇头，道：“纸包不住火，世界上没有不透风的墙。他们总会知道自己的王弟身份的，倘若王位一旦异动，难免就不保证他们生出觊觎之心。你说，仅仅凭这一点，政儿会放过他们吗？换了你是政儿，你放心得下？”

这一番分析，合情合理，一下子将赵姬的想法给否定了。“那你说我该怎么办？”她问道。

“这两个孩子，他们的命运从一开始就是注定的。”吕不韦面无表情地道：“他们必须死！”

“死？！”

“不错。”吕不韦道。

“这是……政儿的意思？”

“是我的意思。”吕不韦也知道，要赵姬这么做，实在太残酷了。可是这实在是唯一的选择。“蹙儿，我知道你舍不得。也知道对任何一个母亲来说，要杀死自己的亲生儿子，都实在太残酷了。可是这是他们两个的命，他们根本不应该来到这个世界上。即使他们侥幸逃生，这一生等待他们的也将是无尽的苦难和折磨。与其那样，不如现在就早早了结，结束这一切。”

“没有……别的办法吗？”

“你说呢？”

吕不韦的这一句反问，就是表示没有办法。赵姬的脸上，顿时泪水滚滚，再也控制不住自己的情绪。

“不，你一定有办法的！如果是你的儿子，你一定有办法救他们。可是他们不是，他们不是你吕不韦的种，我知道你们男人都是这样，对别的男人的孩子都怀有一种本能上的敌意。是你不肯救他们，你从来这里的那一刻起，就已经打定了主意，要杀死他们。你根本早想好了。”

“蘧儿，随便你怎么说，如果你觉得骂我几句会好受些，你尽管骂吧！”吕不韦却并不生气，只是提醒她道：“我只是要告诉你，他们的父亲是一个叛国者，这是永远改变不了的。他们一生都将背负这个沉重的罪名，即使不被政儿杀死，也许他们自己就会结束自己的性命。他们在这个世界上的存在是没有任何意义的，因为他们本来就是违背上天的意志而出生的……”

“够了！”

赵姬似乎失去了理智，大声地喝断了吕不韦，“我才不要听你的什么大道理，我不要听，什么都不要听……”

她哭着站起身，一下子冲了出去，来到另外一间屋子，启动机关，进入了那里的秘密所在……

两声嘹亮的婴儿哭泣，从她置身的隐秘房间，一直传到吕不韦所在的房间。吕不韦紧张地站了起来。

那分明是两个男婴的哭泣，响亮而有力。一瞬间，吕不韦的眼前又浮现出当日政儿小时候的情形……

每个生命的存在，都是一个奇迹。生命何其美好，又何其绚烂。每一段生命旅程的展开，都充满希望……

即使是叛国者的后代，也有自己生存的权利。即使这一生中注定要承受不幸与磨难，但那也是上天为他们预设的生命轨迹，是否选择生存，或者选择毁灭，是他们自己在成年以后的权利，而不能现在由什么人来主宰，即使是他们的父亲或者母亲，也不应该替他们做出决断。

一瞬间，吕不韦真的动摇了，不知道自己是不是应该马上跟随赵姬进去，去阻止她的疯狂举动……

“哈哈——”

和婴儿的哭泣声混杂在一起的，是一个女人疯癫的大笑。那是赵姬，她已经被逼迫得发疯了！

“哈哈，死吧，你们都死吧，死了干净，死了就什么烦恼都没有了……”她满口胡言乱语，“不要怪为娘的心狠，要怪就怪你们的哥哥，是他非要杀死你们不可，你们一天不死，他就一天不得安寝……”

“娘，娘！”

两个俊美而天真的小孩子，还不知道发生了什么，张开小手，向着母亲欢快地扑上来，“娘，抱……”

然而，他们那酷似嫪毐的面容，更加刺激了赵姬。“你们的爹都死了，你们还活着干什么？死了吧，跟你们的死鬼老爹一起去地下吧！他就这么丢下你们不管，你们去阴间找他吧！哈哈……你们去，娘也去，这个世界容不下咱们，咱们就到另外一个世界去团圆。走啊……”

仿佛真的要带着孩子去另一个世界一样，她兴高采烈，一只手扼住了一个孩子的咽喉，窒息了他们的呼吸……

等吕不韦赶到，只见两个小孩子都早没了呼吸。赵姬坐在地上，一边胳膊一个，将孩子们拥入臂弯，轻轻地哼着歌谣：

睡吧，睡吧，我的宝贝，

不要醒来。

睡吧，睡吧，我的宝贝，

不要醒来……

一个母亲，被逼杀死了自己的两个孩子。天底下最残忍的事情，莫过于此。连吕不韦也不忍目睹，掩面退了出去……

第十七章

冰释前嫌

如何处理与母亲赵太后之间的关系，是嬴政多年以来都未能解决的一个难题。他恨自己的母亲淫乱无行，但他又眷恋母亲，不能舍弃这份亲情。

在一连杀了二十七个大臣之后，幸亏茅焦及时提醒他，不得到“人心”就不能得到天下。

嬴政恍然醒悟，一个连自己的母亲都不爱的君王，又怎么有资格去爱整个“天下”？他流着泪跪倒在了赵太后的面前，而赵太后也正需要有这么一个台阶，来挽回自己的“母亲”形象。

嬴政和赵太后母子和解，毕竟这是骨肉至亲，是人的天性。但最受伤的还是吕不韦。他算到了一切，却没有算到赵姬和嬴政的母子复合，因为这意味着他和赵太后再没有重温旧梦的可能性。失去了赵太后的支持，吕不韦更没有办法去和嬴政抗衡了，等待他的只能是失败的命运……

第二天，吕不韦即返回咸阳，将事情的经过禀报了嬴政。他并没有多说什么，只说两个孽子已死，又道赵太后伤心过度，精神有些错乱，请嬴政念在母子之情，将太后迎归咸阳，精心调养。

“哼，不准！”不料，嬴政一口驳回了他的请求，传令道：

“太后用玺逆党，不可为国母。减其俸禄，迁居于棫阳宫，以兵三百人守卫，凡有人出入，必加盘诘……”

这是公然将赵太后囚禁了，棫阳宫是雍城宫殿中最小的一间，以三百人守卫，连一只鸟也飞不进去。

消息一传出，顿时整个秦国上下，为之震动，都觉得太后虽然淫乱后宫，但秦王如此对待自己的生母，还是过于不近人情了一些。

也许嬴政的做法的确过分，就在将赵太后囚禁后不久，正是炎热的夏季，忽然从天上降下来一场大雪。大雪一连下了三天三夜，咸阳城内外冻死者不知多少。

天象如此异常，在当时的人们看来，这是上天示警，对秦王的不孝提出警告。如果再不采取改正措施，就会有更大的灾祸降临。因此，有一位叫做陈忠的大臣，给嬴政上了一道奏折，称：

“大王谪迁太后，子不认母，以至于天公震怒，降下奇祸。天下无无母之子，请大王痛改前非，速迎太后归于咸阳，以尽孝道！”

这道奏折一上，令嬴政大为恼火，立即下令：将陈忠当场捉拿，剥去衣服，置于蒺藜之上，锤杀而死！

然而，令嬴政没有想到的是，他的这一愤怒之极的举动，却并没有恐吓倒后来的劝谏者。

自大夫陈忠一死，相继而劝谏者，一个接一个，被嬴政所杀的尸体在宫阙之下堆积在了一起。

一连杀了二十七个大臣之后，整个咸阳城都在议论此事：“咱们的大王也太不孝顺了，竟然这么无情！”

也有人搬出来当年郑庄公掘地见母的故事，来比喻眼前的局面：“看来大王是要做一回郑庄公啊！”

原来，这是春秋早期的一段掌故：郑国武公有一夫人，叫做姜氏。姜氏为武公生下两个儿子，长子叫做寤生，次子叫做段。为什么叫寤生这么一个奇怪的名字？据说是姜氏分娩的时候，在睡梦中产下一子，后来被哭声惊醒，以此取名寤生。姜氏不喜欢寤生，却独宠次子段。

郑武公在的时候，姜氏多次提出，希望改立段，废弃寤生，武公回答：“长幼有序，不可紊乱。”

郑武公卒，寤生即位，是为郑庄公。其弟弟段只有共城一个小小的食邑，人称“共叔”。对此，姜氏颇为不满，一日对郑庄公说道：“你继承父亲的基业，享地数百里，却使弟弟只有弹丸之地的封地，是不是太小气了？”郑庄公以孝顺出名，并不反驳，只是道：“我听母亲的。”姜氏道：“那你就把制邑封给他。”郑庄公听了，大吃一惊：“制邑地形险要，先王有命，不可分封。除此之外，其他地方都可以。”姜氏其实是故意这么说，于是立即道：“那你就把京城封给他！”郑庄公低头不语，京城是一国之都，岂能随便封赏？姜氏又道：“这也为难，那也为难，或者干脆将你弟弟驱逐出国，一点封地都不给他，任期自生自灭不就完了？”她这么一逼，郑庄公也只能答应：“好吧。”第二天上朝，郑庄公就宣布将京城作为段叔的食邑，自己搬了出去。

郑庄公的这一举动，引起了很多人的议论，然而姜氏却还不满足，私下里对段叔说道：“你的封地，是我向寤生强行索要的，他一定会后悔的。你到了京城以后，一定要早作准备，训练军队，培植势力。我这里一有机会，立即和你约定，你就兴兵来袭，里应外合，取了王位。”

听了母亲的话，段叔在京城果然以打猎为名，暗暗训练军队。郑庄公很快得到了消息，身边上卿公子吕气愤地道：“今太叔内挟母后之宠，外恃京城之固，日夜训兵讲武，这不是要篡国是做什么？请主公给我一支人马，我立即去京城将太叔绑了来，请主公发落。”郑庄公道：“段是我的弟弟，是我母亲的爱子，我不能伤兄弟之情，拂母亲之意。再说段并没有过错啊！”

公子吕说服不了郑庄公，气愤地下了朝，在外面碰到正卿祭足，说：“主公以私情而废公事，我担心得紧。”祭足道：“主公才智过人，一定有自己的打算。你再私下里去问问他吧！”果然，公子吕在晚上又求见郑庄公，申诉白天的话，郑庄公这才道：“我是碍于母亲的缘故啊！段虽然做得有些过分，不过尚未公然作乱，我没有理由对他动手。我现在故意放纵他，就是要他自己露出破绽，酿成大错。到时候，国人的舆论都会倒向我这一边，母亲也无话可讲了！”公子吕道：“既然如此，主公不妨诈称去周室朝拜，造成国中空虚的假象。段叔必然以为有机可乘，趁机来袭。我暗暗埋伏一支人马，在京城附近，先夺了京城。然后主公杀回，段叔插翅难逃！”郑庄公想了想，就答应了他的计策，又和他仔细敲定了细节。

次日，郑庄公便传令：自己要往周朝面君辅政，令祭足监国。他又来拜别母亲，刚一出门，姜氏按捺不住，立即作书一封，传给段叔，告诉他如此如此，约定五月初，兴兵取郑。

段叔也一直在等待机会，一接到书信，立即大举出兵，离开京城。他万万没想到，公子吕早已埋伏人马在附近，段叔前脚出兵，公子吕后脚就袭取了京城，然后派人散播消息，备说庄公孝友，段叔忘恩负义之事。一时京城百姓，人人都说段叔不是，悔恨自己上了段叔的当。

段叔率领部队刚走到半途，听说京城失守，大惊，回师援救，手下的将士却逃跑了三分之二。段叔急忙逃回共城，这时郑庄公和公子吕两路大军也追到了，段叔走投无路，被迫自杀。

从段叔身上，郑庄公搜出姜氏的书信，于是一边为段叔举行葬礼，一边将书信送还给姜氏，令将姜氏送去颍地安置，而且立誓说："不及黄泉，不与母相见！"也就是说活着不再相见了。

而姜氏接了书信，得知段叔已死，万念俱灰，无颜与郑庄公相见，只能羞愧地迁到了颍地。

颍地有一个人，叫做考叔，为人正直，素有"孝""友"之称，见郑庄公将母亲贬斥来颍地，大为不满，说道："做母亲的虽然不像母亲的样子，但做儿子的却不能不像儿子，我要去劝主公。"于是，他从山野里捉了几只鸮鸟，以进献野味为名，来见郑庄公。郑庄公问道："这是什么鸟？"颍考叔回答说："这叫做鸮，白天连泰山都看不见，夜里能看到米粒大小的东西。所谓'明于细而暗于大'，小的东西能看到，大的就看不到了。小的时候，其母哺育长大，长大以后，就把它母亲给啄食吃掉了。像这种不孝之鸟，人们都争着猎杀、捕食它。"

郑庄公听了，默然不语。正好厨房里献上来一只蒸羊，郑庄公命赐一肩给颍考叔。然而颍考叔却将好肉都割下来，小心翼翼地包好。郑庄公很奇怪，问他为什么这么做。颍考叔回答："臣家有老母，臣家贫，每日以野味悦其口，却从来没有享用过如此美味。今主公赐臣美味，臣不敢独享，故此携归，欲作羹献与老母。"郑庄公不由赞道："你真是个大孝子啊！"说完，忽然想起了自己的母亲，不由一声长叹，落下泪来。

颍考叔故意不解，问道：“主公何故落泪？”郑庄公道：“你有老母奉养，得尽人子孝道。而我却比你差远了！”颍考叔问道：“姜氏夫人不是好好的吗？为什么主公作此伤感之语？”郑庄公被他问中心事，于是将姜氏如何偏爱段叔，二人密约共谋，要夺取国政，如何自己将母亲安置颍地，且发誓“不到黄泉，不与相见”，整个经过详细说了一遍，边说边落泪。

听他讲完，颍考叔道：“段叔已亡，如今姜夫人只有主公一子。主公不奉养母亲，与鸮鸟何异？”

“已经设下黄泉之誓，如何？”

“黄泉相见，有何为难？臣有一计，可以掘地见泉，建一地室。先令姜夫人在室内居住，然后告以主公想念之情。料夫人念子，不亚于主公念母。母子相见，重修前好，又不违背誓言。”

“如此甚好。”

于是，便由颍考叔负责，率领壮士五百人，选择一处山脚下，掘地十数丈，泉水涌出。就在旁边修筑一间石室，然后架设一架木梯，一直通到地面。颍考叔先去见了姜夫人，告诉郑庄公的意思。姜氏又惊又喜，欣然跟随颍考叔来到石室中居住。郑庄公在颍考叔的安排下，沿梯而下，在石室门口跪拜，口称：“寤生不孝，久未定省。请母亲恕罪。”姜氏从室内出来，扶起庄公，道：“此老身之罪，不在寤生。”于是母子二人抱头痛哭，然后互相搀扶着上了地面。

上来后，庄公亲自将姜氏扶上辇驾，然后自己执鞭牵马，恭恭敬敬地为母亲驾车。一路上，国人一见母子同归，无不欣喜，称颂庄公，真天下第一大孝子！从此母子冰释前嫌。

如今，因为嫪毐的原因，秦王嬴政和母亲赵太后，又闹成了僵持之局。秦国上下，无不盼望一个颍考叔。

这个“颍考叔”还真出现了。他是沧州人，叫做茅焦，当时正好在咸阳，听旅店里的人讲了此事，茅焦大怒：“以子囚母，天地翻覆！我就是拼了性命，也要阻止这件事情！”于是对旅店主人说：“请帮我准备一盆香汤，我将沐浴，明天一早入见秦王，当面进行劝谏。”旅店主人一听，笑道：“先生难道不知，为此已经死了二十七个人，都是秦王往日的亲信之臣。心腹之言，尚且不听，能听先生一个远道而来的陌生人言语吗？”茅焦道：“前面已经死了二十七个人，我已经知道了，他们的劝谏都失败了，但我不知道，作为第二十八个，我的话管用不管用。无论如何，我一定要走一趟！”次日一早，沐浴完毕，饱食一顿，收拾行囊而去。

来到宫阙之外，茅焦大声呼喊：“有远客茅焦，特来劝谏大王！”宫阙的值班侍卫问他：“所劝谏何事？可是与太后有关？”茅焦道：“正是。”侍卫道：“你没看到这二十七具尸体吗？”茅焦道：“看见了，你只进去告诉大王，我听闻天上有二十八星宿，如今只有二十七人死，尚差一人，我就是来凑那二十八之数的。”侍卫将话传了进去，秦王嬴政一听大怒：“他要找死，寡人偏不让他好死！来人，准备炊镬，倒满滚油。寡人要让他连骨头都不留一点！”

茅焦入见，叩拜秦王，劝谏道：“小人听说：‘有生者不讳其死，有国者不讳其亡。讳亡者不可以得存，讳死者不可以得生’。生和死，存和亡，这些都是关系到国家的根本问题。作为明君，不会不关心吧？”

他这番话，正说到秦王嬴政的心坎上。本来要听他如何数落自己的不孝，不料他却谈到了国家存亡之道。嬴政的志向就是要做一个有为之君，对他的话自然不能不放在心上，因此点了点头：

“寡人自然关心。”

“所谓‘忠臣不尽阿顺之言，明主不蹈狂悖之行’。真正的忠臣，一定不会只为讨好君主而说违心之话，真正的明主，也一定会注意自己的言行而不做有失身份的事情。这样才叫做君明臣贤。如果君王的言行狂悖，而作臣子的不指出来，就是有负于君；如果臣子指出来而君主不听，就是君主有负于臣子。请问大王，是这个道理吗？”

“是。”

“那么，如今大王有逆天之悖行，大王却不自知；忠臣有逆耳之劝谏，而大王又不欲闻。唉，小人真的担心，秦国从此就要失去以前历代君主勤修政治，励精图治所得来的霸主地位，就要衰落了！”

“请先生指教！”

“大王以为，一人之事为重，还是天下之事为重？”

“自然是天下为重。”

“可是小人却觉得，大王只顾一人意气之私，而忽略了天下之重。不知道大王自己觉得呢？”

“何以见得？”

“大王可知道秦国百年以来，不断走向强盛，最根本的地方在什么吗？不是秦国的兵马强壮，也不是秦国的武器精锐，而是秦国的君主一直在推行仁义，以道德而不是武力令天下归心。所以天下的人才纷纷跑到秦国来。有了这些人才，秦国才有今日的局面，大王才能年纪轻轻，而成为天下雄主。可是如今，大王却不再遵循秦国以前历代君主的传统，所行之事，逆天之道，而违人伦：嫪毐是大王的假父，这是人所共知的事情，可是大王却将他车裂示众，这叫做不仁；太后所生二子，纵然名分不正，而其与大王骨肉相连，却无可置疑，大王不便亲自出面，却使相国吕不韦去将其逼迫而死，这叫做不友；将母亲迁于棫阳宫，不令自由进出，以子囚母，这叫做不孝；诛杀劝谏之士，将进献忠言的贤良之才全部杀害，而且将尸体陈设在宫阙之下，虽然桀、纣复生，其恶行不过如此，这叫做不德。所以小人说，君主这么做都是出于一己之私，如果真的心怀天下，以天下为重，难道就没有想过，这么做是在失去天下人心，堵塞天下的人才向秦国归流吗？当年尧、舜，无不以孝著称；而桀、纣，无不以贤臣忠良而失去天下。如今大王这么做，无疑是在等着各国的诸侯联合在一起，一道来攻击秦国，而秦国到时候百姓会纷纷逃跑，无人为大王您去作战送死！秦国的帝业，经历数百年，已经即将完成，可惜在这么一个关键时候，大王却犯下如此错误，我真是替秦国感到惋惜，替秦国的历代君王感到遗憾！好在我马上要成为第二十八个死去的，各国的兵马杀进函谷关，攻取咸阳，将秦国的国土瓜分，宗庙拆毁，我是看不到了！”

这一番话，痛快淋漓，声情并茂，既批评了嬴政，又指出嬴政这么做的一系列连带后果。为了促使嬴政猛醒，茅焦又干脆解去衣服，大声道：“小人的话已经说完，油锅也滚沸了，请允许小人就烹！”

他来到油锅前，作势欲投入油锅中。这一来，嬴政自然不能不阻止，连忙大声道：“先生且慢，寡人知道错了！”

他亲自起身，从龙座上下来，将衣服给茅焦披上，又连声吩咐，催促将油锅撤去。紧张空气为之一松。

“以前来劝谏寡人的，都只是一味指责，却从来没有人将存亡之道讲得这么明白！寡人茅塞顿开！”

“大王！”茅焦趁机道：“倘若大王真有悔改之心，请立即准备车辇，先去迎接太后归来；然后吩咐将这些陈尸阙下的忠良之才，给予厚葬。”

“应该，应该！”

秦王嬴政此时也顾不得什么面子了，他是发自内心知道自己做错了，立即散了朝，准备好车辇凤仪，率领文武百官，浩浩荡荡，奔向雍城，迎接太后回归咸阳，一时朝野上下，无不轰动。

雍城棫阳宫中，茅焦早已先到一步，将事情的经过告诉了赵太后。赵太后自被贬斥至此，万念俱灰，一心等死，真没想到，有生之日，自己还能够得到儿子的宽恕，母子有重修前好的一天。

由于茅焦造足了声势，雍城的百姓全都出来迎接，洒扫道路，献饭献酒，纷纷颂扬嬴政的孝德。

在众人的簇拥下，嬴政来到棫阳宫外，在距离很远的地方，他就亲自下了车子，跪在地上，膝行而前。

这么一点点挪到宫门口，在外面的台阶下，嬴政更是长跪不起，泪落如雨，口称：“母亲，不孝儿嬴政，特来请罪！”

里面，赵太后听到儿子的声音，也是哽咽难禁，泪如雨下。在茅焦的搀扶下，她一步步走了出来。

令人惊讶的是，在她的手上，竟然持有一束荆棘。当着众人的面，只见她竟然扬起荆棘，狠狠地向嬴政的后背上抽下去。只一下，那衣服便碎裂开来，棘尖将嬴政的后背刺得鲜血长流。

“请太后手下留情！”

跟随而来的官员，都吃了一惊，一齐在嬴政的身后跪倒，替嬴政求情：

“请太后顾念大王为国操劳，身体要紧！”

实际上，太后也只是象征性地惩罚，表示一个母亲对儿子的训斥。接下来，更令人惊讶的一幕出现了：

太后自己竟然将外面的一件衣服除下，交给茅焦：“本后有失母仪，愧对天下百姓，请受鞭挞之刑！”

“遵命！”

茅焦接过那束荆棘，狠狠地在太后的衣服上抽了几下，表示太后所犯下的罪行，已经得到惩罚。

“母亲！”

嬴政这时候才再次上前，在赵太后的面前下跪，痛哭失声：“母亲，孩儿不孝，令母亲受苦了！”

“我儿，娘不怪你。”赵太后也哭泣着道：“是娘太过轻信，受了欺骗，以至于令家国蒙羞，险些酿成大错！”

母子二人经过多日的阔别，如今各自消弭了心头的阴影，紧紧地拥抱在一起，抱头痛哭。

母子连心，这天晚上，秦王嬴政就在棫阳宫歇息一夜，和母亲一直聊到很晚，都不肯去歇息。

“娘，孩儿心头有一个疑问，已经存了好多年了，一直没有机会问娘，也不知道该问不该问。”嬴政道。

“你说的娘明白，也知道你想问什么。”赵姬道：“我以前也不知道该怎么回答你，不过今天，我想明白了。你已经长大了，有些事情，早晚是一定要让你知道的。说吧，你想问什么？”

“这些年，我不知道听过多少人讲，说我的生身父亲其实是吕不韦。这是真的吗？”嬴政终于吐露了心声。

“这可以说是真的，也可以说不是真的。”赵姬的回答，还是有一些含糊不清。“说是真的，的确，我在没有嫁给你父亲之前，是和吕不韦吕先生在一起的，我们甚至到了谈婚论嫁的地步。自然，你现在也知道，两个人在一起，免不了有一些男女之事。这是自然而然的。”

“可是，就在这个时候，你父亲突然出现在我的生命中，而且对我一见钟情。吕不韦吕先生那时候已经和你父亲结为兄弟，既为兄弟，自然是兄弟情重。你父亲一方面碍于兄弟情面，不敢表达对我的爱慕之情；另一方面，却因为我得了相思病，几乎到了奄奄一息的地步。”

“为了救你父亲，吕不韦找到我，要求我做一件事情，想方设法安排我和你父亲共度良宵。我左右为难，但最后还是答应了。那个夜晚是我和你父亲共同拥有的生命中的第一个夜晚。”

“不久，我就发现自己有了身孕。而经过那个夜晚之后，你父亲对我的迷恋愈加疯狂。吕不韦成人之美，就安排了我和你父亲的婚事。我和你父亲结婚以后不到九个月，你就出生了。”

“哦？原来这里面的关系这么复杂？”嬴政听了之后，仍旧是一头雾水。看来连母亲也说不清楚这件事情。

“说你是吕不韦所生，是因为没有吕不韦吕先生，就没有你父亲的平步青云。如果没有你父亲从赵国得吕不韦之助而返回秦国，成为太子，当上秦王，就没有你现在的一切。”

“这倒是！”

“说吕不韦不是你父亲，是因为你的一举手一投足，全部是秦王室子孙的风范。你不是一个商人的儿子，而是一个有着高贵血统的王孙。你命中注定，来到这个世界上是要做秦国的君王，要完成秦国的历代祖宗一直在梦想的帝业。只有这才是你来到这个世界上的唯一理由。”

“娘，我明白了！”嬴政第一次听到母亲把话讲得这么透彻。多年以来笼罩在心头上的阴云，一扫而空。

“记住，孩子，现在的这个时代是属于你的，你父亲也好，我也好，吕不韦吕先生也罢，一切都过去了！我们的时代已经终结，而你的时代刚刚拉开大幕！放手去干吧，去创造你自己的未来！”

赵姬的话里，透着一种彻悟后的平静。“娘已经老了，经历过很多事情之后，才知道什么是最重要的。那就是看着政儿你一步步走向成功，创造出属于你的人生精彩。你放心，娘回到咸阳之后，也会将自己深锁在甘泉宫中，不会与外面的人再有接触。包括吕不韦吕先生，娘向你保证，这一生一世，娘不会再和他见面。娘的人还活着，但娘的心已经永远地死了。”

“娘……”

“政儿，不要阻拦娘，这是娘自己的决定！”赵姬在棫阳宫中独居这一段岁月，想明白了很多事情。“娘这一生中，做出过很多荒唐的决定，但这一次，娘相信自己是对的，因为这是唯一的一次，娘不是为了自己考虑，而是为了政儿你，为了你能做一番名垂青史的大事业！”

“娘，谢谢您！”嬴政再也忍不住，扑进母亲的怀里，紧紧搂住赵姬的身体，泪水夺眶而出……

“政儿，不要让娘失望！”赵姬也动情地搂住儿子，他那已经魁梧坚实的身体令她倍感踏实……

第十八章

罢相逐客

嬴政终于要对吕不韦动手了。他采用的办法很聪明：揪出了韩国奸细郑国，从而牵连出吕不韦。

吕不韦难辞其咎。除了交出相国大印，他没有选择。而且嬴政接着就下达了“逐客令”，将吕不韦和一切非秦国本土人士逐出秦国。

李斯和吕不韦一样，面临被驱逐的命运，不过李斯在吕不韦的授意下，上了一封《谏逐客书》。嬴政的本意，只在将吕不韦逐出咸阳，于是立即顺水推舟，接受了李斯的建议。不过，却又单独为吕不韦下了一道诏令：令文信侯吕不韦就国河南。应该说，这对吕不韦还是比较客气的……

有了茅焦、李斯等一批才智之士，有了昌平君、昌文君等一批王室贵族的支持，嬴政已经足以应付任何局面。曾经对秦国作出巨大贡献的吕不韦，如一出高潮之后的大戏，已经该落幕了……

秦王嬴政十年，是吕不韦生命中的倒数第三年。这一年，吕不韦明显感觉到，自己正在从秦国的权力中枢被排挤出来，而慢慢地沦落为边缘人物。曾经的大权独揽时代一去不返了。

一个最显著的例子，就是这一年的秋天，秦王嬴政举行了大婚。这是自从嫪毐之乱、太后之囚后，又一件引发秦国上下集体关注的大事。而这样的大事，身为秦王“仲父”的吕不韦，却无从过问。

操纵整件事情的是华阳太后，一个在真正意义上影响秦国政坛多年的实权人物。以华阳太后为首的楚系集团，在嫪毐之乱中，作为秦王嬴政的一支奇兵，成功地遏制了嫪毐，为国家立下了赫赫功绩。之后，昌平君被授以大功，从原来的御史大夫晋升为相国，与吕不韦分庭抗礼。

作为当时的附加条件之一，华阳太后的侄孙女玉儿，得以成为秦王嬴政的第一任王后，双方的婚礼在嬴政恢复了与母亲的关系之后，由华阳太后主持，由昌平君全权负责操办，热闹无比。

秦王嬴政的这一次大婚，史无记载。事实上也可能有记载，只不过因为后来的特殊原因被删去了。

这个特殊的原因，就是秦王嬴政和后来的以昌平君为首的楚系政治集团的公开决裂。昌平君作为楚国的王室成员，虽然从小在秦国长大，又担任了秦国政坛的一系列要职，然而在其内心深处，他还是关系楚国的生死存亡，是以一个楚国人而不是秦国人的身份自居的。正如宣太后、华阳夫人在秦国那么多年，始终也没有忘记自己的楚国出身。昌平君、昌文君等人也不例外。

昌平君的叛乱事件，发生在多年以后，秦国决定对楚国发动决定性的军事打击。秦王嬴政问大将军李信：“如果要请将军领兵攻楚，估计需要多少人马？”李信毫不犹豫地道：“二十万。”

秦王嬴政又问老将军王翦：“如果请老将军攻击楚国，估计需要多少人马？”

“六十万。”王翦慢吞吞的，最后说出了这么一个令人吃惊的数字。

秦王嬴政一作比较：二十万和六十万，相差悬殊，说明王翦人已经老了，老年人容易胆怯，不如青年人生猛勇敢。于是，最后就在二人中选择了李信为大将军，以蒙武为副将，率二十万军队攻击楚国。

楚国这时候，熊捍已立十年，死，无子，他的同胞兄弟熊犹立，是为楚哀王。哀王立二月，被他的庶兄负刍设计所杀，负刍立，用大将军项燕为将军，率领二十万军队来抵抗秦国大军。

一开始，李信出兵还挺顺利，攻下了楚国的一些城池，包括楚国的旧都郢陈在内，直逼楚国的新都寿春。

但就在大军进发之后，郢陈之地却出了一件事情：其时韩国被秦国灭亡未久，韩王安被迁移至郢陈。韩国的国内随即爆发了战乱，韩王安在郢陈也聚众起事。秦国考虑到郢陈是楚国故地，就派了与楚国关系密切的昌平君来到郢陈处理这件事情。昌平君一到郢陈，立即杀掉了韩王安，平息了骚乱。

昌平君以其身份特殊，在郢陈镇守，安抚楚人，然而因此也与楚国的故臣多有结交。封邑在郢陈附近的项氏一族，应该与昌平君颇多交往。或许他们私下里达成了什么协议吧，昌平君竟然在秦、楚交战的关键时刻，忽然倒戈一击，与项燕联合在了一起，顿时大败李信的秦军。

李信的二十万大军，一败涂地，震惊了秦国上下。秦王嬴政知道自己用人失当，也知道楚国之事，非王翦不可。于是嬴政以问病为名，亲自来拜访王翦，问道："不知道老将军的病好了没有？将军曾经说过，攻楚非六十万人不可。而李信以为二十万人足够，寡人一时轻信，用李信之言，结果丧师辱国，致秦蒙羞。老将军还可以抱病出战，替寡人去消灭楚国吗？"王翦推辞说："我已经是个老朽不堪的人了，不能做什么用了。"秦王道："寡人知错了！请老将军不看在寡人的面上，看在秦国历代君主的面上，一定要替秦国狠狠地教训楚国。"于是王翦道："那就给老臣我六十万人，让我试试看吧！"秦王奇怪地问道："寡人听说，'古者大国三君，次国两军，小国一军'。五霸威加诸侯，国不过千乘。每乘七十五人，不过十万人。如今老将军一次要带领六十万人马出征，这是从来没有过的啊！"王翦解释道："这是因为大王不了解以前的战争啊！以前的战争，都是先约好了日期和地点，然后提前在那里摆开阵势，再进行作战。作战的目的只是为了打败对方，讨伐而不兼并对方的土地，这里面谦让多于争夺，礼仪多于武力。所以，帝王用兵，从不用众。齐桓公九合诸侯，齐国的军队不过三万人。可如今的战争已经不同了，如今是赤裸裸的武力较量，是生死存亡之战，以强凌弱，以众欺寡。见人则杀，遇地则攻。杀人是要用人头回来领赏，夺地是因为要广大封邑。每一次战争，最少要死几万人；每攻击一座城池，动不动就要几年时间。为什么需要这么久？因为敌对的国家举国皆兵，连农夫都拿起武器来作战，童子都上了战场。这叫做战争的性质改变，从以前的尽量少用人到今天尽量多用人。而要消灭楚国，六十万人我还以为太少了！为什么这么说，因为自古以来，有一个说法，叫做'齐文楚武'，真正能与秦国对抗的国家，其实只有两个：一个是齐国，一个是楚国。而真正成为秦国心腹之患的，又只有楚国一个国家。因此，秦、楚是死仇。楚国国土辽阔，人口众多，随便一召集，便有百万之众；人才济济，善于领兵作战的将领，不知道有多少。我觉得六十万还没有把握呢！”

听了他的话，秦王大为折服：“不愧是老将军，尚未出兵，已经将形势分析得这么清楚。寡人放心了！”

于是，秦王亲自用车子将王翦一同载回咸阳，第二天早朝，宣布拜王翦为将军，起兵六十万伐楚。

临行之际，秦王嬴政将王翦一直送到咸阳城郊，设宴饯行。王翦举杯道：“请大王满饮此杯，臣有话要说。”嬴政接过杯一饮而尽，道：“将军请讲。”王翦却又并不开口说什么，只是从袖子里掏出来一枚竹简，上面开列着咸阳城中的豪华住宅、丰美田地。嬴政看了不解，问：“这是何意？”王翦道：“请大王将这上面的田宅批给臣家。”嬴政奇怪地道：“将军若功成而回，难道还害怕没有封赏吗？寡人将以举国之富贵，与将军共分，将军有什么可担心的？”王翦却道：“臣不是不相信大王，而是因为臣太老了，譬如风中之烛，随时都会熄灭。臣也不知道有没有性命活着回来，请大王先答应为臣，多赐美田豪宅，使臣之子孙，有所安顿。”嬴政听了他的话，觉得颇有道理，于是答应了：“将军放心，寡人一定不负将军。”

辞别之后，王翦率领大军走到函谷关，即将出关，又派人去向秦王递上奏折，请求再多赐田园池塘。副将蒙武颇为不解，问王翦：“老将军一而再，再而三向大王提出要求，是不是太多了？”王翦却道：“我还以为太少了。大王是个刚强而多猜疑的人，如今将六十万精锐甲士交给我，这等于将整个国家都托付给了我，他能放心得下吗？如果我不多要一些东西，他如何心安？”蒙武听了，恍然大悟道：“原来如此。”

且说王翦率领六十万大军，来与楚军作战。楚将项燕害怕不敌，奏请楚王，又起兵二十万，使景骐为将，来助项燕。

王翦不愧是秦国经验最丰富的战将，知道楚军不易对付，并不轻易和楚军开战，而是在边境上与楚军对峙，一对峙就是半年。

后来，等楚军松懈，王翦挥师而出，一下将楚军打得大败。项燕连败连退，王翦一直打到楚国的寿春，俘虏了楚王负刍。秦王嬴政亲自驾临前线，接受楚王负刍投降，将其废为庶人。

项燕招募剩余部队，另外拥立昌平君为新楚王，这也是当初他和昌平君的秘密约定，二人计划："吴越之地，有长江天险，地方千里，可以立国。"于是率众渡江，建立了新的政权。

王翦继续进兵，大败项燕。昌平君在城头亲自指挥作战，被流矢所中，半夜而死。加之此前昌文君已经先死，楚国王室至此断绝余脉。项燕仰天长叹："我所以忍辱偷生，只为王室一脉未绝。如今再无指望，我活着还有什么意思？"竟然自刎而死。楚国至此正式宣布灭亡。

当然了，这是后话。

但说当日，秦王嬴政依托华阳太后、昌平君这一支楚国外戚集团，击败嫪毐集团，排挤吕不韦集团，终于异军突起，重新夺回属于自己的权力。他已经不再需要吕不韦，要对他下手了。

然而，吕不韦又毕竟经营多年，再加上对先王秦庄襄王有拥立之功，且集相国、"仲父"权力、荣耀于一身。要对吕不韦下手，还真不是一件简单的事情。秦王嬴政一直在等待一个机会。

机会说来就来。这个机会连秦王嬴政自己也没有想到，竟然仿佛是上天早就给他安排好了一般。

前面说过，秦王嬴政十年，曾经出了一件大事情：这件事情就是秦王嬴政发现了主持修郑国渠的总工程师郑国，居然是韩国派到秦国来执行"疲秦"计划的一名奸细。一时举国哗然！

秦王嬴政亲自主持了对郑国的审讯工作。他关心的不是郑国如何受韩国指派，而是当初郑国在来到秦国后，如何通过行贿等手段，使得秦国稀里糊涂陷入了这么一个显而易见的阴谋。

而要追究当时的责任，则有一个人必须承担全部的过错，这个人就是相国兼仲父的吕不韦。

很多事情，就是这么巧合。郑国当时要使秦国接受自己的计划，走的就是吕不韦的门路。他也的确从韩国给吕不韦带来了许多礼物。这在当时，是最平常不过的，但多年后却成为吕不韦的致命伤。

郑国如实招供，等在他面前的似乎只有一死。但出乎意料的是，秦王嬴政居然并不杀他，而是大赦了他。

嬴政宽赦郑国的理由很简单：郑国渠尽管耗费了秦国一部分国力，达到了延缓秦国攻击韩国的目的。但郑国渠的修成，将给秦国带来万世之利，将千里荒原变成肥沃的“粮仓”，利大于弊。

嬴政不杀郑国，除了委派他继续修筑郑国渠，还有另外一个隐秘的目的：他要留着郑国，坐实他当日向吕不韦行贿之事。不管什么时候，只要郑国出来指证，吕不韦就难辞其咎。

这一招才真正看出嬴政的高明，也看出嬴政的行事之狠，吕不韦处处小心，还是被他捉住了把柄。

如今，举国上下都在谈论那个从韩国来的奸细郑国，而吕不韦作为这项工程的决策者也难逃指责。

众口铄金，何况吕不韦在这件事情上的确存在过失，按照秦国的法律，吕不韦犯有重大过错，必须立即自动上疏，辞去相国职务，等待接受处罚。当年范雎去相，也是与此同理。

吕不韦别无选择，只能黯然递上一道奏折，以身体抱病为由，请求辞去自己的相国职务。

而秦王嬴政连个挽留的姿态都没有，立即准奏，并且立即将昌平君的相国职务“扶正”。

不但罢免吕不韦的相国职务，秦王嬴政更有一手凶狠的后着：将所有非秦国籍的官员、游说之士，一律逐出秦国！三日之内，必须离开秦国国境；如果有敢于容留的，一体连坐治罪！

这道著名的“逐客令”一下，真是一时激起千层浪！明眼人一看便知，这是针对吕不韦的后着！

要知道，像昌平君、昌文君这样在秦国出生的，根据秦国法律，有父亲或者母亲一方是秦国人，在秦国出生的，就一律算作秦国人。而像吕不韦这样的，虽然来秦国许多年了，却不能算秦国人。

“逐客令”一下，不仅仅是咸阳，整个秦国都陷入一片忙乱中：要知道，秦国这些年来，在吕不韦的人才战略持续实施下，着实吸引了一大批从各国来的人才。别的不说，单是在吕不韦门下，就有三千人。这三千人作为吕不韦的心腹，已经形成一股庞大的政治、文化、军事力量。秦王嬴政的这一着棋子，很明显就是要将吕不韦的这个人才集团一举击溃！

吕不韦岂能看不出秦王嬴政的用意？事实上，此时贬居在家的吕不韦比任何时候都敏感。

一接到“逐客令”，吕不韦立即收拾东西，将门下的宾客召集起来，对他们说道：“大王的诏令，相信你们也都看到了。老夫即将前往河南就国，如果各位愿意追随，老夫欢迎你们一同到河南去；如果各位有愿意离开的，老夫也不勉强。我可以给你们提供旅费、膳食之资。”

门下的宾客，数年来在吕不韦的门下编撰《吕氏春秋》，各展才华，都对吕不韦感恩戴德。如今正是用行动证明自己对吕不韦忠诚的时候，谁肯离开？众人一齐道：“愿随君前往！”

吕不韦看到自己如今一个清静闲人，仍旧有这么多忠心耿耿追随的聪明才智之士，大为欣慰。于是，几天后，收拾停当的吕不韦，带着一众门客，装着数百辆大车的财货珠宝，浩浩荡荡地出了咸阳……

和吕不韦差不多前后脚出咸阳的，还有一大批在朝中任职的官员，其中就包括被吕不韦推荐给秦王嬴政的李斯。李斯这几年虽然追随秦王，在秦王的身边作了一名客卿，然而却并无太大建树。一方面因为嬴政始终未能亲政，不能将李斯的并六国、成帝业的宏大战略付诸实施；另一方面，李斯的“黄金+匕首”的分击六国策略，涉及面太大、太广，一时难以收到成效。因此，即使在秦王嬴政那里，李斯也并不被特别重视，只是作为一个智囊存用咨询而已。

现在，“逐客令”一下，李斯自然也在被排挤、被打击之列。曾经雄心勃勃要来秦国建功立业的李斯，心灰意冷。他甚至怀疑，自己是不是看错了秦王嬴政的为人。如果早知道嬴政如此不堪，不如辅佐吕不韦，使吕不韦取嬴政而代之，自立为秦王。或许那样一来，自己的梦想早已实现了！

李斯叹息着，驾驶一辆华丽而轻便的车子，夹杂在人流中出了咸阳城，准备返回楚国的上蔡老家，去过那种带着黄狗和儿子，在云淡风轻、天高地阔的秋日山野间追逐兔子的逍遥生活。

但李斯没想到，他正好和吕不韦的大队人马走到了一起。吕不韦是他的昔日故主，也是将他推荐给秦王嬴政的恩人，可谓对他有知遇之恩，提携之德。在各方面来说，李斯都应该拜见吕不韦。

于是，李斯强抑自己的失望和哀愁，装出一副平静的面容，来到吕不韦驻足的营地，拜见吕不韦。

“李斯特来拜见主公！”

“啊？原来是李先生。”吕不韦显然感到意外，连忙站起身迎接。“这么巧，李先生也在这里歇足？”

“本不欲留，星夜欲返回上蔡老家，与妻子儿女团圆，安享天伦之乐。听说主公在此，特来探望。”

“怎么？李先生不去另奔他国施展才华，却要终老林泉，岂非浪费了一身惊天动地的本领？”

吕不韦自己没有读多少书，但他知道，李斯是一个世所罕见的人才。当初他之所以将李斯推荐给嬴政，是真心希望李斯可以为“帝王之师”，可以如同周公、姜子牙一样，辅佐一代帝王。

那时候，吕不韦是真心希望嬴政成才的，可是没想到嬴政长大后，却成了今天这等蛮横无理的暴君。

“主公说笑了！”李斯也知道吕不韦是真心肯定自己的才华，长叹一声，“我以前真以为自己多么了不起，如今才知道自己有多么愚笨！在秦王身边这几年，竟然不能了解秦王为人，不能影响秦王一言一行，实在无能！我的老师曾经告诉我：真正有能力和才华的人，用他的思想影响天下后世，而不仅仅是去辅佐一个帝王。我想我现在终于明白老师为什么不让我来秦国了！”

“用思想去影响天下后世，这件事情我已经做过了。《吕氏春秋》不敢说影响千秋万世，起码在相当长一段时间里，会被人反复提起，可是这种隐而不显的事情，一生做一件就够了。我看现在最主要的，是做一件能马上打动大王的事情，让他改变主意，收回成命。否则，我真担心秦国会毁在他的手里。只依靠一帮宗室公子，秦国怎么可能抵挡住六国的联合攻击？”

“主公所虑甚是。”李斯点头道：“秦国所以称雄百年，历久不衰，靠的就是开放门户，纳良招贤。如今自绝天下英才归秦之通道，妄自尊大，则可以预见，人才复归六国，‘合纵’之议，不日将被重新提起。唉，到时候，是秦国并六国，还是六国灭秦国，就真的不好预测了！”

“先生之才，雄视当世，为什么不将这些写下来，作成一文，呈给大王？或许会有转机，也不一定！”

“既然主公有此嘱托，小人敢不遵命？”李斯被他一说，也心里重新蓬勃起来，雄心壮志，复又抬头。

这天晚上，李斯就在月光的照耀，夜风的轻拂，甲虫的微鸣里，写下了一篇叫做《谏逐客书》的文章。正是这篇文章，改变了他自己未来的命运，也影响了嬴政和整个秦国的命运。

“我听说，官员们向大王建议，驱逐客卿，离开秦国，我个人私下认为，这是错误的啊！

“从前，秦穆公招揽贤才，从西戎找到由余，从东边楚国的宛地得到了百里奚，从宋国迎来了蹇叔，从晋国招来了丕豹、公孙支。这五个人，都不是秦国本土人，而秦穆公重用他们，吞并了二十多个国家，也就得以在西戎称霸。秦孝公采用商鞅的新法，移风易俗，人民因此殷实兴盛，国家因此富足强大，百姓们愿意为国家效力，其他国家也诚心归顺，击败了楚国、魏国的军队，功取了千里土地，至今政治安定，国家强盛。秦惠王用张仪的计策，攻取了三川地区，向西又吞并了巴、蜀，向北占领了上郡，向南攻占了汉中，囊括九夷，控制鄢、郢，在东面占据了险要的成皋，割取了肥沃的土地，并进一步瓦解了六国的合纵联盟，使他们面向西方，侍奉秦国，功业一直延续到今天。秦昭王得范雎，废黜穰侯，驱逐华阳君，使公室强大，杜绝了私门权贵的势力，像蚕吃桑叶一般，逐渐吞并诸侯的土地，终于使秦国奠定了成就帝业的基础。以上这四位君王，都是依靠了别国客卿的力量，从而在历史上留下了声名。由此看来，客卿有哪一点对不起秦国呢？假使这四位君主拒绝客卿而不接受他们，疏远士人而不重用，就会使得秦国既无富足之实，又无强大之名。

“现在，大王您罗致昆山的美玉，得到随侯之珠、和氏之璧，挂着明月珠，佩着太阿剑，驾着纤离马，竖着翠凤旗，摆着灵鼍鼓。以上这些宝物，并没有一样是秦国出产的，但大王您非常喜爱它们，这是为什么呢？若是一定要秦国所产然后才使用的话，那么夜光之璧就不能用来装饰朝廷，犀角象牙制品就不能为您所赏玩，郑国、卫国的美女也不能列于您的后宫之中，駃騠骏马也不能填满您的马棚。江南的金锡也不该用，西蜀的丹青也不应用来当颜料。您用来装饰后宫、赏心悦意、怡目悦耳的，一定要出自秦国然后才用的话，那么，用宛地珍珠装饰的簪子，玑珠镶嵌的耳坠，东阿白绢缝制的衣服、刺绣华美的装饰品，就不能进献在您的面前，那时髦而又高雅，漂亮而又文静的赵国女子不能侍立在您的身边。而那些敲打瓦坛瓦罐、弹着秦筝、拍着大腿、呜呜叫喊以满足欣赏要求的，这才是正宗的秦国音乐。像《郑》、《卫》、《桑闲》、《昭》、《虞》、《武》、《象》这些乐曲，则是其他国家的音乐。现在，您抛弃敲打瓦坛瓦罐这一套秦国音乐而听《郑》、《卫》之声，不去听弹筝而欣赏《昭》、《虞》之曲，这是什么原因呢？说穿了，只不过是图眼前快乐，以满足耳目观赏需求而已。而现在您用人却不是这样，不问此人能用不能用，也不问是非曲直，只要不是秦国人就一律辞退，只要是客卿就一律驱逐。这样看来，大王所看重的是美女、音乐、珍珠、宝玉，所轻视的是人才了。在我看来，这并不是统一天下、制服诸侯的方法啊！

“我听说，土地广阔所产粮食就丰富，国家广大人口就众多，军队强盛士兵就勇敢。所以泰山不排斥泥土，才能堆积得那样高大；河海不挑剔细小的溪流，才能变得如此深广；而成就王业的人不抛弃广大民众，才能显出他的盛德。所以地无论东南西北，民众不分这国那国，一年四季五谷丰登，鬼神赐予福泽，这就是五帝、三王无敌于天下的原因所在。而现在，大王您却主动抛弃了百姓来帮助敌国，排斥宾客而使他们为其他诸侯国建立功业，使天下有才之士后退而不敢西行，停住脚步而不敢进入秦国，这正是人们所说的‘藉寇兵’、‘赍盗粮’啊！

“所以说，非秦国出产的物品，值得珍视的很多；非秦国出生的士人，愿意效忠的也不少。现在您驱逐客卿来资助敌国，损害百姓以帮助仇人，在内部削弱自己而在外面又和诸侯结下怨恨，这样下去，要使国家没有危险，是不可能的。

“我也不知道自己所说了什么，无非将所想到的禀报给大王罢了！这是我最后一次给大王进谏了。”

李斯此文，流传千古。除了文辞上的华美，更在于揭示了一个深刻的道理：秦国之强，无非依赖外来人才。如果秦国不想成为天下最强国，秦王嬴政不想成为五帝、三王那样的圣贤，也就罢了。如果想要有所作为，非得像泰山、大海学习他们广阔的胸怀不可。盲目地驱逐客卿，不过是一种没有理性的狂热举动，暂时肃清了眼前的不稳定因素，却失去了未来成帝业的机会。到那个时候，嬴政才会发现，因为自己的一时冲动，真的成了秦国的历史罪人。

文章写完，李斯一扫胸中郁闷之气，第二天一早，将文章交给吕不韦，长揖作别，驾车而去。

吕不韦首先读了李斯的文章，大为赞叹，立即命令人以最快的速度，将其送到了咸阳宫廷。

现在，吕不韦为秦国做的最后一件事情也完成了。他可以悠然地和众门客一边喝酒唱歌，一边缓慢地向河南而去。

秦王嬴政第二天一早，就读到了李斯的这篇《谏逐客书》。文章写得再透彻不过，嬴政一看之下，幡然悔悟：

“寡人一时冲动，险些铸成大错！”

于是，立即又下了一道诏令：废止“逐客令”，宣布各国人才可以自由在秦国流动，不受限制。

接着，秦王嬴政又亲自派出一支人马，去追赶李斯。李斯已经走到咸阳以东数十里一处叫作骊邑（今陕西临潼境内）的地方。嬴政的人追了上来，宣读了嬴政的诏令：令李斯立即返回咸阳，入宫谒见秦王！

李斯的命运就这么起死回生般地发生了转折。他又回到了咸阳宫廷，回到了秦王嬴政的身边。

从此，李斯再也没有被嬴政抛弃过。嬴政对李斯极为倚重，先后将他升为廷尉、御史大夫、丞相。李斯完全实现了自己最初的人生梦想，也帮助嬴政建立起一个空前绝后的大帝国。

但李斯也始终没有挣扎出自己的局限性。他所奉行的“老鼠哲学”成全了他，也害了他：从“厕上鼠”到“仓中鼠”，他始终在拼命地为自己营造一个安全、舒适的安身立命之地。为此，他特别害怕失去已经得到的一切，为了使自己能够永远做“仓中鼠”，而不至于沦落回“厕上鼠”，他在辅佐秦二世的时候，忘记了嬴政托孤之意，忘记了一个辅政大臣的职责所在，屈服于赵高的淫威，最终付出了惨痛的代价，也将刚刚崛起的秦帝国送上了不归之路。

这是后话。

李斯回来了，但吕不韦却没能再回来。嬴政赦免了所有人，却唯独不肯放过吕不韦。在废止“逐客令”以后，嬴政又专门给吕不韦下了一道命令，这道命令很简单，只有一行字：

令文信侯就国河南！

这事实上也断绝了吕不韦的回归咸阳、回归秦国政坛之路，明确昭告天下：嬴政已经不再需要吕不韦了。有了茅焦、李斯等一批才智之士，有了昌平君、昌文君等一批王室贵族的支持，嬴政已经足以应付任何局面。曾经对秦国作出巨大贡献的吕不韦，如一出大戏，高潮之后，已经该落幕了……

第十九章

举家迁蜀

关于吕不韦在河南封邑度过的岁月，历史没有明确记载，不过大致可以猜想，他又恢复了一个商人的本色，操起了老本行。

从放弃经商，赴秦从政，再到被逐出咸阳，到河南经商，他的人生似乎画了一个圆圈，又回到起点。

但经过这一个轮回的吕不韦，开始对商业和政治有了一个刻骨铭心的认识：商业是商业，政治是政治，二者是不能混淆的。毕竟，二者的形式不同，本质也不同。用商业的办法去从事政治，或者用政治的方法去从事商业，都是注定要失败的。

嬴政不愧是个大政治家。他采用政治的方法处置吕不韦：先逐出咸阳，剥离出权力核心。然后再从河南远贬蜀地，将其置于荒无人烟之地，实际上等于判了吕不韦的死刑。

而吕不韦则表现出典型的商人特点：随遇而安。他即使到了蜀地，居然也能生活得很好，左右逢源。

嬴政最终给吕不韦下了死亡诏书：一道诏书上，只有两个字——寄豭。他在咒骂，吕不韦是不安本分的公猪……

秦王嬴政十一年，这整整一年的岁月，吕不韦都是在河南封地度过的。

多年以来，习惯了繁华和喧嚣的生活，突然来到这远离秦国政治中枢的边缘之地，令吕不韦很不习惯。

但吕不韦就是吕不韦，他很快又为自己找到了新的生活方式，那就是重新回到了商业的轨道上。

在吕不韦的门下，三千食客并没有散去多少。吕不韦在河南的十万户封邑，食禄丰富，足以承担这三千人的日常生活用度。吕不韦这些年在秦国的积蓄，也足以支撑他继续养士，过着悠闲逍遥的日子。

吕不韦自己已经上了年纪，不能够再亲自奔走列国，但他开始培养一些青年弟子，让他们携带重金，奔走于列国之间。当年，在卫国有一个吕不韦的前辈商人，叫做子贡，是孔子门下的高足。子贡做生意，都是直接与列国的国君打交道，和他们称兄道弟，平起平坐。吕不韦曾经很羡慕子贡的这种气势和排场。现在，他也具备了这样的资本，派出去的得意弟子，都驾驶豪华马车，动辄载金数千，加上“文信侯吕不韦”这块招牌，享誉列国，因此，乐意接纳吕不韦的门客，并且以作生意为名和他们结交的诸侯，还真不在少数。更有齐国、赵国等国家，甚至派人来试探，看吕不韦有没有意向到他们的国家去作相国，干一番事业。

只是吕不韦已经没有那样的雄心壮志了。他已经到了知天命的年龄，思想和智力水平正处在高峰，然而身体却因为长久的劳累和纵欲垮了下来。曾经那么渴望得到一人之下、万人之上的相位的吕不韦，如今却更喜欢这种操金弄玉，驰骋列国之间的强烈快感。从一个商人到成为一位相国，又从一位相国成为一位普通的商人，他的人生旅程似乎走了一个轮回，但这轮回毕竟是人生不可重复的沧桑经历。只有经历了这一切，才知道经商与从政，各有玄妙。

想要经商的时候经商，想要从政的时候从政，一个人得到命运最大的恩赐，不在于你所有的梦想都能实现，而在于当你想要选择从一种命运中抽身的时候，选择权是紧紧握在自己手里的。

一生都在试图操纵命运的吕不韦，最后却发现：不管是自己的命运，还是别人的命运，其实都是不可操纵的。有时候，你自以为改变了一些东西，等到多年以后，你才发现，其实那才是命中注定的。你做的所有努力，其实都不过是在顺从命运的本来轨迹而已。可笑的不是命运，而是试图操纵命运的人。而吕不韦自己，正是这么一个最愚不可及的天下头号傻瓜。

他曾经天真地以为，是自己一手策划了秦王孙的命运，以一己的聪明才智，造就了秦国今天的强势地位。然而，再仔细一想，真的是这样吗？秦国能够一步步走到今天，自己在其中究竟起了多大作用？正如一条大河，汹涌奔腾而来，那是上游的无数条支流不断汇入的结果。而自己其实也不过是一条支流，是自己选择了汇入这条大河，而不是大河在哀求施舍。

他和秦国，说到底是互相利用的关系。他利用了秦国的权力格局，为自己巧妙地谋取了巨额利益。而秦国则利用他高明的人才战略，利用他的商业头脑和组织才能，进一步巩固了相对于六国的传统优势，仅此而已。即使没有吕不韦的这一步棋，没有吕不韦的一系列精心策划和执着坚持，秦国也仍然会走到这条道路上，走到现在的局面上来，这一点无可置疑。

想明白了这一点，吕不韦就知道，自己一直在反抗命运，但其实一直在受命运的恩赐：他做了那么多在旁人看来都绝不可能成功的事情，而他都做成了。为什么偏偏是他吕不韦做成了这一切？是因为他格外才智超群？显然不仅如此。只能说是命运对他格外青睐，如此而已。

但现在，命运似乎开始抛弃他了：自从嫪毐在秦国政坛上崛起，吕不韦不管做什么事情，就没有再顺风顺水过。最终，在嫪毐之乱中，吕不韦失去了秦王嬴政的信任，厄运随之降临。

从不被信任到失去相国之位，再到被逐出咸阳，吕不韦仿佛从云端坠落深渊，那种风驰电掣的速度令他眩晕。似乎只是一觉醒来，他就已经不再是从前要风有风、要雨有雨的吕不韦了。

命运如此变化莫测，吕不韦曾经不甘于做商人之后，努力跳出过命运的摆布，如今风云过去，他别无选择，只能无奈地屈服于命运的摆布了。

他一直害怕看清楚自己的命运轨迹，但现在他再也不能否认：事实明摆在那里，他的这一生，只能作为一个商人来度过，而不是其他的什么人。他当相国也好，主编《吕氏春秋》也好，都不可能改变一个根本事实：他最终将定格于商人，作一个震古烁今的大商人。

他曾经也猜测过，为什么范蠡会放弃相国的位子，去选择经商？为什么子贡会阔别政坛，选择终老商业？

“陶朱事业，端木生涯”，这是吕不韦从小就耳熟能详的一句话。他的祖父，他的父亲，都终老在这八个字上面。

祖父也好，父亲也罢，他们都不准许儿子再经商。但他们没想到，吕不韦一辈子拼命摆脱作为一个商人的命运，最后仍然以一个商人而终老，似乎一切的努力，只是在途中做的转折而已。

命运这东西，真是神奇。其实它的面目只有一种，但一个人只有在生命将尽的最后时刻，才能认清它。

如今，吕不韦回首自己这一生，他发现自己的一切努力，到头来都未改变。然而一切又都没有白费。

吕不韦很难给自己的一生做出一个客观而公允的评价，但他清楚地知道，自己的生命已经不长了！

自然的生命，谁也说不准，但吕不韦感觉到，自己恐怕等不到寿终正寝的那一天，嬴政不会忽略他不管的。

吕不韦的判断没有错。嬴政的确一刻都没有忽略在河南的吕不韦，吕不韦的一举一动，每天都有人向咸阳传递消息，嬴政在密切地关注着吕不韦的举动，在等待一个雷霆一击的合适时机。

这就是嬴政的行事风格：他的人生阅历，练就了一身独一无二的本领：忍。在时机不成熟的时候，一定不会透露出任何的端倪。即使在他的头脑里翻江倒海，面色上仍风平浪静。而一旦他决定要出手了，则雷霆万钧，根本不给对手以任何喘息之机。忍功之深，出手之狠，令人胆寒。

吕不韦在等待，等待命运给自己安排最后的结局。终于，他等来了嬴政的一纸亲笔手书：

君何功于秦，而秦封君河南，食十万户？君何亲于秦，而号称仲父？其与家属徙蜀，以郫之一城，为君终老！

“来了，终于来了！”

吕不韦捧着嬴政的手书，口中喃喃自语。他实在没想到，嬴政最后会以这么一种方法处置自己。

流放，而不是赐死他，表面上是对他不忍加诛，为嬴政赢得了仁义的美名；事实上，这比杀死吕不韦还难受。因为以吕不韦现在的年龄、身份，要他离开河南的封邑，千里迢迢去蜀地，这漫长的流放旅程，无疑会要了吕不韦的命。何况即使不是肉体上的劳苦，至少在精神上，吕不韦也会承受不住打击，甚至会在接到诏令之后，愤怒、伤心，而后选择自杀。

吕不韦也的确早想到过一死，做好了死的准备。但在他的心中，始终有一件事情放不下，就是他没有能够亲眼看见，嬴政以怎样的一种方式来横扫六国，完成秦国最后的帝业。

吕不韦对自己所处的时代，是早有判断的。他之所以选择经营秦国，也是认准了秦国一定是天下最后的王者。他期望看到天下一统那样的大局面在自己的时代出现，渴望成为创造历史中的一人。他开始时利用金钱的力量，后来又利用权力的力量，一步步将秦国加速推向前进。

如今，似乎梦想的终点已经触手可及。要吕不韦在这个时候死去，他是不情愿的，也是有遗憾的。

所以，他最终放弃了一死了之的想法：只要嬴政不杀他，他就要苟且活下去。不是他贪生怕死，而是他要亲眼看到，在自己生命将尽，秦国在嬴政手上，将会有怎样的局面！

为了这一天，他等待了多少年，费尽心思，付出了自己的一生。他不再像一个传统商人那样只追逐“利”，他开始追求一种更为宏大、更为刺激，也是这个世界赖以存在的本源——“力”。

力，有很多种，一个小孩子有小孩子的力，一个成年人有成年人的力，一个小集团有小集团的力，一个国家有一个国家的力。而天子拥有的“力”，是最高的，可以将整个天下都攥在自己的手心中，将天下所有人的生死都操纵在一闪念间。

但还有一种比天子更高的“力”，就是维系整个宇宙的存在的“力”。电闪雷鸣，山崩地裂，足以摧毁一切。

吕不韦毕生所追求的，无疑是前一种“力”，这种“力”即传统意义上的“权力”，君王的权杖。

如今，吕不韦成功地将君王的权杖交到了嬴政的手上，以一种奇特的方式延续自己的生命，实现了自己的宏大梦想。可他没想到，嬴政对他如此卓越的贡献，丝毫不当作一回事。

嬴政显然不认为自己所执“帝王的权杖”是吕不韦为他争取的，否则也不会发出如此质问：

“君何功于秦，而封君河南，食十万户？”

难道吕不韦拥立秦庄襄王的功劳还小吗？当年，那个落魄的秦王孙，几次都差点成为秦、赵两国交战的牺牲品。如果不是吕不韦慧眼识货，将巨额的投资砸在他的身上，他怎么可能被立为太子？又怎么可能从赵国那么险恶的环境里全身而退？若按照当时的情势发展，秦王孙早凄惨地客死邯郸了。

以如此功劳，吕不韦得到等价交换的相国职位，这是没有任何问题的。嬴政根本无需责问。

“君何亲于秦，而号称仲父？”

嬴政的这个问题本身就显出自相矛盾之处。姜子牙当年被尊为“尚父”，管仲当年被尊为“仲父”，都和当时的君主没有任何的血缘关系。所以这个称呼，根本与“亲”不“亲”无关。

当然了，“仲父”也可以解释为“次父”之意，也就是说，秦庄襄王死后，将嬴政托孤给吕不韦，让吕不韦以后来父亲的身份，教育和培养嬴政，行使作为一个父亲的角色、职能。

这一点倒是能讲得通。但如果秦庄襄王真有这么一个遗嘱的话，嬴政也不至于拿来做文章了。

所以，唯一的可能，就是吕不韦自己给自己这么一个“封号”。一方面，他希望可以曲折而隐晦地反映出自己和嬴政的血缘关系，为将来揭开嬴政的真实身份埋下伏笔；另一方面，吕不韦也想阐明自己的政治抱负，要像管仲那样成为一代名相，为秦国最后完成帝业。

但这只能是吕不韦一厢情愿的想法。在他作威作福的时候，没有人敢于提出异议；一旦虎落平阳，立即成为攻击的口实。“仲父”这么不伦不类的称呼，首先就遭到了秦王嬴政的否认。

“无功”、“无亲”，这就是嬴政对吕不韦在秦国数十年辛勤付出的最冷酷无情的历史评价。

吕不韦还能说什么呢？难道他还能冒死跑到咸阳去找嬴政当面申诉吗？如果那样就不是吕不韦了。

吕不韦保持了自己的一贯行事风格。一接到诏令，立即收拾东西，准备奔赴千里之外的蜀地。

这一次，门下的三千宾客，倒有一半准备散去了。剩下的人中，也没有多少人相信，吕不韦还会有东山再起的那一天。之所以他们还不肯离开，是因为他们对吕不韦怀有强烈的感恩之情。

客观地讲，吕不韦这个人在做人上是非常成功的，尤其对于人才的喜爱，更是丝毫不亚于“四公子”。从吕不韦的门下，涌现出李斯、甘罗这样的当世奇才，就是一个最好的证明。

士为知己者死，既然吕不韦养士并不仅仅是一种表面上的姿态，那么，众多的门客肯生死相随，共赴危难，也就是顺理成章的了。他们不但准备跟随吕不韦走到生命的终点，而且其中很多人已经做好准备，随时为吕不韦付出自己的性命，以成全他们所追求的“高义”。

吕不韦从河南的封国出发了，不像从咸阳来这里时候那么风光，不过仍然有一百多辆车子的规模，组成了一支浩浩荡荡的队伍。封邑的父老乡亲，也都争着来献上酒食，为吕不韦饯行。

以前，吕不韦高高在上，已经习惯了出行的时候前呼后拥，单是用来担任警戒的甲士就有数百人。可是，他从来没有现在这样的感觉：这些素不相识的父老乡亲，这些陌生的面孔，每一个微笑，每一句发自肺腑的话语，都令他那么感动。他甚至忍不住当众流下了热泪。

“谢谢，谢谢大家！”

他哽咽着，为这朴素而真实的情感所感动。现在，他才知道，这个世界上最宝贵的是什么。

自己从前殚精竭虑，为秦国谋求帝业、实现天下一统，付出了那么多心血，贡献了一生中最美好的年华，却唯独忽略了作为人的最根本的、最宝贵的财富：感情。他不是一个冷漠的人，在他初遇赵姬的时候，他也疯狂地爱过她，为他和她的这一段奇妙姻缘而燃烧过。甚至当后来不得不将赵姬送给秦王孙，他在心里也真实地难受过，质疑过自己的选择是否正确。

但他渐渐疏远了这种普通人的情感，仿佛变成了一个没有七情六欲的超人。权力越来越大，地位越来越高，他情感的触角也随之越来越萎缩。他变得麻木不仁，沉浸在狂野的帝业之梦里……

从咸阳被驱逐出来，在河南封邑度过的这一年，是他重回烟火人间的开始，他的情感世界如同一口干枯多年的死井，又开始泛起波澜。他慢慢地又和正常人一样，能爱能恨，能用心去感受了！

只可惜，留给他在这个世界上的时间已经不多：他不得不匆忙地从一个地方流转到另一个地方，去和如沙漏将尽的时间赛跑，去在这个尘世间尽可能多留下自己生命的最后痕迹。

蜀地，自从归属秦国以来，就一直是秦国流放犯人的地方。嫪毐之乱，受到牵连被流放蜀地的就多达四千余家。当年蜀地的天气异常反常，六月飞雪，冻饿而死的人堵满了道路。

吕不韦如今又走在了这条道路上，他的车子时而陷入泥泞中，时而又被某一条河流的骤然泛滥而阻断去路。前一天还炎热无比，忽然第二天又冷风冷雨，不知道什么时候就飘下雪花来……

幸而，在吕不韦的门客中，有一个叫做司空马的。年轻的时候就因为杀了人，从关东流落到咸阳。后来，吕不韦拜为相国，开门招客，司空马就第一个投入吕不韦门下，作了一名食客。

这个司空马，别的本领没有，却和各国的游侠之士、流氓无赖之徒交往甚密，是一个江湖人物。

吕不韦在作相国的时候，司空马这样的人无甚大用。可是吕不韦一落魄，就显出了司空马的巨大作用。

拿吕不韦流放蜀地来说吧，此前一年，嫪毐的一部分追随者已经先到了这里。听说吕不韦被流放至此，这些人就生出了为嫪毐复仇之心，沿途纠集了一些乌合之众，伺机刺杀吕不韦。

司空马交友遍天下，先一步得到了秘密消息，于是安排吕不韦在后面缓缓而行，自己则先行一步，去与蜀地相邻的巴地，找一个叫做巴寡妇清的女人。这个女人是巴地的第一富商，继承了父祖的事业，开挖矿山，冶炼丹砂，拥有一支上千人的庞大的私人武装。司空马去找巴寡妇清，就是要从她那里借来一支人马，保护吕不韦一路无恙，平安抵达蜀地。

巴寡妇清虽然是一介女流，却是巾帼英豪。早闻吕不韦大名，立即将一支精锐的武装交给了司空马。

依靠这支武装，司空马护送吕不韦，沿途击败了嫪毐余孽的多股势力，有惊无险地抵达了蜀地。

到达蜀地以后，肉体和精神双重疲惫不堪的吕不韦，终日借酒浇愁，很是消沉了一些日子。

直到有一天，一位不速之客的突然来到，令吕不韦的生命在最后的岁月里又擦出一丝耀眼的火花。

这个人，不是别人，正是借给司空马武装，帮助吕不韦击退嫪毐余党，渡过难关的巴寡妇清。

巴寡妇清的到来，大大出乎吕不韦意料。这也是他在到达蜀地以后，接见的第一个客人。

“多谢夫人援手之德。”吕不韦一见面就忙道：“若非夫人慷慨借与这一支精骑，我怕就到不了这里了！”

“侯爷不必谢我，有司空马先生这样的忠心之臣，肯为侯爷奔走驱驰，令妾身羡慕不已啊！”

“夫人不必称我为侯爷。这样吧，如果夫人不嫌弃，干脆你我以兄妹相称。我拙长几岁，冒昧地喊你一声‘妹子’，你觉得如何？”吕不韦又恢复了青年时代游走列国的大贾风采。

“好，那我就叫你一声‘大哥’！”

“清妹！”

二人都是豪爽之人，一见面，闲聊数句，就结拜为了兄妹。

在自己生命的暮年，忽然多出来巴清这么一位妹妹，吕不韦人畅襟怀，立即吩咐大摆筵席，自己和巴清对坐，司空马和一众宾客陪坐。

吕不韦已经很久没有这么好的兴致了。他不断地举杯，一边喝一边与巴清谈自己在生意场上的趣闻轶事。尤其谈论到珠宝等的鉴别方法、经营之道，吕不韦更是滔滔不绝，口若悬河。

不知不觉，筵席将终，吕不韦酩酊大醉，被搀扶着回到了自己的房间中，巴清则自去客房休息。

第二天，吕不韦早上起来，头还有些痛，竟然对昨天晚上的情形，连一点模糊的记忆都没有。

"清妹，昨天我没有乱说什么吧？"

"哪里？"巴清微笑着道："吕大哥的头脑清醒得很。你讲的生意之道，小妹我都记在心里呢！"

"什么生意之道，不过一些经验心得罢了，不算什么。"吕不韦这才问道："对了，清妹此次前来，该不会只为了听我说这些陈年旧事吧？可有什么需要愚兄帮忙的，尽管开口就是！"

"吕大哥果然精明过人，我这点小小的心思，都被大哥看了出来。"巴清脸上一红，不过还是说了出来。

原来，巴清听说，秦王嬴政修建自己的陵墓工程需要大量的汞砂。巴清手上就有一大批汞砂，可是苦于朝中无人，没有门路，不知道怎么可以卖出去。正好吕不韦被贬，她便找上门来了。

"原来是这件事情。"吕不韦点了点头，"我知道了。这不是什么为难的事情。如果在以前，只要我一句话，现在就可以答复你。不过，我现在的情形不同，你也知道。我需要一段时间。"

"我可以等。"巴清道："反正我有得是时间，正好可以向大哥多请教一些生意上的事情。"

"那好，你就在这里住下来吧！"

就这样，吕不韦立即派出自己的心腹，连夜离开蜀地，赶赴咸阳，在那里寻找旧日关系，找到了负责嬴政陵墓的修建官员。因为有吕不韦的介绍，又送上了一大笔厚礼，事情自然成了。

吕不韦与巴清在蜀地的这一段交往，自然被嬴政派来监视吕不韦的秘密眼线，一点不漏报告了上去。

嬴政自从亲政以来，事必躬亲，每天批阅的文简，都在数百斤左右，终日从早忙到晚，一刻不得休息。而就在这么繁忙的政事中，他对来自蜀地的关于吕不韦的消息，还那么关心。

“哦？”一看到报告上说，吕不韦和巴寡妇清打得火热，嬴政的第一反应就是颇感意外。“这个老家伙，我这里一天到晚忙忙碌碌，他倒逍遥自在，在那么险山恶水的环境里，还有这心思？”

对于男女之防视为人生第一大防的嬴政，一听到这类事情，就视为洪水猛兽。他被母亲给吓怕了。从小目睹母亲在男女之事上风流成性，一点都不知道廉耻为何物，嬴政的心里简直扭曲变形到了极点。男女关系不但肮脏，而且与罪恶联系在一起。因此，在他后来的一生中，在处理天下大事之余，他还要不停地下一道又一道的命令，约束男女之间的交往：

贵贱分明，
男女礼顺。
慎尊职事，
昭隔内外。
糜不清静，
施于后嗣。

这是嬴政称始皇帝以后，在二十六年巡行至泰山封禅的时候所立的石刻。

有子而嫁，
倍死不贞。
防隔内外，
禁止淫佚。
夫为寄豭，
杀之无罪。

这是秦始皇帝临死前一年巡行至会稽（今浙江绍兴）时候刻在石头上的碑文。寄豭，就是不睡在自己猪圈里的公猪，用来比喻那些自己有妻子儿女却去和别人的女人通奸的男子。

无论什么人，只要发现有这样不正经的男子，可以立即将其杀掉，而且可以受到法律的保护。

以超越古今的气概，并吞天下，称始皇帝的秦始皇嬴政，居然不管走到哪里，都一直念念不忘“男女之防”，显然可见他母亲的所作所为，给他的心灵上留下了怎样抹不去的伤害！

正因为如此，当秦王嬴政听说吕不韦在蜀地和巴寡妇清打得火热，大为恼火，他再也不能容忍吕不韦活在这个世界上了！天知道他还会干出什么事情来，还会再折腾出何种花样！

嬴政亲自手书了一封诏书，又随诏书附带上一匹白绫，一瓶毒酒，派人快马加鞭，送到蜀地。

可怜吕不韦还不知道，自己无意中招来了杀身之祸。等他忽然接到诏书，已经悔恨无门。

那诏书上很简单，只有嬴政亲笔书写的两个大字：“寄豭”。这是用来暗指，吕不韦是不肯安分守己，睡在自己猪圈里的公猪，而这对吕不韦来说，简直是从来没有过的奇耻大辱！

“哼！”吕不韦愤怒地将诏书撕得粉碎。“天下有儿子这么骂老子的吗？我为了将他扶上王位，付出了多少心血？为了不让他难堪，在他面前也从来不敢以真父身份自居，受了多少委屈？我将心爱的女人送给别人，而自己只能偷偷摸摸去约会，可是他居然骂我是‘寄豭’？天哪，我吕不韦这一生辛苦忙碌，最后自以为实现了全部的梦想，却不料落得这么一个结局！”

那一匹白绫，一瓶毒酒，就摆在面前，显而易见，是嬴政赐他一死，吕不韦知道躲不过去了。

可是，就这么背着“寄豭”的屈辱之名死去吗？难道自己作为一个父亲，最后留给儿子的竟然是这么一个猥琐而淫邪的形象？无论如何，吕不韦不能接受这一点。那不是他吕不韦的性格。

经过再三思索，吕不韦最后找来了巴清，对她说：“清妹，有一件事情，我没有告诉过任何人。如今死之将至，我担心再不说就来不及了。我想把这件事情讲给你听，你愿意听吗？”

“愿意。大哥请讲。”

“这件事情，得从我年轻的时候，到赵国邯郸的第一个夜晚讲起……”吕不韦仿佛又回到了青年岁月，回到了与赵姬初遇的那个夜晚。他清楚地记得，自己和赵姬在一起的每时每刻，甚至每一句话。

他讲述了自己与赵姬的爱情，也讲了自己与秦王孙的友情。在爱情和友情之间，他选择了后者……

后来，秦王孙回到秦国，成了秦庄襄王，吕不韦则成了一人之下、万人之上的相国……

在这个故事中，赵姬是整个故事的关键。她从吕不韦的女人，到成为秦王孙的女人，成为王后、太后，似乎她的命运每一步都是被吕不韦安排的，但又好像不是，似乎命运本来如此……

吕不韦讲到了秦王嬴政，讲到在将赵姬送给秦王孙的时候，赵姬已经有孕在身，后来生下来，就是政儿。

“啊？！”

巴清听到这里，忍不住低声惊呼了一声。她怎么也没想到，吕不韦竟然会是秦王嬴政的生身父亲。

“这个秘密，我知道在外面有很多流言，但事实上，只有我和赵姬两个人知道，连嬴政也不知道。”吕不韦道：“所以我今天要讲出来，是我要让嬴政知道，我这一生中，只爱过一个女人，就是他的母亲。我不是像他所想象的那么风流，到处留情。恰恰相反，我自始至终都在爱着他的母亲。我对她的爱从来都没有动摇过，即使她多么疯狂地对我进行报复，甚至利用嫪毐来置我于死地，我都没有改变过对她的爱意。我爱她，过去如此，现在仍然如此。”

“吕大哥，真没想到，你是这么一个用情至深的人。”巴清唏嘘道：“我现在才真正了解你。”

“同样，作为一个父亲，我也深爱着政儿。我知道自己不配做他的父亲，因为在他最需要父亲的成长岁月，在他最孤独和苦闷的时候，我没有在他身边，也不可能以一个真正父亲的身份去帮助他，鼓励他。我只能以一个旁观者的身份，默默地看着他一天天长大，为他的每一点进步而骄傲。我以‘仲父’的身份教给他一些东西，但我知道那不是他最需要的。可我能做的只有这么多，因为我爱他，所以我不能去伤害他，不能给他造成困惑和扰乱。”

“吕大哥，如果你早把这份心意讲给嬴政听，他一定不会像现在这样对你，他误会你太深了！”

“误会？”吕不韦摇了摇头，叹道：“如果仅仅只是误会，那这误会早消除了。但他对我却是恨。”

“恨？”

“对，是恨，痛彻心扉的怨恨和愤怒。其实，以政儿的聪明才智，早判断出他的身世是怎么一回事。但他一直压抑着自己的情感，没有表现出来。我知道，他在等待我亲口告诉他，告诉他我是他父亲，而他是我的儿子。他需要我当面证实这一切。但我偏偏不能这么做。”

“为什么？”

“就因为他要做这个天下最强国的王，就因为他不是为了传承我吕氏一脉的香火而来到这个世界上，他要做更为宏大的事业，更轰轰烈烈地活着，他要去完成从来没有人完成过的事情。”

“我明白了！”

“所以，我和他其实是不能共存的。我们之间，必须有一个人离开。这是我为什么离开咸阳，返回河南的原因。可他还不放过我，又把我弄到了这里，如今，又要羞辱我，逼迫我去死。唉，天底下做父亲的，做到像我这个程度，也真够窝囊的了！我真是死不瞑目啊！”

“所以，我有一个请求……”吕不韦最后道：“清妹，我希望你可以去咸阳走一趟，将我死亡的消息捎入宫中，告诉赵姬，告诉她我对她的爱至死不渝。我是蒙冤而死的，希望她明白这一点。”

“可以。”巴清毫不犹豫地答应了，“就这么简单？不需要她向大王当面解释这一切吗？”

“不，不需要。”吕不韦苦笑道：“我人都死了，即使在死后恢复名誉，人也活转不过来了。我只希望赵姬不要误会我，清妹，请你替我向她道一个歉：我这一生，欠她的太多太多。如果还有来生，我愿意做牛做马，供她驱使。告诉她，好好活下去，一定要照顾好政儿……”

“嗯。”巴清流着泪答应道。

当天晚上，吕不韦沐浴更衣，一个人在房间里喝下了嬴政赐给他的毒酒。他是含笑死去的……

第二十章

秦始皇帝

吕不韦死了，他利用巴寡妇清将自己的死讯带给了赵太后。赵太后为吕不韦的冤死而不平，于是将一直隐藏的关于嬴政的身世真相告诉了他。嬴政答应，为吕不韦举行一场秘密丧礼……

李斯带头参加了丧礼，大大小小的官员和自发组织的百姓也去了，人们毕竟还是肯定吕不韦对秦国作出的贡献。只是这样一来，又激发了秦王嬴政的嫉恨，他又开始展开报复行动了……

赵太后在不久后归天，和吕不韦先后离世。嬴政长长地出了一口气，从此他可以大展伟志，将秦国历代君主一直做着的“帝业之梦”一步步推进，一直到最后变成现实。他真的做到了，将六国逐一扫灭，最后成为天下唯一的“王”，自己称作“秦始皇帝”，秦改称“帝国”。

从吕不韦策划“立主定国”，到秦王嬴政称“始皇帝”，这一过程不过短短数十年。但这短短的一瞬，却在历史长河中激荡起了光亮无比的浪花。吕不韦是可以骄傲和自豪的，他用自己一个纯粹商人的头脑，用纯粹商人的思维方式和运作手段，参与创造和开拓了一个时代，一个空前绝后的大帝国。聚集再多的财富也终将散去，但他因此而留下的声名却是不朽的。在他身后，将有无数商人对他顶礼膜拜，沿着他的足迹踏上那条终将迷失的道路……

吕不韦的死似乎并没有引起多大轰动：毕竟这个时代已经是秦王嬴政的时代了，吕不韦三个字以前曾经那么令秦国政坛颤动，如今却如同坠落的星辰一样暗淡无光。甚至没人愿意谈论他。

一个月以后，巴清带着大队商旅，以给天子进献贡品为名浩浩荡荡地进了咸阳。

咸阳城里仍旧是喧嚣一团，各个国家的使者在这里奔走往来，行色匆匆，可以看出秦国并吞天下的脚步正在加快。天南地北的商旅，带着琳琅满目的商品，来这里寻求交易。怀揣各种梦想的才智之士，妄图通过一言半策来改变自己命运的游说之徒，也都聚集在这里。

这是巴清第一次到咸阳来，她却无心欣赏这里的诸般风光。巴清牢记着吕不韦的嘱托：一定要面见太后！

好在咸阳的门路通达，巴清只花了一点小钱，就买通了宫中的关系。然后，精心备了一份厚礼，来见太后。

赵太后已经在宫中与外隔绝，不问尘事。似乎除了等待死亡之神来将她带离这个世界，再无事可做。

她的身体和精神都衰弱到了极点。与儿子嬴政的和好，并不能真正修补她心灵上巨大的裂痕。尤其在梦里，一闭上眼睛，就会见到那两个又可爱、又聪明的孩子，看到他们口中咿呀着，张开双臂向她扑来……

孩子是如此可爱，她却仿佛变成面目狰狞的鬼怪一样，张着血盆大口咬向他们纤细的脖颈……

在现实中，她被迫无奈，亲手杀死了自己的两个儿子；在梦里，她又用尽各种手段，一次次将他们杀死……

没有哪个女人能受得了如此折磨，没有哪个母亲能原谅自己对孩子犯下的如此罪行。赵太后早有心一死，亲手结束自己卑贱而肮脏的生命。但她没有死，她一直在等待一个人的到来。

那个人就是吕不韦。

赵太后曾经在儿子嬴政的面前发过誓：有生之日，绝对不会与吕不韦再见面！但那只是一时的气话。

她真的能忘记吕不韦吗？她真的可以就这么离开这个世界，心中没有一丝一毫的牵挂吗？

那个叫吕不韦的男人，在她生命中烙下了最初的痕迹，也是最难以抹去的痕迹。乍一看，吕不韦似乎并没有给她多少幸福，反而伤害不断，每一次都把她推得远远的。天下负心汉，莫不如吕不韦。

可是，又正是因为吕不韦，赵姬才能从一个普通的商人家的女子，一步步登上权力的阶梯：从邯郸到咸阳，从商人妇到王孙妻，从王后到太后。一个女人的一生有如此辉煌的经历，实属罕见。而这一切只有吕不韦能做到。说吕不韦为了她也好，为了他们两个也好，总之吕不韦答应过的，都做到了。他不是一个轻易许诺的人，但他对她讲的每一句话，都实现了。

他从来没有欺骗过她，也从来没有强求过她什么。他有时候滔滔不绝，有时候沉默寡言，但他的行动却一如既往，毅然而决绝。他是一个喜欢用行动来证实自己的人，敢想敢做。

这么优秀的一个男人，居然从始至终，情感的世界只向赵姬一个女人敞开大门，这是最难得的。在赵姬之前，吕不韦有过很多的女人；在赵姬之后，吕不韦也有过不少女人。可是真正深爱着的，却只有赵姬一个。为什么？为什么赵姬会在他心里占据如此重要的位置？

也许，这个问题永远不会有答案，连吕不韦和赵姬也不知道。男女之间的事情，最不可言说。

但他们的心意是相通的。赵姬对自己和吕不韦的这份感情，是有信心的，从来没有动摇过。

她当然也对秦庄襄王和嫪毐动过感情。但那种感情是不纯粹的，怜悯之意大于爱怜之情。

只有对吕不韦，只有和他在一起，她那熊熊的情感火焰才能燃烧起来，才会不顾一切，至死方休。

生为女人，她哀叹过自己的命运。但只有和吕不韦在一起，她才会为自己而骄傲，才会感到幸福。

当然了，爱是最深的，恨也是最切的。只有最深的爱过，才会知道那种恨是什么样的滋味。

爱与恨，都只是一转眼，她和吕不韦却都老了，一梦醒来，镜中人已然是双鬓斑白，满脸沧桑。

假如让他们彼此在自己生命中最后的时刻，再走到一起，再互相见上一面，他们会和解吗？

赵姬就这么胡乱思索着，直到巴清从蜀地来，在深宫密室中将吕不韦死去的消息告诉了她。

“太后，吕大哥让我无论如何都要到咸阳来，见上您一面，把他要对您说的话转达给您听。”

“啊？他……去了？”

“吕大哥走得很安详。”巴清提起吕不韦的死，仍然不由地流下两行热泪。“吕大哥什么都没有留下。他早做好了准备，将全部的家产都散给了门下宾客。他只给您留下了一些心里话，委托我来转告您，他说，他这一生中，只爱过您一个人，这是他唯一珍惜的最宝贵的财产。”

“他……真的这么说？”

赵太后简直不能相信，吕不韦临终会给自己留下这样的遗言。她以为自己的心早已死去，可如今在那灰烬中，分明又有一缕火苗升腾起来。只有吕不韦才能令这熄灭的灰烬再度燃烧。

“是的，他要我告诉您，他回顾自己的一生，无怨无悔，唯一感到愧疚的，就是对不起您。他对您的歉意是无以言表的，如果还有来生，他愿意和您约定：做牛做马，也要报答您。”

巴清还在说着，但赵太后已经听不到了。她久已干涸的眼眶里，分明又有晶莹的泪珠滚滚而出。

“不韦，不韦，我错怪你了……不是你负我，而是我负你太多。应该做牛做马的人是我……”

“对了，太后，还有一件事情。”巴清待她情绪稍微安定下来，又说道：“吕大哥将他和您，以及大王的关系，都原原本本地告诉了我。他说，他没有机会亲口告诉大王了，他希望由您来告诉大王，这样，大王对他的误会就会消除。吕大哥是奉大王的旨意而死的，他的死，是一个臣子对君王的服从。但作为一个父亲，他不想自己留给儿子的是一个‘寄豭’形象……”

“寄豭？”赵太后奇怪地问道：“那是什么？”

“就是一头不安本分，去别的猪圈里睡觉的公猪。”巴清解释道：“大王给吕大哥的诏书上，写的就只有这么两个字。吕大哥看了以后，痛苦极了，他希望您能替他向大王解释，还他清白。”

“政儿这孩子，也太过分了！”赵太后一听也急了，“再怎么说，一个做儿子的，也不能这么说自己的父亲！虽然我也没有亲口告诉过他这件事情，但他早应该知道的，怎么会这么任性？”

本来，在嫪毐之乱中，她就知道，不是吕不韦，而是嬴政非要杀死她和嫪毐的两个儿子，对于嬴政以兄杀弟，以子逼母，她就怀有不满。但那是因为自己淫乱在先，她也无话可说。但这一次，嬴政居然对为秦国立下赫赫功绩、为她们母子作出了那么多牺牲的吕不韦，采取如此过激的手段，逼迫吕不韦蒙羞而死，这实在令人难以接受。赵太后再也顾不得那么多了。

当天晚上，赵太后就命人将嬴政请来了自己的甘泉宫中。然后，屏退左右，母子二人进行了一番对话。

“政儿，你还记得，你上次问过我，究竟谁是你的亲生父亲吗？”

“记得。”

“我上次似乎并没有给出你确切的答案，是吗？”

“是。”

“那么现在，你还想再问我同样的问题吗？你还想知道，究竟谁是你的亲生父亲吗？”

“当然。”

“那好，我告诉你。其实我上次说的话，并不全都是真的。至少当时在和秦王孙在一起的那个夜晚之前，我就已经有了身孕。而我那时候还是和吕不韦吕先生在一起，你明白了吧？”

“啊？”

“千真万确，你只有一个父亲，就是吕不韦。也许你认为自己长大了，有能力去做一些事情、改变一些东西了。但关于你的出身，关于你的身体里流淌着吕氏一脉的血液，却是永远无法更改的事实。你可以堵塞天下人之口，却不能欺瞒自己的良心。你不姓嬴，也不姓赵，你姓吕。”

“娘，您为什么突然告诉我这些？”

“为什么？就因为你逼死了自己的父亲。你骂他是‘寄豭’，那么你娘我是什么？你自己又是什么？”

“对不起，娘……”

“你和我说对不起有什么用？你应该对你父亲去说，去对吕氏的列祖列宗去说！你这个不肖子孙。天下人若都生儿如此，谁人还会去做这么愚蠢的事情？纵然你依靠现在的权力，去扫灭六国，去做了任何人都做不到的大事情，千秋万代，你还是逃脱不了‘不孝’的骂名！”

“娘，我错了……”

“娘也有错，娘早应该亲口告诉你事情的真相。可是你父亲不让我这么做，他怕会影响你……”

“娘，我现在应该怎么做？”

“怎么做？你这么问是什么意思？是在征求我的意见吗？我说了你会听吗？我要你公开承认自己的身份，以吕氏子孙的身份，诏告天下；然后披麻戴孝，为你父亲举行一个风光的葬礼。你能做到吗？”

“做不到……”

“哼，我就知道你做不到！这就是你父亲为什么一直对你隐瞒身世的原因。他比你想得深远得多！”

“是！”

“这样吧，娘也不会让你太为难。娘想委托一个从蜀地来的朋友，以自发组织的形式，为你父亲举行一场非正式的丧礼。你可以不去，但我希望你不要阻拦。朝野上下，我就不信，没有人会真正懂得你父亲。他给秦国做了这么多事情，难道就没有一个人感念他的恩德？”

“娘，我答应您。”

……

这个晚上之后，关于吕不韦和赵姬，以及嬴政，这伤痕累累的一家人之间的故事，就这么结束了。

吕不韦的丧礼，由巴清亲自代为操办，地点就在咸阳的郊外。消息一经传出，咸阳城内外，朝野上下，人人都唏嘘落泪。丧礼举行的这天，自发前来参加的人们将原野填塞得满满的。这些人中，百姓倒也罢了，他们只不过怀着最朴素的情感来祭奠吕不韦，送吕不韦的英灵最后一程。

真正令人吃惊的，是朝中来了那么多正值当红的官员。最引人注目的便是李斯。李斯由吕不韦门下而发迹，得到吕不韦的推荐而受重用于嬴政。他最应该感谢的人自然是吕不韦。但像他这样，不避讳自己和吕不韦的关系，公然来参加祭拜，也的确令人佩服他的过人勇气。

和李斯一样，很多得到吕不韦推荐和提拔的官员，如今都深受重用，也都冒险赶来参加丧礼。

这么多够级别的官员，加上自发赶来的百姓，一起在吕不韦的灵前下跪，由李斯带头致祭：

吕氏不韦，
阳翟贾人。
秦室王孙，
邯郸质子。
风云际会，
义结金兰。
吕氏破家，
扶立王孙。
王孙尊秦，
号为庄襄。
吕氏相国，
兴亡继绝。
辅佐幼主，
号称仲父。
仲父主政，
分击六国。

内振经济，
外化天下。
千金铸书，
文以载道。
圣王之德，
泽于天下。
谗于小人，
疏于嫪毐。
嫪氏之乱，
祸国殃民。
反躬自省，
去相辞归。
就国河南，
富比陶朱。
行商列国，
雄于子贡。
礼抗万乘，
自招其祸，
千里徙蜀，
无疾而终。
国失栋梁，
君失贤良。
天地失色，
山河呜咽。
痛哉惜哉，
呜呼哀哉！

致完祭辞，李斯放声痛哭，众人亦齐放悲声。连天气也忽然转变，阴云密布，雷声轰隆……

这场半公开、半私密性质的丧礼，令嬴政又是不安，又是无可奈何。最终，他还是狠着心下了一道诏令：

“凡曾参加吕不韦丧礼者，爵位在六百石以上的，处以罚俸一年；爵位在六百石以下的，处以罚俸半年；没有爵位的，秦国以外的，逐出秦国；秦国本地的，罚作鬼薪；以后若有类似之事，绝不轻饶……”

这是秦王嬴政所发布的最后一道涉及吕不韦的诏令。从此，他终于可以完全摆脱吕不韦的阴影了。

吕不韦的丧礼举行完毕不久，赵太后也在一个深沉的暗夜里悄然离世，香魂一缕，追随吕不韦而去……

伴随着吕不韦、赵太后的相继辞世，秦王嬴政除了淡淡的哀伤，更感觉到从来没有过的轻松。

一个真正意义上属于他的，完全独立自由的时代，才算真正开始，他再也不必担心什么了……

不过，不久之后发生的一件小事，还是令嬴政颇为不快：他命人去蜀地偷偷将吕不韦的尸体挖出来，准备秘密运回咸阳，在赵太后的墓地旁边选择一个隐秘而合适的地方给予安葬。

不料，当他派去的使者到达时，却发现吕不韦的尸体早已先一步不知道被什么人给运走了。

后来，秦王嬴政知道，是以司空马为首的一批吕不韦门下的宾客，将吕不韦的尸体从蜀地运回了河南，埋在了洛阳的北邙山下。千里运尸，困难重重，但司空马等人坚持认为，吕不韦是有封邑的人。他生前是文信侯，死了也是有体面的人。即使死，也要回到自己的封邑。

司空马等人的做法令嬴政震惊。他本想再下诏令，去追捕这些江湖豪客，然而再一想：算了，吕不韦人都死了，自己还和他计较什么？天下还有多少事情在等着自己去做，何必与一个死人较劲？

秦王嬴政终于释然了。他终于痛苦地原谅了母亲赵太后，也原谅了自己事实上的父亲吕不韦。

从此以后，秦王嬴政将一门心思都扑在灭六国、定一统的帝国大业上。在文有李斯、武有王翦的两大人才集团的倾力支持下，数年间，他先后灭掉了韩国、魏国、楚国、赵国、燕国、齐国等诸国。在经历了一系列政治、军事的艰难考验之后，秦王嬴政终于实现了秦国自穆公、孝公、惠文王、昭王等历代君主一直以来的梦想：并吞天下，入主中原，终成帝业！

一统天下之后，秦王嬴政亲自起草了一份诏令给丞相和御史，命令他们给自己上一个“帝号”：

“……寡人以眇眇之身，兴兵诛暴乱。赖宗庙之灵，六王咸伏其辜，天下大定。今名号不更，无以称成功，传后世。其议帝号。”

一接到诏令，丞相王绾、御史大夫冯劫，廷尉李斯，经过商量，很快有了一个答复，这么说道：

“以前五帝的时候，地方不过千里；帝畿之外的诸侯，有的来朝，有的不来朝。天子没有力量约束。如今，您兴仁义之兵，消灭残暴的敌人，平定天下，海内统一，这是从有历史以来没有过的。我们同博士们商量：古来有天皇，有地皇，有泰皇，泰皇的名称最尊贵。我们冒死替您上尊号为‘泰皇’，您的意思，称作‘制’；您的通令，称作‘诏’，您自己称自己为‘朕’。”

秦王嬴政看了以后，采用了“皇”这个称号，称为“皇帝”。对于“制”、“诏”、“朕”的规定，他也很满意。

“朕听说，太古的帝王有号，没有谥。中古的君主死了以后，他的臣子按照他的行为，给他上谥号。这样，做儿子的可以议论父亲的不是，做臣子的可以议论君主的不是，朕以为很不好。从朕开始，废弃这种做法。朕是始皇帝。后辈的皇帝，依次计算，从二世皇帝、三世皇帝，以至于万万世，传袭者没有穷尽……”

就这样，嬴政从此开始，就不再称秦王了，而是改称“秦始皇帝”。他的国家也从此称为“秦帝国”。

秦帝国实行中央集权制度，将天下划分为三十六个郡。确立了中央集权制度，实行郡县制同时，秦始皇又在朝廷制定了统一的官制。在统一了各种制度以后，秦始皇又统一了度、量、衡，法律、语言、文字……

不但如此，秦始皇还将天下的兵器都集中销毁了，将天下的豪杰和富人都迁到咸阳，一共十二万户。

另外，他还忙着建宫室，修驰道，将咸阳打造成天下独一无二的帝国之城，以符合其身份。

种种忙碌的政事，新开创的大帝国每天都有那么多的困难和挑战摆在秦始皇的面前。但他居然还有闲暇去巡行天下，去封禅，去求神问仙。这个大帝国太令他感到骄傲和自豪了，以至于他想自己永生不死，永恒地享受作为始皇帝的尊崇和威严。少年时代坎坷而屈辱的人生经历，与如今的恢弘雄伟的成就比起来，实在不值一提。他现在是全天下唯一的皇帝，他要好好地享受，要永久地占有这锦绣山河，这由他一手创造出来的空前绝后的大帝国。

但时间是冷酷无情的，对每个人来说也是最公平的。时间最终击败了雄才无敌的秦始皇帝。

从许多年前的邯郸，从一个叫吕不韦的商人和一个叫赵姬的女子的奇妙相逢开始，引出一连串的爱恨情仇，策划交易，一波接一波发生的剧情，将这幕历史大戏不断地推向高潮。在不同的阶段，吕不韦、赵姬、秦始皇嬴政，先后充当了故事的第一推动者，并且亲自登台表演，使得这个大悲大喜、大开大合的故事，成为最激动人心的传奇之一。故事伴随着秦始皇嬴政之死而落下大幕，但吕不韦以一个商人的身份所开创的时代，成就的伟业，达到的高度，不但没有被后世的人们所遗忘，反而被一遍遍地反复提起。尤其吕不韦走出了一条此前商人从来没有走过的道路：将商业与政治联姻，以一种私密而牢固的方式联系在一起，从此，吕不韦的这一独门秘笈，成为商人公开的手段，并成为一代代的商人反复上演的剧本。只不过，两千多年来，并没有人比吕不韦演得更成功，更精彩。这也从一个侧面证明了：不是吕不韦有多么精明绝伦和胆略过人，而是他所身处的那个大时代挑选了他，是他命中注定要在这样一个时刻，在这样一个舞台扮演这样一个角色。这是一个应运而生的故事，吕不韦只不过是凑巧被选中而已。但吕不韦的商人身份又反过来为这个故事增添了一抹不同寻常的颜色。自陶朱公、子贡以来所开创的商业传统，至吕不韦为之一变。吕不韦将这个传统带上了一条荆棘密布的道路，并且一去不归，在给后世人们带来困惑和迷思的同时，更令后来的人们在提起他的时候，常常伴随着一声叹息……